# DIE BESTIE VOM KINZIGTAL

Matthias Fischer, geboren 1964 in Hanau, studierte Evangelische Theologie in Oberursel und Mainz und absolvierte sein Vikariat in Wächtersbach. Im Anschluss war er evangelischer Pfarrer in einer Gemeinde im Kinzigtal sowie in der Notfallseelsorge tätig, derzeit arbeitet er als Schulpfarrer. 2005 schrieb er seinen ersten Kriminalroman.

Dieses Buch ist ein Roman. Handlungen und Personen sind frei erfunden. Ähnlichkeiten mit lebenden oder toten Personen sind nicht gewollt und rein zufällig.

MATTHIAS FISCHER

# DIE BESTIE VOM KINZIGTAL

*Kriminalroman*

emons:

**Bibliografische Information der Deutschen Nationalbibliothek**
Die Deutsche Nationalbibliothek verzeichnet diese Publikation in der Deutschen Nationalbibliografie; detaillierte bibliografische Daten sind im Internet über http://dnb.d-nb.de abrufbar.

MIX
Papier aus verantwortungsvollen Quellen
FSC® C083411


Umschlagmotiv: Patrik Naumann/photocase.de
Umschlaggestaltung: Nina Schäfer, nach einem Konzept von Leonardo Magrelli und Nina Schäfer
Umsetzung: Tobias Doetsch
Gestaltung Innenteil: César Satz & Grafik GmbH, Köln
Lektorat: Susann Säuberlich, Neubiberg
Druck und Bindung: CPI – Clausen & Bosse, Leck
Printed in Germany 2018
ISBN 978-3-7408-0304-9
Originalausgabe



Dieser Roman wurde vermittelt durch die Medienagentur Gerald Drews, Augsburg.

Gewidmet all denen, die Churchills schwarzen Hund kennen

# Prolog

Das Ende hatte sich Caspari anders vorgestellt. Friedlich und frei von Schmerzen in einem weichen Bett liegend, umgeben von geliebten Menschen, so hatte er sich immer seine letzten Augenblicke ausgemalt, bevor er die Augen auf ewig schließen würde.

Doch daraus würde nichts werden.

Der Tod zeigte sich ihm in seiner hässlichsten Fratze, als Ungeheuer mit einem riesigen, keilförmigen Kopf, aus dem ihn zwei kalte Augen ansahen. Gleichgültige Erbarmungslosigkeit lag in den pechschwarzen Pupillen, mit denen die Bestie ihn taxierte. Die hochgezogenen Lefzen gaben ein monströses Gebiss preis, das alles zerfetzen und brechen konnte, in das sich die gewaltigen Zähne gruben.

Caspari fühlte sich an die Horrorfilme erinnert, die er sich mit Benny angeschaut hatte, als sie Jugendliche gewesen waren. Doch dieser fleischgewordene Alptraum war real. Er saß in der Falle.

Regungslos verharrte er auf seinem Platz. Eine falsche Bewegung, und der Tod würde über ihn kommen. Aus dieser Nummer kam er nicht wieder raus. Diesmal nicht! Dabei hätte er sich nur raushalten müssen, nur dieses eine Mal.

Caspari versuchte zu schlucken. Der Frosch in seinem Hals machte das unmöglich. Leise räusperte er sich. Zu viel Geräusch in diesem Raum, in dem die Stille alles zu ersticken schien wie Erde auf einem Grab.

Ein unheilvolles, tiefes Knurren grollte aus dem Rachen der Bestie, die ihre Lefzen noch weiter hochzog. Geschmeidig richtete sie sich zu ihrer vollen Größe auf. In ihren Augen sah Caspari das kalte, leere Nichts.

Dann setzte das Ungeheuer zum Sprung an.

## Acht Wochen zuvor

»Ahuuuuuuuuuuuuh!«

Verschlafen öffnete Christoph Caspari die Augen. Neben ihm hockte sein Sohn Lukas auf dem Bett, stützte seine Fäuste auf die Matratze und heulte laut wie ein Wolf.

»Ach du liebes bisschen«, sagte Caspari gähnend. »Wir haben wohl einen Wolf im Haus.«

»Grrrrrrrrrrrrrr!« Lukas zog die Lippen auseinander und entblößte ein Vampirgebiss aus Plastik. »Keinen Wolf, einen Werwolf!«, nuschelte er empört durch die falschen Zähne.

»Oh mein Gott, das ist ja noch schlimmer«, erwiderte Caspari mit gespieltem Entsetzen. »Ich muss mich sofort in Sicherheit bringen.« Schnell zog er sich die Decke über den Kopf.

»Grrrrrrrrrrrrrr!«, knurrte der Achtjährige jetzt energischer und zog die Bettdecke wieder weg. »Clara hat gesagt, du sollst sofort aufstehen! Es gibt jetzt Frühstück.«

Caspari ergab sich seinem Schicksal. Seit gut einem halben Jahr lebten Clara und er zusammen, nachdem sie sich bei einem Kriminalfall in Gelnhausen kennengelernt und ineinander verliebt hatten. Caspari war damals als Spezialist des Landeskriminalamtes für Serienmorde mit seinen Leuten an den Ermittlungen beteiligt, Clara als Notfallseelsorgerin und Pfarrerin aus Gelnhausen zur Betreuung der Zeugen und Angehörigen eingesetzt gewesen. Mittlerweile kannte er ihr irisches Temperament viel zu gut, um sich vorzumachen, dass er noch ein wenig länger im Bett liegen bleiben könnte.

»Es ist Samstag, der zweite Mai«, maulte er, während er ungelenk wie ein Bär, der das Laufen auf zwei Beinen übt, die Treppe hinunterstieg.

»Jammere nicht!«, schallte es ihm aus der Küche entgegen. »Meine Mutter sagt immer, wer am Abend im Pub trinken kann, kann am nächsten Morgen auch aufstehen und arbeiten.«

Sie empfing ihn mit einem Kuss an der Küchentür und strahlte ihn mit ihren blauen Augen an.

»Guten Morgen, mein Großer. Na, war das letzte Bier gestern schlecht?«, feixte sie, während er sie in den Arm nahm.

»Es war der erste Mai, das Wetter war traumhaft, es war warm. Da bekommt man eben Bierdurst«, rechtfertigte sich Caspari halbherzig.

»Und heute ist das Wetter genauso traumhaft. Es ist neun Uhr, und die Blumenbeete im Garten müssen auf Vordermann gebracht werden«, hielt ihm Clara entgegen. »In zwölf Wochen heiraten wir, mein Lieber. Ich will keinen Garten, der aussieht wie ein Dschungel.«

»Alles, was du willst, Sweetheart, aber erst nach einem ordentlichen Kaffee.«

Claras Temperament war eine Naturgewalt, gegen die selbst Caspari nicht ankam und auch nicht ankommen wollte. Sie hatte ihm eine Tür des Gefängnisses aufgestoßen, in das er sich verkrochen hatte, seit er denken konnte.

Groß gewachsen und von wuchtigem Körperbau, ähnelte er eher einem Gewichtheber als einem promovierten Akademiker. Mit seinem Erscheinungsbild wäre er die Idealbesetzung in einem Wikingerfilm gewesen, doch er selbst fühlte sich unattraktiv. Er hätte gern so drahtig und schlank ausgesehen wie die Jungen damals auf dem Gymnasium. In ihrer Gegenwart hatte er sich wie ein tapsiger Bär neben schön anzusehenden Raubkatzen gefühlt. Zumindest hatte er sich das zeitlebens eingeredet.

Wenn er sich als Teenager getraut hatte, sein Interesse an einem Mädchen zu zeigen, hatte er immer nur Zurückweisung erlebt. Diese Erfahrungen schienen seiner Selbsteinschätzung durchaus recht gegeben zu haben.

Allein drei Ausnahmen hatten bisher die Kette an frustrierenden Erfahrungen durchbrochen. Mit Maria, einer amerikanischen Austauschschülerin, hatte er als Gymnasiast zum ersten Mal Seelenfreundschaft und Leidenschaft kennengelernt.

Elke, seine erste Frau und Lukas' Mutter, hatte Geborgenheit bei ihm gesucht und gefunden. Als sie Caspari mit seinem damals besten Freund und Kollegen Jürgen Jungmann betrogen hatte, war das eine weitere Bestätigung seiner Überzeugung gewesen, auf Frauen wie ein Hackklotz zu wirken.

Sein Sohn war nach mehreren Konflikten mit dem neuen Partner seiner Mutter zu Caspari gekommen. Lukas hatte ihn gerettet und auf seine kindliche Weise gezwungen, sich dem Leben wieder zuzuwenden.

Schließlich war er nach den Jahren, in denen er sich damit zu arrangieren versucht hatte, dass er mit Lukas allein bleiben würde, auf Clara getroffen. Sie hatte seine Hand genommen und nicht mehr losgelassen. In ihrer Gegenwart lernte er allmählich, sich selbst so annehmen zu können, wie er war.

»Seit wann ist Lukas eigentlich auf diesem Werwolf-Trip?«, fragte Caspari nach dem ersten Schluck Kaffee.

»Meine Mutter hat ihm das Hörbuch mitgebracht, als sie mit Papa letztes Wochenende zu Besuch war.«

»›Der kleine Werwolf‹, ich weiß«, erinnerte sich Caspari, »ich dachte, das sei ihm zu gruselig. So hat er es mir jedenfalls gesagt.«

»Deshalb hat Clara sie auch gemeinsam mit mir angehört«, erklärte Lukas. »Die Geschichte war gar nicht so gruselig. Aber voll cool! Alter, der Junge verwandelt sich einfach so in einen Werwolf.«

»Alter?« Caspari wusste nicht, ob er schimpfen oder lachen sollte.

»Jugendsprache«, sprang Clara Lukas bei. »Das ist ein Ausruf wie ›Wow!‹ oder ›Krass!‹. Damit bist nicht du gemeint, obwohl … vom Alter her …« Sie hatte ihre herausfordernde, schelmische Miene aufgesetzt, mit der sie Caspari den Wind aus den Segeln nahm, noch bevor er zur Erwiderung ansetzen konnte.

»Obacht«, konterte er mit gespieltem Zorn. »Sonst sind wir gleich ein Knäuel.«

»Jaja, wenn den Männern die Argumente ausgehen, werden die Muskeln ausgepackt«, konterte Clara.

»Genau«, ereiferte sich Lukas.

»Wer solche Freunde hat, braucht keine Feinde«, resignierte Caspari.

»Oooch, so schlimm sind wir doch gar nicht«, versuchte Clara zu relativieren, legte ihm den Arm in den Nacken, zog ihn zu sich und gab ihm einen intensiven Kuss.

»Der ging bis in die Fußspitzen«, bedankte sich Caspari und fing Claras Blick ein, der voller Lebensfreude und Energie war. Dann sah er auf die Küchenuhr.

»Wir müssen uns ranhalten«, stellte er fest, »deine Mama kommt in einer halben Stunde, um dich für das Wochenende abzuholen, Lukas.«

»Menno! Ich will aber hierbleiben«, insistierte Lukas.

»Deine Schwester hat heute Geburtstag. Sie freut sich ganz bestimmt schon sehr auf ihren großen Bruder. Opa Heinz und Oma Luise sind auch da. Die möchtest du bestimmt wiedersehen.«

»Der Jürgen ist aber auch da. Auf den habe ich keine Lust.«

»Ja, ich weiß. Der ist aber der Papa deiner Schwester. Was meinst du, wie traurig sie wäre, wenn er nicht da wäre«, versuchte Caspari seinen Sohn zu überzeugen.

Wenig später klingelte es an der Tür. Während Caspari gemeinsam mit Lukas noch die letzten Kleinigkeiten für den Wochenendaufenthalt bei Elke in die Reisetasche legte, hörte er, wie Clara öffnete und sich mit seiner Ex-Frau unterhielt. Lukas bestand darauf, die Tasche allein die Treppe hinunterzutragen.

»Hallo, Mama«, begrüßte er seine Mutter halbherzig. Dann sah er seine Schwester hinter ihren Beinen hervorlinsen.

»Lina«, rief er überrascht, »du bist ja mitgekommen!«

»Sie wollte ihren großen Bruder unbedingt auch abholen«, erklärte Elke.

»Herzlichen Glückwunsch zum vierten Geburtstag!«, rief

Lukas, umarmte Lina und hob sie hoch. Die Kleine quietschte vor Vergnügen.

»Herzlichen Glückwunsch, Lina«, sagte Clara und überreichte Lina ein Geschenk, das sie hinter ihrem Rücken hervorgeholt hatte. Caspari beeilte sich, sich den Glückwünschen anzuschließen.

Zum Abschied umarmte Lukas ihn und flüsterte ihm ins Ohr: »Hab dich lieb, Papa!«

»Ich hab dich auch lieb«, flüsterte Caspari zurück.

Nachdem Elke mit beiden Kindern vom Hof gefahren war, machte sich Caspari mit Clara an die Gartenarbeit. Sie hatte genaue Vorstellungen, wie die Blumenbeete auszusehen hatten.

»Du ziehst den Löwenzahn möglichst mit der kompletten Wurzel aus dem Boden, ich schneide die abgestorbenen Triebe an den Büschen ab«, sagte sie.

Schicksalsergeben tat Caspari wie geheißen. »Wie ich dich kenne, weißt du schon ganz genau, wie der Innenhof zur Hochzeit dekoriert sein soll.«

Clara hielt in der Arbeit inne und strich sich mit dem Handrücken eine Haarsträhne, die sich aus ihrem Zopf gelöst hatte, aus dem Gesicht. »Klar! Auf jeden Fall mit einer riesigen Lichterkette.«

»Mehr nicht?«, hakte Caspari nach, nachdem er einen großen Schluck Wasser aus einer Flasche getrunken hatte.

»Alles zu seiner Zeit. Der Innenhof hat bereits sehr viel Atmosphäre, da braucht es keinen großen Aufwand an Dekoration«, sagte Clara entschieden und widmete sich wieder den Büschen.

Sie hat recht, dachte Caspari.

Sie lebten auf dem Weiherhof, einem alten Anwesen auf der Spielberger Platte, das sich zwischen den Wächtersbacher Ortsteilen Wittgenborn und Waldensberg befand und geografisch zum Vogelsberg gehörte. Als Caspari ein kleiner Junge gewesen war, hatten seine Eltern das alte Gehöft in einem recht heruntergekommenen Zustand erworben und im Laufe vieler Jahre Stück um Stück restauriert.

Der Innenhof war ein echtes Schmuckstück. Umgeben von Wirtschafts- und Wohnflügeln sowie einer hohen Sandsteinmauer, erstreckte er sich rechteckig über eine große Fläche. In seiner Mitte breitete eine alte Linde ihre gewaltigen Äste in alle Himmelsrichtungen aus. Im Hochsommer gab es kaum einen angenehmeren Ort, um die Seele baumeln zu lassen, als unter ihrem grünen Blätterdach. Ihr Schatten würde selbst eine große Hochzeitsgesellschaft vor der Sonne schützen.

Caspari ließ seinen Blick durch den Garten bis zum See schweifen. An der Außenseite des Wohntraktes lagen die Terrassen der Haushälften von Caspari und seinen Eltern. Das gemeinsame Gartengrundstück reichte bis zum See, den die Menschen von der Spielberger Platte mit der typischen Vogelsberger Bescheidenheit nur als den ›Weiher‹ bezeichneten. Ein Holzsteg führte ins Wasser hinaus.

Caspari atmete tief ein und nahm dieses Landschaftsidyll in sich auf. Als er sich bückte, um einem weiteren Löwenzahn den Garaus zu machen, ertönte das Läuten eines Telefons.

»Ich dachte, du hast keine Wochenendbereitschaften mehr«, beschwerte sich Clara.

Seit Caspari den Posten eines Kriminaldirektors beim Bundeskriminalamt bekleidete und einer Abteilung mit ausreichend vielen Mitarbeitern vorstand, waren die Wochenenden, an denen er wegen der absoluten Dringlichkeit irgendwelcher Ermittlungen nicht zu Hause sein konnte, eher selten geworden.

»Das ist nicht *mein* Handy«, stellte er klar. »Das liegt ausgeschaltet im Wagen. Es hört sich eher nach deinem Diensthandy an.«

Clara fluchte leise. Es war unschwer zu erkennen, dass sie es hasste, ein zusätzliches Telefon für ihre Aufgaben als Schulseelsorgerin mit sich herumtragen zu müssen.

»Stimmt. Ich habe es vorhin zum Aufladen ins Wohnzimmer gelegt«, sagte sie, schlüpfte hastig vor der Terrassentür aus ihren Gartenschuhen und beeilte sich, an das Mobiltelefon zu kommen.

Caspari sah ihr nach und beobachtete, wie sich ihr Gesicht während des Gesprächs verfinsterte. Das konnte nichts Gutes bedeuten.

***

## Südfrankreich, im Gévaudan, im Jahr 1764

*Jean Chastel rollte ein frisches Fass Bier durch die Küche in den Schankraum. Ächzend hob er es auf den Tresen. Sein Körper war schwere Arbeit gewohnt, in seinem wettergegerbten Gesicht hatten die Jahre kaum ihre Spuren hinterlassen.*

*Etwas Jugendliches lag in dem Ausdruck seiner klaren blauen Augen. Doch an manchen Tagen spürte er seine sechsundfünfzig Jahre deutlich. Nicht mehr lange, und er wäre darauf angewiesen, dass seine Kinder ihm schwere Arbeiten abnahmen.*

*Obwohl es die ganze Nacht hindurch geregnet hatte, lag an diesem Junimorgen eine unangenehme Schwüle in der Luft. Während sich Chastel mit einem Taschentuch den Schweiß von der Stirn wischte, betrachtete er seine Frau, die auf den Knien den Boden unter den Tischen wischte. Ihr Po war ihm zugewandt, und er genoss den Anblick. Nach all den Jahren, die sie gemeinsam als Eheleute durchgestanden hatten, empfand er immer noch Liebe und Leidenschaft für sie. Zusammen hatten sie aus einer alten Kaschemme das beliebte Gasthaus »Le Percheron« geschaffen. Ein süffiges Bier und ein exzellenter Rotwein aus der Region mit dem Bukett von Kirschen, Beeren und einem Hauch Vanille und Eichenholz waren neben den Kochkünsten seiner Frau und deren Schwester das Geheimnis ihres Erfolges.*

*Wie hatte sie es nur geschafft, bei diesem harten Leben noch Energie dafür zu finden, mit ihm zu schlafen? Neun Kinder hatte Anne ihm geboren, und keines war ihnen gestorben. Ihre beiden Ältesten, Pierre und Antoine, gingen mit zur Hand, sei es im Gasthaus, sei es bei der Jagd. Denn neben seinem Beruf als Gastwirt war Chastel einer der Wildhüter im Gévaudan. Das bedeutete zwar deutlich mehr Arbeit, zahlte sich aber auch für sie alle aus. Für das Fleisch von Hirsch, Reh, Wildschwein und Fasan, das im »Le Percheron« häufig unter den Speisen zu finden war, sorgte er.*

*»Was glotzt du so, alter Narr?«, schalt Anne ihn spöttisch, während sie sich eine Haarsträhne aus dem Gesicht wieder unter ihre Haube schob.*

*»Ich habe mir nur einen kleinen Augenblick Zeit genommen, dein prächtiges Hinterteil zu bewundern«, gab er mit einem breiten Grinsen zurück.*

*»Mannsvolk!«, kommentierte sie.*

*Mit einem lauten Knall wurde die Eingangstür zum Schankraum aufgerissen. Jacques Durand, ein Sergeant der Gendarmerie, der sich mit Chastel gelegentlich bei einem Glas Wein über die Zeit bei der Armee, in der sie beide gedient hatten, unterhielt, stand mit hochrotem Kopf in der Tür.*

*»Jean«, rief er mit heiserer Stimme, »Ihr müsst sofort mitkommen! Befehl vom Präfekten.«*

*Die Spitzen seines gewaltigen Schnauzbartes waren schweißnass. Die sonst so akkurat sitzende Uniform war mit Dreckspritzern übersät und sah insgesamt reichlich mitgenommen aus. Er keuchte.*

*»Warum?«, wollte Chastel wissen.*

*»Ein Überfall«, stieß Durand erregt hervor, »nahe der Pfarrei Saint-Étienne.«*

*»Wozu braucht Ihr dabei einen Gastwirt?«, fragte Anne besorgt, während sie aufstand.*

*»Keinen Gastwirt, einen guten Wildhüter«, schnaubte Durand.*

*»Einen Wildhüter?«*

*»Der Angriff war ...«, Durand rang nach Luft, »... es war kein Mensch. Das muss ein gewaltiges Vieh gewesen sein.«*

*»Gut, ich hole meine Büchse und Schießpulver«, sagte Chastel, griff nach dem Holzhammer und schlug den Zapfhahn in das Bierfass. »Sei so gut, Anne, und gib unserem Freund einen Krug Bier, während ich meine Sachen hole und das Pferd sattle.«*

*»Euer Pferd braucht Ihr nicht zu satteln. Ich habe eines für Euch dabei«, erklärte Durand. »Die Zeit drängt, wie gesagt. Aber gegen einen großen Schluck Bier hätte ich trotzdem nichts einzuwenden.«*

*Als Chastel mit seinem Jagdmesser, einer Saufeder, seiner Pistole und seinem Gewehr bewaffnet mit seinen beiden Jagdhunden vom Hof kam, stand der Sergeant der Gendarmerie bereits bei den Pferden.*

*»Die Hunde?«, fragte er. »Können sie bei einem strammen Galopp mithalten?«*

*»Kein Problem«, versicherte Chastel, »das sind ausdauernde Tiere.«*

*»Wenn Ihr es sagt. Ihr seid der Experte.«*

*Sie trieben die Pferde an und lenkten sie in Richtung Nordosten. Nach etwa einer Stunde scharfen Ritts kamen sie in eine Gegend, wo die Felder und Wiesen an einen Wald grenzten. Das Erste, was Chastel sah, war eine Rinderherde, die auf einer Weide stehend die Köpfe reckte und nervös muhte. Dann erkannte er eine Gruppe von Personen, die im Kreis auf einer kleinen Erhebung standen und in ihre Mitte starrten. Eine Frau war auf die Knie gesunken und schrie laut und hysterisch. Einer der Männer hielt sie an den Schultern gestützt. Sein ganzer Körper schüttelte sich unter den Weinkrämpfen, die er zu unterdrücken versuchte.*

*»Die Eltern!«, rief ihm Durand zu, während sie vom Galopp in einen leichten Trab verfielen.*

*»Die Eltern von wem?«*

*»Jeanne Boulet, dem Opfer«, erklärte Durand, während er nach Luft rang.*

*Kurz vor der Gruppe kamen sie zum Stehen, stiegen ab und überließen die Pferde sich selbst. Die erschöpften Tiere schnaubten und begannen zu grasen.*

*Chastel befahl seinen Hunden, sich abzulegen, dann gingen sie zu dem Kreis aus Menschenleibern, der einer Prozession glich, die kurz vor dem Waldrand haltgemacht hatte, um eine Andacht zu halten. Die Sonne stach gnadenlos aus einem wolkenlosen Himmel und tauchte die Gruppe in ein grelles Licht.*

*»Macht Euch auf einen schrecklichen Anblick gefasst, mon camarade«, warnte Durand Chastel.*

*Ein anderer Gendarm sah ihnen über die Schulter entgegen, nickte dem Sergeant zu und bedeutete den anderen, den Kreis aufzumachen.*

*Es war, als öffnete sich Chastel eine Schleuse zur Hölle. Doch sie war nicht schwarz oder mit Hitze und feurigen gelben Flammen angefüllt, sondern mit dem dunklen Rot von Blut, das das satte Grün der Weide befleckt hatte.*

*Jeanne Boulet lag in Stücke gerissen vor ihnen. Ihre Kehle war durchgebissen. Blank und fahl ragte der Kehlkopf aus dem Hals hervor. Der Kopf saß nicht mehr auf dem Hals. Er lag in einem Meter Entfernung. Von den Armen waren lediglich die Knochen übrig geblieben. Die Hände waren nicht mehr als ein breiiger Haufen. Das rechte Bein fehlte. Der linke Oberschenkel war fast vollständig abgenagt. Das zerfetzte Kleid gab Bissspuren auf dem Torso preis, die von einem gewaltigen Kiefer stammen mussten.*

*Chastel hatte Mühe, sein Entsetzen hinter einer stoischen Maske zu verbergen. In den Scharmützeln, in denen er als Soldat mitgekämpft hatte, war es immer sehr blutig zugegangen. Besonders die Wunden, die die Eingeborenen in Neu-Frankreich ihren Gegnern mit den Tomahawks beibrachten, waren grauenvoll. Aber einen menschlichen Körper, der aus-*

*sah, als hätte eine Furie die Stoffpuppe eines Kindes in blinder Wut zerfetzt, hatte er bisher noch nie gesehen.*

*Er schluckte die sauren Reste seines Frühstücks wieder hinunter, als er zum Kopf des Opfers ging. Die Augen des Mädchens waren weit aufgerissen, der Mund zu einem stummen Schrei geöffnet. Scharfe Krallen hatten lange und tiefe Wunden gerissen. Das Gesicht glich auf grausame Weise einem frisch gepflügten Acker.*

*Was auch immer Jeanne Boulet getötet hatte, war äußerst brutal und rasend schnell vorgegangen.*

*»Wer oder was war das?«, fragte Chastel mit tonloser, fast nüchterner Stimme.*

*»Wir hatten gehofft, dass Ihr uns das sagen könnt«, entgegnete der andere Gendarm.*

*»Das war ein Wolf«, raunte einer der Männer aus der Menge, die sich um die Leiche versammelt hatte. »Unsere Gewehre hat man uns weggenommen. Auf Befehl des Königs. Die Biester konnten sich ungestört vermehren.«*

*Chastel kommentierte diese zornige Bemerkung nicht. Ludwig XV. Der König hatte der Bevölkerung im Gévaudan die Waffen abnehmen lassen, nachdem sie sich auf die Seite der Hugenotten gestellt und einen Aufstand unterstützt hatten.*

*Chastel war die Lage der Bauern wohl bewusst. Ohne ihre Gewehre war es schwierig, ein Wolfsrudel von den Herden zu vertreiben. Den Boden absuchend, ging er wortlos umher.*

*»Ich bin mir nicht sicher, aber es könnte ein Wolf gewesen sein«, sagte er schließlich. »Falls das so ist, dann stehen wir vor einem Rätsel.«*

*»Was meint Ihr?«, fragte Durand.*

*»Die Größe des Tieres«, erklärte Chastel. »Ich kenne die Wölfe aus dem Zentralmassiv. Ich habe noch keinen gesehen, der so gewaltig war.« Er deutete auf den Boden. »Die Pfotenabdrücke sind riesig und die Abstände zwischen ihnen sehr groß.«*

*Das allein war schon außergewöhnlich, doch Chastel war eine noch viel gewichtigere Besonderheit aufgefallen.*

*»Außerdem frage ich mich«, begann er vorsichtig, »warum das Raubtier sich ausgerechnet die Hirtin als Beute gewählt hat.«*

*»Ich verstehe nicht, was Ihr meint«, entgegnete Père Charles, der Ortsgeistliche von Saint-Étienne-de-Lugdarès, der die Hand von Jeannes Mutter hielt, die mittlerweile leise wimmerte.*

*»Schaut Euch um, Père«, antwortete Chastel und breitete die Arme aus. »Überall auf dieser Weide stehen Rinder. Mindestens zwei Dutzend. Und das Raubtier reißt ausgerechnet das Mädchen? Ich meine, von einem Rind hätte es doch wesentlich ...« Er verbiss sich die Fortführung des Satzes aus Respekt vor den Eltern der Toten. So bemerkenswert der Gedanke war, so makaber war er auch.*

*Das Entsetzen, das er in den meisten Gesichtern sehen konnte, sagte ihm, dass sie ihn verstanden hatten. Der Räuber hatte auf der Suche nach Beute die Auswahl unter einer Herde wohlgenährter Rinder gehabt. Stattdessen hatte er sich für ein vierzehnjähriges Mädchen entschieden, das sich mit einem eisenbewehrten Hirtenstock wehren konnte. Dieses Verhalten war außergewöhnlich, zumal Wölfe den Kontakt mit Menschen mieden.*

*»Ich meine ...«, begann er von Neuem, »ein Wolf reißt doch keinen Menschen, wenn er sich ein Rind oder ein Schaf holen kann.«*

*»Ein Wiedergänger«, raunte eine Frau.*

*»Ein Werwolf«, ein Mann daneben.*

*»Ein Dämon«, zischte ein anderer.*

*»Hört auf damit!«, rief der Geistliche erregt. »Es war helllichter Tag! Wiedergänger und Werwölfe sind Kreaturen der Nacht. Besonders der Nacht in euren Köpfen. Abergläubiges Pack!«*

*»Werdet Ihr uns helfen, diese Bestie zu suchen, Chastel?«,*

*fragte Durand hastig. Er schien das Gespräch in eine andere Richtung lenken zu wollen, bevor es zum Streit kam.*

*Chastel nickte.*

*»Dann ist es beschlossene Sache«, bestimmte der Sergeant und wandte sich seinem Untergebenen zu. »Ich reite mit dem Wildhüter, und Ihr kümmert euch darum, dass der Arzt sich die Leiche ansieht.«*

*Der andere Gendarm salutierte als Erwiderung.*

*»Brauche ich für meine Arbeit neuerdings ein Kindermädchen?«, raunte Chastel unwillig, als er und Durand sich von der Menge entfernt hatten.*

*Der schnaubte mit heruntergezogenen Mundwinkeln. »Wie Ihr schon sagtet, Jean, das war kein gewöhnlicher Wolf. Seht es einfach so: Ich gebe Euch Rückendeckung.«*

*»Wie damals in Québec gegen die Engländer?«*

*»Wie damals in Québec.«*

*Chastel rief seine beiden Jagdhunde mit einem kurzen Pfiff. Sofort kamen sie angerannt und ließen sich von ihm zu den Pfotenabdrücken führen, die er entdeckt hatte. Während sie die Stelle ausgiebig beschnüffelten, stieg er auf sein Pferd. Plötzlich hielten die Hunde inne und sahen ihn erwartungsvoll an.*

*»Sie haben die Fährte aufgenommen«, erklärte Chastel seinem alten Freund. Wieder stieß er einen Pfiff aus, auf den die Hunde sofort reagierten und losrannten.*

*»Allez camarade!«, rief er und gab seinem Pferd die Sporen.*

***

Er liebte diesen Ort. Von hier aus konnte er den Turm des Vogelsberger Doms, wie die evangelische Kirche in Unterreichenbach im Volksmund genannt wurde, trotz der hohen Bäume immer noch gut sehen. Imposant erhob sich das große Bauwerk auf einem Hügel mitten in dem kleinen Ort.

Nachdem Bernd Altmeier sich von dem Anblick gelöst hatte, widmete er sich wieder der Aufgabe, wegen der er eigentlich auf sein Gartengrundstück am Ortsrand gekommen war. Einige Ziegel seines Gartenhauses mussten dringend erneuert werden.

Vor sich hin summend holte er die Leiter und trug sie zur Hütte. Als er sie gegen das Dach lehnte, sah er in die Sonne und dachte an die wunderbaren lauen Sommernächte, die er auch in diesem Jahr mit seiner Familie und den Freunden hier verbringen würde. Dieser Garten am Ortsrand war sein Paradies inmitten einer unruhigen, rastlosen Welt.

Er kontrollierte, ob die Leiter sicher und stabil stand, dann ging er auf einen kleinen Stapel Dachziegel zu, der an der Hüttenwand lag. Er bückte sich, um die Ziegel zu fassen.

In diesem Moment traf ihn ein gewaltiger Schlag in den Rücken und warf ihn nach vorn. Die Holzlatten knarrten, als seine linke Schulter darankrachte.

Bernd Altmeier stöhnte laut auf. Aus einer Wunde an seiner Stirn lief ihm Blut über die Augen. Er konnte nicht sehen, wer oder was ihn gegen die Hütte geschleudert hatte. Dazu ließ ihm der Angreifer auch keine Gelegenheit. Etwas Schweres traf ihn an der Seite und riss ihn vollends zu Boden.

Bernd Altmeier lag wehrlos auf dem Rücken. Er konnte kaum etwas erkennen. Wie sollte er sich fast blind verteidigen?

Instinktiv nahm er die Arme vor sein Gesicht. Sofort bohrte sich etwas in seinen Unterarm. Es fühlte sich an, als würde ihm jemand mehrere Nägel auf einmal ins Fleisch schlagen.

Altmeier stieß einen Schmerzensschrei aus und ließ den Arm sinken. Dabei wischte er sich mit dem Ärmel seines Hemdes das Blut aus den Augen.

In dem Augenblick, in dem er sah, was ihn angriff, bereute er, dass er nicht mehr blind war.

Über ihm erschien ein gewaltiges Gebiss. Wütende Augen starrten auf ihn herab.

Entsetzt versuchte Altmeier, auf dem Rücken liegend mit Händen und Füßen von dem Ungeheuer wegzurobben, aus dessen Rachen ein kurzes, bedrohliches Knurren kam. Dann umschloss es mit einem gewaltigen Kiefer seinen Hals. Scharfe Zähne wurden mit unbarmherziger Kraft durch Haut, Muskeln und Blutgefäße getrieben.

Das Letzte, was Bernd Altmeier spürte, war der feuchte, heiße Atem des Ungeheuers auf seiner Haut. Dann brach das Licht in seinen Augen.

***

»Ist es etwas Ernstes?« Caspari sah Clara mit nachdenklicher Miene aus dem Haus kommen.

»Wir haben einen Mobbingfall«, antwortete sie und schüttelte den Kopf, als wollte sie damit die Gedanken an das Telefonat vertreiben.

»An der Schule?«, fragte Caspari.

»Das Gymnasium ist kein Wolkenkuckucksheim.«

Caspari warf den letzten Löwenzahn in den Schubkarren und gönnte sich einen großen Schluck aus der Wasserflasche.

»Das ist mir bekannt. Ich habe selbst Erfahrungen damit sammeln dürfen«, sagte er schließlich, wobei er seinen Blick in die Ferne richtete.

Clara nickte. »Du hast es einmal erwähnt.«

»Dicker, dummer Chris«, zitierte er, ohne den Blick vom gegenüberliegenden Seeufer zu nehmen. »Das haben sie mir oft genug nachgerufen. So oft, dass ich irgendwann selbst daran glaubte, dick und dumm zu sein. Da geht einem ganz schnell das Selbstwertgefühl flöten.«

»Du warst total schüchtern, als wir uns kennengelernt haben.«

»Ja, ich habe nie wirklich gelernt, zu mir selbst zu stehen. Mich selbst als Person oder besser: als Persönlichkeit annehmen? Das kann ich gar nicht, auch heute noch nicht. Wenn ich mich ansehe, sehe ich bloß meine Defizite.«

»So erlebe ich dich aber kaum mehr. Seit wir zusammen sind, wirkst du selbstsicherer.«

»Du gibst mir das Gefühl, dass du mich so liebst, wie ich bin. Das hilft mir, das gibt mir einen Ausblick, wie es sein könnte, wenn ich mich selbst lieben würde. Bis zu einem echten Selbstwertgefühl ist es aber noch ein langer Weg.«

»Deine Klassenkameraden haben mit ihrem Mobbing tiefe Wunden in deine Seele geschlagen.«

»Nicht nur sie allein. Aber ja, ihr Anteil ist nicht unwesentlich.«

Clara legte ihm die Hand auf den Arm. »Kinder können sehr gemein sein.«

Er nickte knapp.

»Wie hast du diese Zeit überstanden?«

Caspari spürte Claras Blick auf sich ruhen.

»Lange Zeit war ich hilflos. Ich fühlte mich dem Geschwader, das mich regelmäßig fertigmachte, hilflos ausgeliefert. Dann begann ich als Dreizehnjähriger mit Krafttraining. Nach einiger Zeit war ich der Stärkste in der Klasse. Die anderen registrierten das allerdings erst, als ich einem von ihnen bei einer Auseinandersetzung zwei Rippen brach. Das gab natürlich eine Menge Ärger. Mein Vater schleppte Benny und mich danach zu Seydel, der uns in den Kampfkünsten unterwies. Die Jungs mit der großen Klappe ließen mich seither in Ruhe.«

Clara war schockiert. »Du hast so fest zugeschlagen?«

Caspari sah ihr in ihre strahlend blauen Augen.

»Wir haben das damals mit Ringkämpfen geregelt. Meistens jedenfalls. Ich hatte ihn umklammert und hochgehoben. Er strampelte wild mit seinen Füßen. Ich verstärkte den Druck, plötzlich knackte es, und er begann zu jammern.«

Clara verzog missbilligend das Gesicht.

»Du siehst alles andere als reumütig aus«, sagte sie. »Da ist so eine Andeutung eines frechen Grinsens um deine Mundwinkel.«

»Vom Gefühl der Genugtuung kann ich mich tatsächlich nicht freisprechen«, bestätigte Caspari. Als er sah, wie sie ihre Lippen schürzte, beeilte er sich, noch etwas hinzuzufügen. »Ja, ich weiß: Gewalt ist keine Lösung. Wenn du als Mobbingopfer nur verzweifelt genug bist, siehst du aber oft keinen anderen Weg.«

***

*Es dämmerte bereits. Erschöpft betraten Chastel und Durand das »Le Percheron«. Ihre Reitmäntel hatten sich mit Wasser vollgesogen und lagen schwer auf ihren Schultern. Der Schwüle des Tages war ein neues Gewitter gefolgt, dessentwegen sie die Suche nach dem Raubtier abbrechen mussten.*

*Ein Regentropfen hing an der Spitze von Chastels markanter Adlernase. Er wischte ihn weg. Als er seinen Dreispitz vom Kopf nahm, lief ein Rinnsal aus der vorderen Hutecke und ergoss sich auf den Boden.*

*Durand war es nicht viel besser ergangen. Nachdem er den Mantel abgelegt hatte, wischte er sich mit dem Ärmel seiner Uniform über das nasse Gesicht.*

*»Antoine«, rief Chastel seinem Sohn zu, der am Tresen stand, »zapfe uns zwei Krüge Bier!« Suchend sah er sich um. »Wo ist deine Mutter?«*

*»In der Küche«, antwortete Antoine, »sie macht gerade sauber.«*

*»Ist noch etwas von dem Braten übrig?«, fragte Chastel.*

*»Ja, allerdings nur kalt.«*

*»Sei so gut, bringe uns etwas davon. Auch vom Brot.«*

*»Ja, Herr Vater.«*

*Schweigend tranken der Wildhüter und der Gendarm aus den Humpen, die Antoine ihnen hingestellt hatte.*

*»Ich hätte nicht gedacht, dass dieses Tier so gerissen ist«, knurrte der Sergeant schließlich, nachdem sie eine Weile schweigend auf ihre halb leeren Krüge gestarrt hatten.*

*»Es ist ein sonderbares Wesen«, stimmte Jean Chastel zu. »Und riesig ist es obendrein. Ich meine, ist Euch jemals ein Raubtier untergekommen, das einen Sprung von acht Metern Länge machen kann?«*

*»Hier nicht und in Neu-Frankreich auch nicht. Während unserer Suche kamen mir die Geschichten der Eingeborenen wieder in den Sinn. Die Erzählungen über diejenigen, die Menschenfleisch gegessen und sich dann in diese Walddämonen verwandelt haben.«*

*»Ah, Ihr meint einen Wendigo«, erinnerte sich Chastel. »Womit wir wieder bei den Werwolf-Märchen unseres Kontinents wären.«*

*»Die Angst vor einem Werwolf wird sich hier im Nu verbreiten. Ihr werdet sehen. Der Anblick der zerfetzten Leiche gibt Anlass genug.«*

*»Wie geht es jetzt weiter?«, fragte Chastel.*

*»Wenn Ihr es Euch einrichten könnt, setzen wir beide morgen die Suche fort. Vielleicht finden die Hunde eine Spur«, antwortete Durand.*

*Chastel nickte. »Die Zeit nehme ich mir. Schließlich bin ich Wildhüter in der Gegend. Allerdings hege ich Zweifel, dass wir das Tier, oder was auch immer es ist, vor die Flinte bekommen. Die Wälder des Gévaudan sind zahlreich und groß. Gut möglich, dass es weiter nach Westen gezogen ist.«*

*»Ich fürchte, wir haben keine Alternative«, entgegnete Durand resigniert.*

***

»Ich weiß ehrlich nicht, was mich da geritten hat«, sagte Jannik, der unentwegt seine Finger knetete.

Clara konnte gut verstehen, dass ihm die Situation mehr

als peinlich war. Der Schüler saß mit einem Freund im Büro der Schulseelsorge. Clara hatte ihn gebeten, ihr zu erzählen, wie das Mobbing begonnen hatte, dem er täglich ausgeliefert war. Jannik hatte herumgedruckst, hatte von einem Videoclip in WhatsApp gesprochen, ohne konkret zu werden. Sein Freund Leon hatte ihm einen verständnisvollen Blick zugeworfen und ihm gesagt, er müsse schon mit der ganzen Wahrheit rausrücken.

»Das Video …«, setzte Jannik erneut an, »es war ein Sextie.«

Clara nickte. Zu ihrer Profession als Seelsorgerin gehörte es, jedem Ratsuchenden unvoreingenommen zuzuhören. Sie durfte sich keine vorschnelle Meinung bilden. Es ging hier nicht darum, was sie selbst von solchen Handyfotos oder -videos hielt, bei denen Jugendliche sich nackt filmten, Jungen meist mit erigiertem Glied.

»Und du hast es über WhatsApp weitergeschickt?«, tastete sie sich heran.

»Ja, ich habe es Sina geschickt.« Schweißperlen traten dem Jugendlichen auf die Stirn. »Wir haben schon ein paarmal im evangelischen Jugendzentrum bei Discos rumgeknutscht. Ich wollte richtig mit ihr zusammen sein. Ich …«

»Du wolltest mit ihr schlafen?«, half Clara ihm.

Jannik bekam einen feuerroten Kopf. »Ja«, antwortete er im Flüsterton.

»Aber sie hat dich abblitzen lassen?«

Jannik nickte.

»Manuel war auch hinter Sina her«, erklärte Leon. »Hatte wohl die besseren Karten. Jedenfalls sind die beiden jetzt ein Paar.«

Clara reimte sich eins und eins zusammen.

»Sina hat also Manuel dein Video gezeigt.«

»Nicht nur gezeigt.« Jannik fuhr sich mit der Hand über das Gesicht. »Sie hat es ihm geschickt.«

»Manuel ist ein Arsch«, kommentierte Leon, »ein asoziales

Arschloch! Dem geht es am besten, wenn er andere fertigmachen kann.«

»So etwas funktioniert auf Dauer aber nur gut, wenn man auch eine Gruppe von Leuten hat, die das gut finden oder sogar mitmachen«, wandte Clara ein.

»Die hat er, darauf können Sie wetten«, entgegnete Jannik. »Das sind Leute von unserer Schule und dem Beruflichen Gymnasium. Das ist täglich der reinste Spießrutenlauf hier in Gelnhausen. Einen von denen trifft man immer. Die haben es drauf, einen fertigzumachen.«

»Auch wenn sie allein sind?« Clara war überrascht.

Jannik nickte.

»Die holen im Bus ihr Handy aus der Tasche und zeigen anderen Schülern während der Fahrt zur Schule dieses dämliche Video. Dabei deuten sie dann auf mich und lachen sich kaputt.«

»Wie lange geht das schon?«, wollte Clara wissen.

»So sechs Wochen«, antwortete Jannik.

»Und sie haben seither noch nicht die Lust verloren, dich bloßzustellen?«

»Leider nicht. Einen von denen habe ich mir mal gekrallt. Letzte Woche bin ich nach der Schule an derselben Haltestelle ausgestiegen, obwohl ich nicht dort wohne. Der Typ war nicht gerade ein Brecher, wissen Sie? Für seine Videoshow im Bus habe ich ihm dann ein paar Schläge eingeschenkt.«

»Aber es hat nicht geholfen. Sonst wärst du nicht hier«, konstatierte Clara.

»Nee, die haben seither richtig aufgedreht. Es vergeht keine Pause, in der sie mich nicht vor allen anderen demütigen.«

»Wie machen sie das?«

»Sie rufen ›Hi, Jannik, was macht dein Schwanz?‹ und ähnliche Sprüche.«

»Jannik hat sie am Donnerstag zur Rede gestellt«, erzählte Leon. »Wir haben den ganzen Haufen vor dem Bahnhof getroffen. Jannik sagte ihnen, dass es nach sechs Wochen doch endlich mal gut sein müsste. Manuel hat nur gelacht, sich nach seinen Kumpels umgesehen und gemeint: ›Aber wieso denn? Es macht doch gerade erst so richtig Spaß!‹«

»Dazu kommt noch, dass sie über WhatsApp, Instagram und Twitter andere anstiften, dabei mitzumachen. Sie machen mit ihren Handys heimlich Fotos von mir, bearbeiten sie mit Photoshop, sodass ich wie der letzte Vollidiot aussehe, und schicken das mit entsprechenden Kommentaren herum.«

»Haben sie damit Erfolg?«, fragte Clara, die so viel Häme schockierte.

»Zum Teil ja«, antwortete Jannik. »Ich weiß nicht, wem sie dieses blöde Selfie gezeigt haben. Ich schäme mich so sehr, dass ich mich kaum noch mit anderen Leuten treffe. Weggehen ist gar nicht mehr drin. Die Gefahr, dass ich einem von denen oder der ganzen Gang über den Weg laufe, ist viel zu groß. Außerdem frage ich mich bei jedem, der mir begegnet, ob er das Video schon gesehen hat und was er über mich denkt. Die müssen mich doch alle für einen Idioten halten. Letzten Freitag, am ersten Mai, habe ich allein zu Hause gehockt. Leon hält zu mir, ein paar andere Freunde aus meiner Basketballmannschaft auch. Aber denen kann ich nicht zumuten, mit mir einen Filmabend zu Hause zu machen, während Klassenkameraden auf irgendeine Fete gehen.«

»Auch wenn ich bisher das Glück hatte, nicht gemobbt zu werden«, gestand Clara, »so weiß ich doch, wie es sich anfühlt, wenn jemand hinter einem her ist.« Sie machte eine kurze Pause. »Hast du schon mit deinen Eltern darüber gesprochen?«

»Oh Gott, nein!«, rief Jannik entsetzt. »Das kann ich nicht. Wenn die das mit dem Nacktfilm hören … dann …« Seine Augen füllten sich mit Tränen. Schnell wischte er sie weg.

Leon legte ihm die Hand auf die Schulter. »Komm, Alter, die sind doch ganz okay. Die machen dich schon nicht rund.«

»Ich schäme mich so sehr dafür. Ich weiß nicht, wie ich das meiner Mom sagen soll.«

»Was hältst du davon, wenn ich deine Eltern zu einem Gespräch hier in mein Büro bitte, und wir beide erzählen ihnen gemeinsam von dem Problem?«, schlug Clara vor.

Jannik stützte das Kinn auf seine Fäuste und sah sie an. Dann nickte er zögernd. »Ja, gut.«

Clara machte sich ein paar Notizen.

»Wir werden das Mobbing stoppen«, sagte sie voller Zuversicht. »Es gibt einen erprobten Ansatz, mit dem viele Einrichtungen seit Jahren arbeiten. Im Grunde geht es dabei darum, die Täter aktiv in den Prozess einzubinden, der ihr eigenes Mobbing beendet. Dazu brauche ich allerdings die Namen aller Akteure. Auch muss ich wissen, wer zu dir hält. Würdet ihr beide sie mir nennen wollen?«

Jannik und Leon sahen sich stumm an, als würde der eine darauf warten, dass der andere sein Schweigen brach.

***

Die Fotos aus der Gerichtsmedizin waren grauenvoll, selbst für einen so altgedienten Polizisten wie Kriminalrat Heinz Bertram. Sie hingen in einem akkuraten Abstand nebeneinander an der weißen Magnetwand in seinem Büro im Gelnhäuser Polizeirevier.

Detailaufnahmen des Leichnams von Bernd Altmeier zeigten tiefe Bissspuren, langflächig aufgerissene Hautpartien und einen blank liegenden Kehlkopf, der zerfetzt aus dem Hals ragte. Dieser Todesfall war Chefsache, also war es an ihm, Bertram, gemeinsam mit seinem Stellvertreter und Schwiegersohn Hauptkommissar Jürgen Jungmann die Ermittlungen zu leiten.

Bertram drehte sich zu der Frau, die neben ihm stand und die Aufnahmen sehr genau studierte.

»Was können Sie uns sagen, Dr. Brinkmann?«, fragte er.

Die drahtige Kynologin blieb noch einen kurzen Moment in ihre Betrachtung vertieft, bevor sie reagierte.

»Die Bissspuren, das Muster und die Tiefe der Verletzungen, die durch die Krallen verursacht wurden, sind eindeutig«, erklärte sie und strich sich mit einer knappen Bewegung eine Strähne aus ihrem Haar, das straff nach hinten gekämmt und zu einem Zopf geflochten war. »Die Pfotenabdrücke sprechen ebenfalls dafür. Sie haben es mit einem Caniden zu tun.«

»Bitte die deutsche Variante«, bat Bertram.

»Es war eindeutig ein Wolf oder ein Hund«, sagte sie in dozierendem Tonfall.

»Können Sie eine genauere Einschätzung abgeben?«, fragte Jungmann ungeduldig.

Dr. Brinkmanns mit grauen Strähnen durchzogener Zopf schwang auf ihrem Rücken, als sie sich ruckartig zu ihm umdrehte.

»Vielleicht«, antwortete sie und schürzte die Lippen. »Dazu müsste ich allerdings den Leichnam sehen und die Spuren genau vermessen. Auch wenn ich Sie enttäuschen muss – das Einzige, was sich im Augenblick mit Gewissheit sagen lässt, ist die Tatsache, dass der Mörder ein Vertreter aus der Familie der Canidae ist.«

»Haben Sie eine Erklärung dafür, wie die Polizeihunde die Spur des Tieres verlieren konnten?«, fragte Jürgen Jungmann.

»Nein«, antwortete Dr. Brinkmann knapp.

»Also gut«, lenkte Bertram ein. »Dann wird Sie mein Kollege an den Tatort fahren, damit Sie nach Spuren schauen können. Ich setze mich mit Dr. Völker von der Gerichtsmedizin in Verbindung, damit Sie möglichst rasch die Leiche untersuchen können.«

Er reichte ihr die Hand zum Abschied. Obwohl die ihre in seiner Pranke fast verschwand, war ihr Händedruck erstaunlich fest.

»Vielen Dank noch einmal dafür, dass Sie sich so kurzfristig Zeit für uns genommen haben«, fügte er hinzu.

Nachdem Dr. Brinkmann den Raum verlassen hatte, um auf dem Parkplatz auf Jungmann zu warten, kam der gleich auf den Punkt.

»Die ist schon ein bisschen seltsam«, stellte er fest. »Typ ›Frau Oberlehrer‹. Unverheiratet, versteht sich.«

»Sie ist die beste Kynologin weit und breit«, konterte Bertram, »das hat mir Dr. Völker jedenfalls versichert. Er hatte wohl schon öfter mit ihr zu tun und schätzt ihre Fachkompetenz außerordentlich.«

»Und wie die rumläuft«, fuhr Jungmann unbeirrt fort, »Outdoorhemd, Outdoorhose, Wanderstiefel ...«

»Du sollst ihr keinen Heiratsantrag machen, du sollst mit ihr zusammenarbeiten«, wies Bertram seinen Schwiegersohn grinsend zurecht. Manchmal benahm sich Jürgen wie ein großer Junge, der in der Pubertät stecken geblieben war. »Vielleicht laufen alle Zoologen so herum, wenn sie ihre Studienobjekte beobachten. Vergiss nicht, dass wir sie von einem Forschungsauftrag weggeholt haben.«

»Ja, ja, ja! Ich gehe schon und fahre die Frau Hundeexpertin in den Vogelsberg«, maulte Jungmann halb ernst, halb im Spaß.

***

Die Dozententätigkeit an der Fachhochschule in Wiesbaden gehörte zu den angenehmen Seiten von Casparis Beruf. Die Benotung von Hausarbeiten allerdings nicht. Er rang mit jeder Beurteilung, weil er angehenden Polizisten das Leben nicht mit einer schlechten Note schwer machen wollte. Nach mehreren Anläufen war er fertig geworden und befand nun, dass der Notendurchschnitt vertretbar war.

Er kochte in der Küche Tee, als Clara von der Schule heimkam.

»Wie ist das Gespräch wegen des Mobbings gelaufen?«, fragte er, nachdem sie sich umarmt hatten.

»Insgesamt sehr gut«, antwortete sie und erzählte ihm von dem Treffen mit Jannik und Leon.

»Ich verstehe nicht, was Menschen dazu bringt, solche Sexties zu machen«, kommentierte Caspari Janniks Handyvideo.

»Das hat mit dem Kommunikationsverhalten der Jugendlichen zu tun«, entgegnete Clara und setzte sich an den Küchentisch. »WhatsApp, Instagram, Twitter – sie sind mit diesen Plattformen groß geworden. Dass eine private Unterhaltung im Netz niemals so geschützt ist wie ein Gespräch unter vier Augen, haben sie gar nicht im Bewusstsein. Sie blenden aus, dass Dinge, die im Internet auftauchen, dort nie wieder verschwinden, auch wenn man sie löscht.«

»Digital Natives, ja, ich weiß«, sagte Caspari. »So toll das Internet auch sein mag, es bietet doch einen unglaublich großen Raum für Missbrauch.«

Clara trank einen Schluck Tee aus der Tasse, die Caspari ihr hingestellt hatte, und wandte sich der Zeitung zu. Plötzlich hob sie den Kopf. »Hast du den Artikel über die tödliche Attacke auf den Mann in Unterreichenbach gelesen?«

»Ja. Schrecklich, nicht wahr?«

»Hier steht, man vermutet ein Tier als Angreifer. Vielleicht ein Hund.« Gedankenverloren kraulte sie mit einer Hand Camillo, der seinen Kopf auf ihren Oberschenkel gelegt hatte, hinter den Ohren. Der junge Berner Sennenhund war schon wieder ein ordentliches Stück gewachsen.

Caspari sah den beiden schweigend zu.

»Welcher Hund macht so etwas?«, fragte Clara schließlich.

»Jedenfalls nicht so ein Schmuser wie unser Wollknäuel. Es gibt leider Menschen, die Hunde zu seelischen Krüppeln machen, zu gefährlichen Tieren. Andere nehmen nur die aggressivsten Hündinnen und Rüden für die Zucht. So oder so – es ist meistens der Mensch, der die Schuld trägt. Der Hund ist nur das Werkzeug – oder das Opfer, wenn du so willst.«

»Hunde fallen nicht in dein Ressort?«, scherzte Carla.
»Nein, wir beschränken uns auf menschliche Mörder«, erwiderte Caspari.
»Jedenfalls werdet ihr, du und deine Abteilung, diesmal nicht miteinbezogen«, stellte Clara beruhigt fest. »Hoffen wir mal, dass das so bleibt.«

***

*Camille gähnte und riss dabei den Mund ungeniert weit auf. Ihre Mutter hätte ihr dafür bestimmt eine Maulschelle gegeben und sie ermahnt, sie solle gefälligst die Hand vor den Mund nehmen. Aber außer der jungen Hirtin und der Schafherde war nur Hector da, der alte Hütehund, der zusammen mit ihr die Herde bewachte. Er lag auf der anderen Seite der Wiese und döste in der warmen Nachmittagssonne vor sich hin.*

*Ein lauer Wind strich Camille durch das Haar. Missmutig warf sie einen Blick auf die Haube, die sie neben sich ins Gras gelegt hatte. Sie musste das Ding wieder aufsetzen, wenn sie am frühen Abend die Schafe zum Dorf zurücktreiben würde. Dann wären ihre brünetten Locken wieder unter einem Gefängnis aus Leinen eingezwängt. Sie hasste diesen Gedanken.*

*Schläfrig gähnte sie noch einmal und legte sich ihr langes Haar über die Schulter auf die Brust. Ihr schauderte. Der Wind musste urplötzlich gedreht haben. Sie hatte das Gefühl, als wehe er nun heiß in ihren entblößten Nacken. Doch wie konnte er gleichzeitig lau über ihr Gesicht streifen?*

*Camille blieb keine Zeit mehr, dieses Phänomen eingehend zu betrachten. Das riesige Tier, dessen Atem sie gespürt hatte, biss ihr von hinten in den Nacken, hob sie ein wenig an und schüttelte sie unbarmherzig, bis die Halswirbel dem Druck des mächtigen Kiefers nachgaben und brachen.*

*Camille starb einen kurzen, gnädigen Tod, gemessen an*

*dem, was dem alten Hector widerfuhr, als er versuchte, dem Mädchen zur Hilfe zu eilen.*

***

*»Madame Chastel! Wo ist Euer Mann?«, rief Durand aufgeregt, als er in die Küche des »Le Percheron« stürmte.*

*Anne Chastel dachte kurz nach. »Er müsste jeden Moment zurückkommen. Antoine, Pierre und er sind schon kurz vor Sonnenaufgang zur Jagd aufgebrochen. Unsere Wildvorräte neigen sich dem Ende zu. Wenn Ihr wollt, könnt Ihr auf sie warten. Ich habe gerade frisches Brot gebacken. Das könnt Ihr mit einem guten Käse essen und ein Bier dazu trinken.«*

*Der Gendarm machte eine abwehrende Bewegung.*

*»Nein, vielen Dank. Ein Schluck kühlen Wassers wäre mir lieber.« Er ließ sich von der Wirtsfrau einen Krug einschenken, den er in großen Schlucken austrank. »Ah, das tut gut!«, raunte er.*

*»Was gibt es denn, das so dringlich ist?«, fragte Anne Chastel.*

*Durand musterte sie. Sein alter Kamerad aus der Zeit bei der Armee Seiner Majestät hatte mehr Glück bei der Wahl seiner Frau gehabt als er selbst. Seine eigene Frau hatte sich mehr in seine Gendarmenuniform verliebt als in ihn als Menschen. Nun warf sie ihm fast täglich vor, dass er es nicht bis zum Posten des Polizeipräfekten gebracht hatte. Dabei hätte sie mit dem Sold zufrieden sein können. Der Staatsapparat war zwar nicht gerade freigebig, wenn es um die Gehälter der Gendarmerie ging. Aber verglichen mit dem, womit die Bauern und die anderen einfachen Leute auskommen mussten, konnte sie sich eigentlich nicht beschweren.*

*Durand seufzte leise.*

*Anne Chastel sah ihn neugierig an. »Darf ich fragen, worum es geht?«*

*»Die Bestie hat wieder zugeschlagen«, antwortete er bereitwillig. »Nur eine halbe Stunde mit dem Pferd von hier. Ich muss mit Eurem Mann wieder den Versuch unternehmen, dieses … Ding aufzuspüren.«*

*Ihre Augen weiteten sich, aber sie nickte nur stumm. Kurz darauf war das Geräusch von Hufen zu hören. Männerstimmen kamen aus dem Hof. Anne Chastel öffnete die Tür und rief ihren Mann. Der trat wenig später ein. Erstaunt sah er Durand an.*

*»Bonjour, Jacques! Was verschafft uns die Ehre Eures Besuches?«*

*»Die Bestie«, antwortete Durand knapp und bitter.*

*»Sie hat schon wieder zugeschlagen?«*

*Durand nickte wortlos.*

*»Mon dieu«, stöhnte Anne Chastel.*

*Chastel drehte sich auf dem Absatz herum, lief zur Außentür der Küche und rief seinen Söhnen im Hof zu, sie sollten die Pferde nicht absatteln.*

*»Wieder so grauenvoll?«, erkundigte er sich dann bei Durand.*

*»Noch grauenvoller«, antwortete dieser und verzog angewidert das Gesicht. »Ich dachte, in Neu-Frankreich hätte ich schon alles gesehen. Das war ein Irrtum.« Er machte eine Pause. »Der Kopf des Mädchens fehlt diesmal«, sagte er schließlich.*

*»Der ganze Kopf?« Chastel wirkte erschüttert.*

*»Wir müssen los. Der Spuk muss ein Ende haben«, drängte Durand.*

*Bevor Chastel etwas erwidern konnte, ergriff seine Frau das Wort.*

*»Jean, ich bitte dich, nimm Pierre und Antoine mit. Ich habe keine ruhige Minute, solange du die Bestie allein jagst.«*

*Chastel zögerte.*

*»Richard und Isabelle werden mir hier helfen. Mit ihnen bekomme ich das schon hin.«*

*»Nun gut«, stimmte ihr Mann zu. »Dann wollen wir keine Zeit verlieren!«*

***

Bertram fröstelte. Er stand auf und schloss das Fenster seines Büros. Die Nacht über hatte es geregnet, und die Luft war deutlich kühler geworden als in den ersten Tagen des Monats. Nachdem er sich wieder an seinen Schreibtisch gesetzt hatte, klopfte Jürgen Jungmann an die Tür.

»Es gibt Neuigkeiten«, begann er ohne einen Gruß. »Ein Förster hat uns verständigt. Ein befreundeter Jäger hat ihm Wolfsspuren im Wald zwischen Schlierbach und Birstein gezeigt. Nach einiger Zeit des Suchens konnten sie ihn schließlich entdecken. Nach der Meinung des Försters ist es ein ziemlich großer Brocken.«

Bertram nickte. »Das deckt sich mit dem, was die Zoologin mir vorhin am Telefon erzählte. Sie hat sich im gerichtsmedizinischen Institut mit Dr. Völker die Leiche angesehen und ist sich anhand der Bissspuren fast sicher, dass es sich um einen Wolf handelt. Absolute Gewissheit soll aber die Untersuchung der Haare geben, die an der Kleidung des Toten gefunden wurden. Dr. Völker hat ihr Proben zur genauen Analyse mitgegeben.«

»Dann bleibt uns wohl nichts anderes übrig, als auf das Ergebnis zu warten«, resümierte Jungmann.

Bertram sah gequält auf den Aktenstapel auf seinem Schreibtisch.

»Bis dahin wird es uns sicher nicht langweilig werden.«

***

Wo konnten sie nur sein? Jannik war sich sicher, seine neuen Chucks genau an dieser Stelle in der Umkleide abgestellt zu haben, bevor er die Turnhalle zum Sportunterricht betreten hatte. Und nun, am Ende der Doppelstunde, waren sie spurlos verschwunden.

Nachdem er sich umgezogen hatte, schlüpfte er noch einmal in die Sportschuhe und begann, systematisch die Umkleide und die Dusche nach den Chucks abzusuchen.

»Fehlanzeige«, zischte er schließlich verärgert. Dann kam ihm ein böser Verdacht.

Mit einem flauen Gefühl im Magen ging er auf die Herrentoilette. Als der Bewegungsmelder das Licht anschaltete, sah er sie. Sein neues Paar Schuhe steckte in der Kloschüssel, gleich in der ersten Kabine.

Mit einem Anflug von Ekel zog er die nassen Leinenschuhe heraus und drehte sich fluchend um. Aus dem Augenwinkel registrierte er das beleuchtete Display eines Mobiltelefons.

Er wendete den Kopf und erstarrte. Über dem oberen Rand der Trennwand sah Manuel, der Rädelsführer der Mobbing-Gang, die ihn fertigmachte, zu ihm herunter. Er schien auf der Kloschüssel in der Nachbarkabine zu stehen. Janniks Fund seiner Chucks hatte er gefilmt. Nun trat er lachend aus der Kabine und schwenkte sein Handy in der Hand.

»Für die Nachwelt«, sagte er höhnisch grinsend.

Jannik nahm nicht mehr wahr, wie hinter ihm die Eingangstür zu den Toiletten geöffnet wurde. In ihm explodierte es. Zornig ließ er die Schuhe fallen und stürzte sich auf seinen Mitschüler.

»Du Arschloch!«, brüllte er, während er Manuel mit der einen Hand an der Kehle packte und mit der anderen versuchte, nach dem Mobiltelefon zu greifen. Doch plötzlich durchfuhr ihn ein stechender Schmerz in der rechten Nierengegend. Stöhnend ließ er Manuel los und sackte zu Boden.

Hinter ihm stand Martin, ein Mitglied der Gang, mit geballten Fäusten und sah ihn an wie eine lauernde Raubkatze vor dem Sprung.

»Kommt endlich raus!«, dröhnte die Stimme ihres Sportlehrers aus dem Flur. »Ich will die Halle abschließen.«

»Glück gehabt«, fauchte Martin, »beim nächsten Mal bist du fällig!«

»Und wenn du uns verpfeifst, auch!«, fügte Manuel hinzu.

***

Wer würde als Erster nachgeben? Clara sah Caspari tief in die Augen. Seit Wochen kreisten sie schon um den Trauspruch. Heute Abend musste es entschieden werden. Das Traugespräch bei Dekan Kern sollte in wenigen Tagen stattfinden.

Je ernster Clara Caspari schweigend ansah, umso mehr schienen seine Mundwinkel zu zucken. Gleich hatte sie ihn so weit! Nur noch ein bisschen durchhalten, dann würde er nachgeben.

Natürlich war dieser stumme Kampf eine Posse. Doch es machte Spaß, sich wieder einmal wie ein Teenager zu benehmen.

Das Zucken seiner Mundwinkel wurde zu einem Grinsen, dann zu einem lauten, schallenden Lachen.

»Ich liebe es, wenn du so guckst«, brachte Caspari mit Tränen in den Augen hervor.

»Wie, so?«

»Na, so«, beharrte er noch immer lachend, »so mächtig ernst. Das ist dein Pokerface.«

Jetzt musste auch Clara lachen.

»Und?«, fragte sie, als sie sich wieder gefangen hatten.

»Wir nehmen deinen Trauspruch.« Caspari streichelte ihr über die Hand. »›Gott hat uns nicht gegeben den Geist der Furcht, sondern der Kraft und der Liebe und der Besonnenheit.‹ Der passt zu uns beiden. Du hattest den Mut, dich auf das turbulente Leben mit mir einzulassen und sogar auf dieses abgelegene Hofgut zu ziehen.«

»Du warst bereit, dein Leben für mich zu opfern«, erinnerte Clara ihn an seinen letzten Fall, bei dem man ihn vor die Wahl gestellt hatte, Clara und seinen Sohn Lukas sterben zu sehen oder sich selbst umbringen zu lassen.

»Also gut, dann hätten wir den Trauspruch. Als Nächstes steht das Liederheft auf dem Programm«, resümierte Clara.

»Für dessen Gestaltung sich Mario und Tina angeboten haben«, ergänzte Caspari.

»Fehlen nur noch das Brautkleid und dein Anzug.«

»Beides ist doch schon ausgewählt und in Arbeit«, versuchte Caspari Clara zu beruhigen.

»Ja, ich weiß«, bestätigte sie seufzend, »aber die Zeit bis August geht sicher schneller rum, als uns lieb ist. Zum Schluss wird es dann wieder sehr hektisch.«

»Eine Sache haben wir tatsächlich vergessen«, fiel Caspari plötzlich ein.

Clara sah ihn fragend an.

»Die Trauringe!«

»Oh nein!«, rief sie. »Dann wissen wir ja, was wir ab Freitagnachmittag vorhaben.«

***

»Hier sind sie.« Otto Kürschner zeigte auf die Fußabdrücke. Die Stelle, an der er sie entdeckt und später dem Förster Michael Lang gezeigt hatte, war mit Sprayfarbe an den Bäumen markiert.

Dr. Brinkmann holte aus ihrem Rucksack Gips und eine Flasche Wasser heraus und begann, beides in einer kleinen Schüssel zu verrühren. Dann goss sie das Gemisch in die Spur. Die beiden Jagdhunde, die Kürschner und Lang mitgenommen hatten, legten ihre Köpfe schräg und sahen ihr dabei neugierig zu.

Als der Abdruck ausgehärtet war und Dr. Brinkmann ihn vorsichtig abgelöst hatte, brach sie ihr Schweigen.

»Sie haben gestern tatsächlich einen Wolf gesehen?«, fragte sie skeptisch.

»Selbstverständlich«, sagte Kürschner entschieden. »Ich bin zwar *nur* ein Jäger, aber ich weiß sehr genau einen Wolf von einem Hund zu unterscheiden.«

»Ich wollte Sie nicht kränken«, lenkte Dr. Brinkmann ein, als wäre ihr gerade erst aufgefallen, dass sie Kürschner wie einen Idioten hatte aussehen lassen.

»Otto ist ein versierter Kenner des Waldes«, bestätigte Michael Lang. »Und schließlich habe ich das Tier ja auch gesehen.«

»Entschuldigen Sie, ich wollte nur sichergehen«, rechtfertigte sich Dr. Brinkmann. »Eine Wolfssichtung hat es bisher im Vogelsberg noch nicht gegeben. Ich würde ihn gern mit Ihnen suchen gehen.«

»Selbstverständlich«, antwortete Kürschner.

Lang nickte.

Die drei folgten den Hunden, die sie an langen Schleppleinen führten. Nach einer Weile blieben die Hunde stehen, legten die Ohren an und sträubten ihr Nackenfell. Leise pirschten sie sich vorwärts.

Nach wenigen Schritten schlug ihnen Verwesungsgeruch entgegen. Kürschner verzog angewidert das Gesicht. Dr. Brinkmann schien der Gestank nicht weiter zu stören. Mit einem Ausdruck von Neugier auf dem Gesicht ging sie an den Hunden vorbei, die von ihren Herren festgehalten wurden, und suchte mit den Augen eine Senke ab. Sie bückte sich, hob einen Stock vom Boden auf und ging damit auf einen Haufen Eichenlaub zu. Vorsichtig schob sie die Blätter auseinander.

Erdverschmierte, blutige Klumpen Fleisch kamen zum Vorschein, die von einem Stück Fell zusammengehalten wurden. Daneben lag ein Kopf, dessen leblose Augen ins Leere starrten.

»Eine junge Hirschkuh«, mutmaßte Dr. Brinkmann, »oder das, was von ihr noch übrig ist.«

Michael Lang stieg hinab und untersuchte den Kadaver.

»Ja, Sie haben recht«, bestätigte er. »Da schienen die Augen des Räubers größer als der Magen gewesen zu sein.«

»Er kommt wieder zurück, wenn er erneut Hunger hat. Wölfe legen sich gern solche Depots an«, erklärte Dr. Brinkmann.

»Lassen Sie uns weitersuchen«, schlug Kürschner vor, »vielleicht finden wir ihn noch.«

»Der kann Gott weiß wo sein«, protestierte der Förster halblaut.

»Versuchen kann man es ja«, warb Kürschner für seine Idee.

»Dem stimme ich zu«, sprang ihm Dr. Brinkmann bei.

Lang gab sich geschlagen. »Na, dann wollen wir mal keine Zeit verlieren.«

Sie waren über eine Stunde gelaufen, als die Hunde erneut das Nackenfell aufstellten und die Ohren anlegten. Diesmal knurrten sie zudem leise.

Dr. Brinkmann sah ihn als Erste. Wortlos fasste sie Kürschner am Arm und wies auf eine Senke, in der sich der Wolf ausruhte. Fast lautlos zog sie ihren Rucksack von den Schultern und holte einen Fotoapparat mit einem großen Objektiv heraus. Dann pirschte sie sich noch ein kleines Stück näher heran, bevor sie Fotos schoss.

Das Tier hob den Kopf und hielt die Nase in den Wind.

»Er wittert uns«, flüsterte Lang Kürschner zu.

Der nickte nur stumm und beeilte sich, durch sein Fernglas zu sehen, solange der Wolf noch in ihrer Nähe war. Ein solcher Anblick in freier Wildbahn war sehr selten, zumal im Vogelsberg.

Mit einem Mal richtete sich der Wolf auf und sprang mit großen Sätzen davon.

Dr. Brinkmann kam lächelnd zu ihnen zurück. »Es ist schon eine Weile her, dass ich eine so ausgezeichnete Möglichkeit hatte, einen Einzelgänger aus der Nähe zu fotografieren.«

»Sie meinen, er hat kein Rudel?«, fragte Michael Lang.

»Ich bezweifle das. Wir hätten viel mehr Spuren finden müssen, wenn sich hier noch mehr von ihnen angesiedelt hätten. Wölfe jagen in der Regel im Rudel. Die Hirschkuh wurde aber nur von einem Tier gejagt und zum Teil gefressen.«

Auf dem kleinen Bildschirm ihres Apparates sah sie sich die Fotos an, die sie kurz zuvor gemacht hatte.

»Es ist ein Rüde. Er ist erstaunlich groß. Ich schätze mal, neunzig Zentimeter Schulterhöhe. Er muss aus Polen nach Deutschland eingewandert sein. Dort gibt es Wölfe dieser Größe. Aber auch dort ist das kein Standardmaß.«

»Der soll das Ungeheuer sein, das den Mann in Unterreichenbach auf dem Gewissen hat? Der hat sich doch gleich aus dem Staub gemacht, als er uns bemerkte. So wie es Wölfe im Allgemeinen tun«, gab Kürschner zu bedenken.

»Dazu kann ich noch nichts sagen. Ich muss erst einmal den Gipsabdruck mit denen vom Tatort vergleichen. Außerdem müssen wir noch einen DNA-Abgleich seiner Haare mit denen des Killers machen. Ich nehme an, dass er da unten welche verloren hat.«

Michael Lang war skeptisch.

»Sind Sie sich sicher, dass dieses Ungeheuer überhaupt ein Wolf war?«

»Die mikroskopische Untersuchung der Haare am Tatort ergab eindeutig, dass es ein Wolf war. Die Bissspuren auch. Wölfe haben eine längere Schnauze als Hunde«, erklärte Dr. Brinkmann in sachlichem Tonfall.

»Warum haben wir ihn dann nicht gleich erschossen, wenn er nun schon mal so dicht vor unserer Nase in der Senke lag?«, fragte Kürschner empört.

***

*»Maître Chastel, wie kommt es, dass Ihr die Bestie noch nicht aufgespürt und erlegt habt? Wenn es um Wild für Euer Gasthaus geht, seid Ihr nicht so sehr vom Pech verfolgt.«*

*Das »Le Percheron« war voller Menschen. Nur herrschte an diesem Abend keine fröhliche Stimmung. Auch bestellten die Anwesenden nichts zu essen oder zu trinken. Die Bauern und Handwerker aus den umliegenden Dörfern hatten sich in Chastels Gasthaus versammelt, um von ihm Rechenschaft für sein Versagen bei der Jagd nach der Bestie zu fordern. Mit verschränkten Armen und grimmigen Mienen saßen und standen die Leute dicht gedrängt in der Gaststube.*

*Chastel konnte ihre Aufregung gut verstehen. Sie hatten Angst. Angst vor einem Wesen, das direkt aus der Hölle zu kommen schien, lautlos tötete und jedes Mal wieder in dem Nichts verschwand, aus dem es hervorgekrochen war. Sie suchten nach einem Ventil, um dieses Gefühl loszuwerden. Im Ärger über Chastels vermeintliches Versagen hatten sie es gefunden.*

*Chastel ließ seinen Blick über die Menge schweifen und erkannte Jeanne Boulets Vater. Der saß zusammengesunken an einem Tisch und starrte mit ausdruckslosem Gesicht ins Leere. Dann wandte er sich dem Dorfältesten Eric Robert zu, der ihn in seinem eigenen Gasthaus mit Worten attackiert hatte.*

*»Wir haben es nicht mit einem herkömmlichen Wolf zu tun, Monsieur Robert. Ihr tut gut daran, diesen Bestie zu nennen, denn genau das ist er«, antwortete Chastel mit klarer, lauter Stimme.*

*Ein Raunen ging durch das Gasthaus.*

*»Ich wusste es doch«, rief jemand, »es ist ein Werwolf!«*

*»Ob es ein dämonisches Wesen ist, vermag ich nicht zu beurteilen«, versuchte Chastel das Gespräch wieder auf eine sachliche Ebene zu lenken, »aber es ist anders als alles Raubwild, das ich bisher gejagt und zur Strecke gebracht habe. Erinnert euch an den Wolf, der viele Schafe von Bauer Michel gerissen und seinen Hund totgebissen hat.«*

*»Ein enormer Brocken«, stimmte der Bauer zu.*

*»Meine Hunde haben seine Fährte aufgenommen, und ich konnte ihn nach zweitägiger Jagd schließlich erschießen«, er-*

*innerte Chastel die Anwesenden. »Dort an der Wand hängt sein Fell.«*

*Die Blicke im Raum folgten dem ausgestreckten Arm des Wildhüters. Wieder setzte Raunen ein.*

*Robert ließ nicht locker. »Ihr habt meine Frage noch nicht beantwortet, Chastel! Warum spürt Ihr den Wolf dieses Mal nicht auf?«*

*»Weil seine Spur plötzlich im Nichts verschwindet«, erklärte Chastel. »Ihr kennt die Qualitäten meiner Hunde. Einigen von Euch habe ich oft Welpen verkauft. Es sind hervorragende Jagdhunde mit einer exzellenten Nase. Doch bei diesem Mörder kommen sie nicht weiter. Irgendwann bleiben sie stehen. Die Fährte ist einfach weg.«*

*»Wie ist das möglich?«, rief einer der Anwesenden.*

*»Das wissen wir nicht«, sprang Durand Chastel zur Seite. »Ich habe es mit eigenen Augen gesehen. Maître Chastel und ich haben viele Stunden damit verbracht, mit den Hunden die Fährte wiederzufinden. Es war vergebens.«*

*»Wenn Ihr es sagt, Sergeant«, brüllte ein Mann mit feuerrotem Gesicht erbost. »Dann bleibt uns wohl nichts anderes übrig, als darauf zu hoffen, dass die Bestie beim nächsten Mal einen Fehler macht und sich erwischen lässt.«*

***

»Mannomann, wir waren früher auch keine Engel, aber so etwas haben wir nicht gemacht.« Thorsten Lamprecht, Janniks Sportlehrer, hatte sich ins Lehrerzimmer zu Clara gesetzt und erzählte ihr die Geschichte mit den ins Klo gesteckten Chucks. »Das geht gar nicht«, fuhr er fort. »Das ist kein Streich mehr, das ist Sachbeschädigung.«

»Wie hast du Wind davon bekommen?«, wollte Clara wissen.

»Die beiden Jungs hatten so ein hämisches Grinsen drauf, als sie aus der Toilettentür kamen. Als sie bemerkten, dass mir das auffiel, versuchten sie ganz schnell, es zu vertuschen. Ey, ich kenne die Jungs seit der fünften Klasse. Die zwei waren schon immer Arschgeigen. Also habe ich sie energisch aufgefordert, stehen zu bleiben.«

Clara musste sich ein Lachen verkneifen. Thorstens Leidenschaft war das Ringen, was mehr als deutlich an seinen mächtigen Armen und Schultern und an seinem breiten Rücken zu sehen war. Wenn er Klartext redete, dann legten alle Schüler die Ohren an und spurten.

»Dann kam Jannik mit einem gequälten Gesicht aus der Toilette«, fuhr er fort. »Ich fragte ihn, ob die beiden ihn verletzt hätten. Er schüttelte den Kopf. Dann sah ich das triefnasse Paar Schuhe in seiner Hand. Jannik wollte immer noch nicht reden. Die zwei Sackpfeifen wollten mir weismachen, sie hätten ihm nur beim Suchen seiner Schuhe geholfen. Da ist mir der Kragen geplatzt. Ich habe sie angebrüllt, ob sie mich verarschen wollten. Sie waren plötzlich ganz schweigsam. Ich habe alle drei dann zu unserem Oberindianer geschleppt. Der war *really not amused*. Das gibt einen schönen Eintrag in die Schülerakte und eine Entschädigung für Jannik. Als Manuel dann maulte, das wäre doch überzogen, meinte unser Chef, er könne noch obendrauf eine Anzeige wegen Sachbeschädigung haben, wenn er nicht gleich still sei. Ich wurde beauftragt, dir von dem Vorfall zu erzählen. Als ich das Büro verließ, fing er gerade an, mit den Eltern zu telefonieren.«

»Ich werde auch mit dem Chef darüber sprechen«, meinte Clara nachdenklich. »Das Ganze geht über die üblichen Streiche deutlich hinaus. Jannik hat von diesen Jungs schon viel mehr über sich ergehen lassen müssen. Wir haben es hier mit Mobbing zu tun.«

»Was schlägst du vor?«, fragte Thorsten.

»Es hat keinen langfristigen Nutzen, die Vorfälle mit Strafen zu unterbinden«, erklärte Clara. »Die Truppe wird sich dadurch nur noch mehr auf Jannik fokussieren. Sie werden sich sogar im Recht glauben. Wir müssen ihnen die Möglichkeit zum Perspektivwechsel geben. Sie sollen nicht mehr länger dafür sorgen, dass es Jannik schlecht geht, sondern dass er sich auf unserer Schule und in seinem privaten Umfeld wieder wohlfühlt.«

»Und du meinst, diese Sackpfeifen werden sich darauf einlassen? Das glaube ich nicht.«

»Wir machen einen runden Tisch, an dem ein paar Freunde, die betreffenden Tutoren und ich und natürlich auch deine ›Sackpfeifen‹ sitzen. Wir besprechen dann gemeinsam, was alle tun können, damit es Jannik besser geht, ohne dass wir dabei die Jungs als Verursacher der Situation benennen. Jeder bekommt eine Aufgabe, die wöchentlich in der Runde abgefragt und deren Ergebnis besprochen wird.«

Thorsten war skeptisch. »Wie lange soll das laufen?«

»So lange, bis das Mobbing tatsächlich beendet ist und Jannik wieder unbeschwert leben und lernen kann.«

»Und das funktioniert?«

»Ja«, beteuerte Clara stoisch. »Dieses Modell nennt sich ›No-Blame-Approach‹ und ist ein sehr erfolgreicher Ansatz zur Bekämpfung von Mobbing.«

»Das klingt so nach ›warmduschen‹. Aber wenn es hilft – warum nicht …«

***

Ein wild gewordenes Tier als Täter war der reinste Alptraum. Bertram nervte die Tatsache, dass das Biest immer noch frei herumlief. Es störte ihn ungemein, dass er ihm mit der klassischen Polizeiarbeit nicht beikommen konnte. Außerdem war er nicht glücklich über die Untersuchungsergebnisse, die Dr. Brinkmann ihm, Jungmann und den anderen anwesenden Beamten gerade referierte.

»Die Bissspuren weisen, wie ich schon einmal erklärte, eindeutig auf einen Wolf hin. Er hat eine längere Schnauze als der domestizierte Hund«, verdeutlichte Dr. Brinkmann, die wieder einmal gekleidet war, als befände sie sich in einer Feldstudie in der Wildnis und nicht im Konferenzraum des Gelnhäuser Polizeireviers. »Das Ergebnis der Analyse der Haare, die am Opfer gefunden wurden, weist mit hundertprozentiger Sicherheit in dieselbe Richtung. Nachdem ich die Gipsabdrücke vom Tatort mit den Spuren verglichen habe, die der Wolf hinterlassen hat, dem wir gefolgt sind, kann ich bestätigen, dass er den Mann angefallen und getötet hat.«

»Und wie fangen wir ihn jetzt? Observation und Zugriff mit Handschellen?«, versuchte einer der Beamten sich mit einem Scherz.

Bertram strafte ihn mit einem missbilligenden Blick.

»Ich werde im Beisein von Dr. Brinkmann mit der Oberforstdirektion telefonieren. Die sollen mit uns überlegen, wie wir das Tier am schnellsten zu fassen kriegen, bevor es noch einen Menschen anfällt.«

Am darauffolgenden Tag studierte Bertram morgens gemeinsam mit Dr. Brinkmann, Einsatzleitern einer Hundertschaft der Bereitschaftspolizei und dem Forstdirektor das Kartenmaterial. Als jeder wusste, welcher Abschnitt des Waldes zwischen Schlierbach und Birstein abgesucht werden sollte, setzte sich ein kleines Heer von Polizisten, Förstern, Jägern und Hunden in Bewegung.

Dr. Brinkmann lief neben Bertram her. Außer ihrem Rucksack führte sie ein Betäubungsgewehr mit sich.

»Wäre es nicht besser, das Tier gleich zu erschießen?«, fragte Bertram, nachdem sie eine Anhöhe hinaufgestiegen waren.

»Mag sein«, antwortete Dr. Brinkmann kalt. »Doch wer sagt uns, dass der Wolf, auf den wir treffen, unser Bösewicht ist?«

***

Wie hatte er sich nur dazu überreden lassen können, an der Botanik-AG teilzunehmen? Es war Freitagnachmittag, und außer den Verrückten, die wie er im Schulgarten unter Herrn Riechlings Anleitung Stauden gepflanzt und bestimmt hatten, war wohl jeder Schüler im Freibad. Zu allem Übel musste er nach Hause auch noch bergauf mit dem Fahrrad fahren.

Jannik schlurfte lustlos zum Fahrradständer der Schule. Gehässiges Gelächter ließ ihn frösteln. Aus dem Schatten trat ein hochgewachsener Mann, der sich die Maske eines Horrorclowns über den Kopf gezogen hatte und Motorradhandschuhe an den Händen trug.

Jannik fuhr erschrocken zusammen, fing sich aber gleich wieder, drehte sich schnell herum und wollte die Flucht auf dem Weg antreten, auf dem er hierhergelaufen war. Doch dieser Impuls erstarb in dem Moment, als er sich drei weiteren Horrorclowns gegenübersah, die wie aus dem Nichts gekommen waren.

Verzweifelt sah er sich um, nur um festzustellen, dass er von einer ganzen Gruppe dieser Gestalten umringt war. Keine von ihnen sprach ein Wort, hier und da drang fieses Lachen durch eine der Masken.

Janniks Herz begann heftig zu schlagen. Er konnte nicht schlucken, das Atmen fiel ihm schwer, während sich der Kreis um ihn immer enger zog. Verzweifelt suchte er ein weiteres Mal nach einer Lücke in dem alptraumhaften Ring, der sich um ihn gelegt hatte.

Den Schlag hatte er nicht kommen sehen. Er hörte ein lautes Knacken, als eine behandschuhte Faust auf seine Nase krachte. Ein stechender Schmerz durchströmte ihn, Tränen schossen ihm in die Augen und verwischten ihm die Sicht. Er nahm den metallischen Geschmack von Blut auf seiner Zunge wahr. Er krümmte sich nach vorn und hielt dabei die Hände schützend vor sein Gesicht.

Ein harter Kniestoß wurde ihm an die Stirn gerammt. Jannik taumelte rückwärts und stolperte dabei gegen einen seiner Angreifer, der ihn grob wieder in die Mitte des Kreises stieß. Dann setzte ein Hagel aus Schlägen und Tritten ein, die aus allen Richtungen kamen. Jannik fiel hin und zog instinktiv seine Knie an die Brust und die Ellenbogen an den Kopf.

Weiter und weiter prasselten die Tritte unbarmherzig auf ihn ein. Bevor Jannik die Besinnung verlor, hörte er einen durchdringenden Pfiff. Dann war alles vorbei. Dass die Tritte augenblicklich aufhörten, nahm er nicht mehr wahr.

Der Hausmeister der Schule fand den bewusstlosen Jungen blutüberströmt und zusammengekauert vor dem Fahrradständer liegen.

***

Endlich Wochenende! Wochen wie diese brauchte Joachim Wilhelm so nötig wie ein Loch im Kopf. Er verdiente zwar als Ingenieur auf dem Posten, den er seit einigen Jahren innehatte, sehr gut, doch die Zunahme an Arbeitsbelastung durch den Stellenabbau in der Firma nahm ihm allmählich jede Motivation.

Zwei- bis dreimal in der Woche ging er in den Wald joggen, egal, wie das Wetter gerade war. Das brauchte er, um abzuschalten und wieder zu sich zu kommen. Hier konnte er den beruflichen Stress, den Scheidungskrieg, den seine Frau gegen ihn führte, und die unbefriedigende Wohnsituation im Souterrain im elterlichen Haus für eine Weile vergessen.

Er stellte seinen Wagen am Hufeisen ab, einer großen Lichtung im Wald auf der Spessartseite des Kinzigtals, oberhalb von Linsengericht-Geislitz. Auf dem hufeisenförmigen Platz parkten mehrere Autos. Joachim Wilhelm kannte sie. Sie gehörten anderen Laufhungrigen, die wie er regelmäßig auf den Waldwegen unterwegs waren.

Wilhelm zog seine Laufschuhe an, schob sich die kleinen Kopfhörer in die Ohren, startete die Musik-App auf seinem Mobiltelefon und begann zu laufen. Er genoss den Anblick des noch jungen hellgrünen Laubs an den Bäumen und den Geruch des Waldes.

Sein Leben erschien ihm wie eine Sackgasse, die er immer nur für wenige Stunden bei seinen Waldläufen verlassen konnte. Eine gescheiterte Ehe, Kinder, die ihm seine Frau vorenthielt, Eltern, die ihn mit stummen Vorwürfen im Blick ansahen, die Probleme am Arbeitsplatz und der Alkohol am Abend, damit er wenigstens einschlafen konnte.

Irgendwie habe ich mir diese Probleme verdient, dachte er, als ihn völlig unvorbereitet ein mächtiger Stoß in den Rücken traf, der ihn nach vorn taumeln ließ.

Wilhelm hatte Mühe, sich zu fangen. Er wollte wissen, was ihn da gerammt hatte, und drehte sich um.

Gelähmt vor Schreck stand er vor einem gewaltigen Tier, das aussah, als sei es direkt der Hölle entstiegen. Er war mit Hunden aufgewachsen. Aber was da vor ihm stand, war kein Hund. Das war ein Alptraum!

Die Musik in seinen Kopfhörern hörte er gar nicht mehr. Er bildete sich ein, das tiefe, kehlige Knurren durch die digitalen Klänge hindurchzuhören. Die Ohren angelegt und die Zähne gefletscht, zeigte es sein enormes Gebiss.

Wilhelm wusste, dass die gesamte Körpersprache des Angreifers nur eine Botschaft hatte: »Ich werde dich töten!« Er konnte nur eines tun, um sich zu retten: Er musste um sein Leben rennen!

So mächtig dieser Impuls in seinem Kopf war, so klar war auch der Gedanke, der sich in sein Bewusstsein drängte: Es wird nicht reichen! Aber wenigstens versuchen musste er es.

Blitzschnell drehte er sich um und rannte. Einige Male rief er dabei laut um Hilfe. Aber das kostete ihn Atem, den er dringend brauchte, um zu fliehen.

Dann kam der stechende Schmerz in seiner Wade. Wilhelm strauchelte und fiel auf den weichen Waldboden. Das Tier hatte sich in sein Bein verbissen und riss wütend den Kopf hin und her.

Verzweifelt trat Wilhelm mit dem anderen Fuß nach ihm und traf es direkt an der Nase.

Jaulend ließ es sein Bein los, schüttelte sich kurz und stürzte sich mit einem mächtigen Sprung auf ihn.

Reflexartig riss Wilhelm die Unterarme vor das Gesicht. Harte, schartige Krallen bohrten sich in seine Brust und rissen sein T-Shirt und die Haut auf. Er packte mit beiden Händen das Fell hinter den Ohren des Tieres und rollte es nach hinten. Das Tier wand sich unter seinem Griff und stemmte sich gegen seine Brust.

Mit der Zeit ließ die Kraft in Wilhelms Händen nach. Das Fell entglitt ihm, und das Tier war wieder frei. Es schnappte blitzschnell nach Wilhelms rechter Hand.

Heißer Schmerz durchströmte ihn. Schreiend sah er auf seine Hand, an der von Mittel-, Ring- und kleinem Finger nur noch blutige Stümpfe übrig waren.

Seine Schreie gingen in ein Gurgeln und schließlich in kaltes Schweigen über, nachdem das Tier seinen Hals mit seinem gewaltigen Kiefer umfasst und die Halsschlagader durchgebissen hatte.

***

»Da laufen wir uns seit Sonnenaufgang im Vogelsberg die Seele aus dem Leib, um dieses Mistvieh zu finden. Und was tut es währenddessen? Es macht sich dreißig Kilometer weiter im Spessart über einen Jogger her. Verdammte Scheiße!«

Bertram bezwang sich mit Mühe, seinen Frust nicht laut herauszubrüllen. Das wäre angesichts des zerfetzten Toten auf dem Waldboden vor ihnen ziemlich pietätlos gewesen, so viel war ihm klar. Stattdessen presste er die Silben zischend in einer unheilvollen Mischung aus Zorn, Schuldbewusstsein und Entsetzen heraus.

Die Szene empfand Bertram als unwirklich. Wieder standen sie in weißen Overalls an einem Tatort. Wieder kniete Dr. Völker über einem Klumpen blutigen Fleisches, der vor einigen Stunden noch ein ausgewachsener, gesunder Mann gewesen war. Wieder waren alle mit der Spurensicherung beschäftigt. Nur war dieses Mal die Kynologin Dr. Brinkmann ebenfalls dabei.

»Das war er«, konstatierte sie betont sachlich.

Nachdem sie die Suche bei Unterreichenbach ergebnislos abgebrochen und die Leute nach Hause geschickt hatten, hatte drei Stunden später die Nachricht einer erneuten Wolfsattacke das Gelnhäuser Polizeirevier erreicht. In Windeseile waren die Bereitschaftspolizei, Jäger und Förster wieder zusammengetrommelt und die Suche in diese Gegend verlegt worden.

Außer Jungmann, Dr. Brinkmann und Bertram lief die ganze Truppe inzwischen das hiesige Grenzgebiet zwischen Hessen und Bayern ab.

»Ich weiß zwar nicht, wie er es so schnell quer durch das Kinzigtal geschafft und dabei die A 66 gekreuzt hat, aber ich bin mir sehr sicher, dass er es war«, überlegte Dr. Brinkmann laut.

»Wenn ich das sehe«, sagte Jungmann, der blass um die Nase geworden war, betroffen, »kann ich verstehen, dass die Menschen früherer Zeiten Angst vor Werwölfen hatten.«

»Sprich leiser«, mahnte ihn Bertram. »Hinter der Absperrung steht der Schaller von der Presse. Der hört alles, besonders das, was er nicht hören soll.«

»Verdammt, auch das noch«, knurrte Jungmann und schielte zu dem Journalisten herüber.

»Warum tötet dieser Wolf ausgewachsene Männer?«, fragte Bertram, obwohl er sich sicher war, das schon einmal gefragt zu haben. »An Futtermangel dürfte es ja nicht liegen. Die Förster meinten, Beutewild gebe es so reichlich in den Wäldern, um ein ganzes Rudel zu ernähren.«

»Das Einzige, was ich mit Gewissheit sagen kann, ist, dass wir Tollwut ausschließen können«, erwiderte Dr. Brinkmann, während sie sich eine Strähne ihres grauen Haares aus dem Gesicht strich. »Das hat Dr. Völker abgeklärt. Alles andere ist Spekulation. Ich bin ratlos. In meiner gesamten Laufbahn habe ich ein solches abnormes Verhalten noch nie gesehen und auch nirgendwo darüber gelesen.«

»Vielleicht doch ein Werwolf«, raunte Jungmann, während er den Gips für einen Pfotenabdruck anzurühren begann.

***

Es herrschte ungewohnte Stille in der Küche. Clara wartete schweigend darauf, dass Caspari ihr endlich ihre Frage beantwortete.

»Kann ich drauf verzichten«, nuschelte er schließlich verschlafen.

Clara musterte ihn, während er Kaffee trank. Lukas hatte sich schon angezogen und tobte mit Camillo im Hof herum, während sie mit Caspari noch am Frühstückstisch saß. Sonst genoss sie das ausgedehnte Frühstück an den Samstagen. Doch heute hatte sich eine merkwürdige Stimmung breitgemacht. Caspari schien mit seinen Gedanken an einem anderen Ort zu sein und wirkte müde. In den vergangenen Tagen hatte Clara es morgens nicht wirklich bemerkt, doch jetzt fiel ihr auf, dass sein Blick abwesend war. Schatten lagen unter seinen Augen, das sah sie ganz deutlich.

»Meinst du das auch wirklich?«, hakte sie nach.

»Hm, was?«

»Christoph, was ist los mit dir?«

»Ach, nichts. Na ja, ich schlafe hundsmiserabel zurzeit. Ich bin abends zwar müde, aber sobald ich im Bett liege, bin ich glockenhell wach. Oft schlafe ich erst gegen drei oder vier Uhr richtig fest ein.«

»Was beschäftigt dich denn so sehr, dass du nicht schlafen kannst?«, fragte Clara besorgt.

»Nichts. Zumindest nichts, das ich bewusst wahrnehmen könnte. Es scheint aus dem Unterbewusstsein zu kommen. Ich liege einfach wach, ohne dass das Kopfkino einen Film abspielt. Meinen Herzschlag spüre ich überdeutlich. Dann übermannt mich doch noch ein bisschen Schlaf, bis der Wecker um sechs Uhr schon wieder klingelt.«

»Wie lange geht das schon?«

»Schon eine ganze Zeit. Es war nicht mit einem Mal so extrem. Bisher konnte ich mir mit gregorianischen Chorälen und Renaissance-Gesängen helfen. Doch seit zwei Wochen funktioniert auch das nicht mehr.«

»Mir war doch schon öfter, als würde ich im Halbschlaf ganz leise Klänge hören, manchmal war es, als spielte irgendwo ein Saxophon«, erinnerte sich Clara.

»Officium«, erklärte Caspari nickend. »Das ist eine Zusammenarbeit des Hilliard Ensembles mit dem Jazz-Saxophonisten Jan Garbarek. Ich hatte mir die Kopfhörer aufgesetzt und die Musik ganz leise gestellt. Es tut mir leid, dass ich dich trotzdem gestört habe.«

»Nein, das hast du nicht«, stellte Clara klar. »Dass du trotzdem schlecht schläfst, macht mir Sorgen.«

»Schlecht schlafen wäre mittlerweile echt eine Option. Ich schlafe so gut wie gar nicht mehr. Es sei denn, ich trinke Alkohol, wie am ersten Mai.«

»Oh, Mist! Das tut mir leid. Vielleicht solltest du dir mal ein paar Tage freinehmen.«

»Das ist mitten im Semester schwierig. Aber ich habe tatsächlich auch schon daran gedacht.«

Claras Blick fiel auf Casparis Hände. Sie wirkten an diesem Morgen farblos und ohne die Kraft, die sie sonst ausstrahlten.

»Lass uns später noch einmal über unser ursprüngliches Thema reden«, schlug sie vor.

»Nein, wieso?«, widersprach er. »Ich meinte das so, wie ich es sagte. Einen Polterabend brauche ich nicht. Den hatte ich bei meiner ersten Hochzeit. Danach sah der Weiherhof aus wie ein Saustall. Ich bin jetzt keine zwanzig mehr, meine Freunde und Verwandte sind auch reifer als damals – oder sollten es zumindest sein. Ein Fest langt mir. Das ist unsere Hochzeit, sonst nichts.«

»Die fällt ohnehin recht großzügig aus, wenn ich mir unsere Gästeliste betrachte«, pflichtete Clara ihm bei. »Ich bin froh, dass du auch keine Lust auf den Polterabend hast.«

Das penetrante Klingeln des Telefons unterbrach ihr Gespräch. Clara nahm den Hörer aus der Station. Am anderen Ende meldete sich Schuldirektor Neuhaus. Dass er am Wochenende anrief, hatte nichts Gutes zu bedeuten.

»Der Schüler Jannik Kiesling wurde gestern Nachmittag in der Nähe des Fahrradständers zusammengeschlagen«, begann Neuhaus ohne Umschweife. »Wir hatten uns in der Vergangenheit mit dem Mobbing gegen ihn beschäftigt. Ich vermute, dass die Situation eskaliert ist, nachdem die beiden anderen, Manuel und Martin, seine Schuhe im Klo der Turnhalle versenkt und dafür enorm viel Ärger bekommen hatten.«

Clara war schockiert. »Was genau ist am Fahrradständer passiert?«

»Genaueres wissen wir noch nicht. Unser Hausmeister hörte einen durchdringenden Pfiff, als er seinen Kontrollgang machte. Als er bei den Fahrradständern ankam, sah er den Jungen am Boden liegen. Er verständigte sofort den Rettungsdienst und die Polizei.«

»Wie geht es Jannik?«, fragte Clara besorgt.

»Nicht sehr gut, fürchte ich. Derzeit liegt er im Krankenhaus auf der Intensivstation. Rippenprellungen, Nierenquetschungen, aufgeplatzte Lippen, Nasenbeinbruch und Hämatome am ganzen Körper. Ich bekomme gar nicht alles zusammen, was mir die Mutter gestern Abend am Telefon erzählte.«

»Das ist ja furchtbar!«

»Die Polizei ermittelt bereits. Die haben auch schon mit mir gesprochen. Unsere Mobbing-Gang steht als Verdächtige natürlich an erster Stelle. Die Jungs geben sich aber gegenseitig Alibis.«

»Und jetzt?«, wollte Clara wissen.

»Solange es keine Beweise oder Zeugenaussagen gibt, kann ich keine disziplinarischen Maßnahmen ergreifen. Immerhin gilt die Unschuldsvermutung. Wir werden diese Früchtchen allerdings im Auge behalten. So abgebrüht, wie die tun, sind sie nicht. Irgendwann macht jeder mal einen Fehler.«

***

*Bernard kaute gelangweilt auf einem Grashalm. Er war gemeinsam mit anderen Jungen losgeschickt worden, um das gesamte Vieh des Dorfes zu hüten. Nach den Schauergeschichten, die in den vergangenen Tagen aus den verschiedensten Winkeln des Gévaudan zu ihnen getragen worden waren, hatte der Dorfrat beschlossen, keinen der jugendlichen Hirten allein auf die Weiden zu schicken.*

*Nun saßen und standen sie in Gruppen auf den aneinandergrenzenden Wiesen und hüteten mit den Hunden die Schafe, Ziegen, Esel und Rinder. Wäre er wie sonst allein gewesen, hätte Bernard sich in das weiche Gras gelegt und den Bienen bei der Nektarsuche zugesehen, während Bella, seine Hündin, ein wachsames Auge auf die neugierigen Limousin-Rinder gehabt hätte.*

*Mit Frederic, Alexandre und Sebastian bildete er die Speerspitze der Dorfhirten. Sie waren die Ältesten und mussten nicht nur auf die Tiere, sondern auch auf die Jüngeren unter ihnen aufpassen. Die vier hatten sich unter den einzelnen Hirtengruppen verteilt.*

*Bernard warf einen Blick auf den kleinen Nicholas, der mit seinen elf Jahren noch ein zierliches Kerlchen war. Seine Ziegen standen bei Bernards Rindern. Catherine, Nicholas' ältere Schwester, warf Bernard immer wieder verstohlene Blicke zu.*

*Weiber!, kam es ihm in den Sinn. Er schüttelte unwillig den Kopf und blickte zu André hinüber. Der in sich gekehrte Sohn des Hufschmieds saß schweigend auf einem Baumstumpf.*

*Eine der Ziegen stieß ein klagendes Meckern aus. Nicholas hob den Kopf.*

*»Das ist Antoinette«, erklärte er. »Sie ist nicht die Hellste. Verfängt sich mit ihren Hörnern immer in den Brombeeren.«*

*Bernard sah in die Richtung, in die der Junge zeigte. Dort versuchte eine Ziege tatsächlich ungeduldig, sich aus dem Dornengestrüpp zu befreien.*

*»Du kennst dich mit deinen Tieren gut aus«, lobte er Nicholas.*

*»Ich gehe hin und befreie sie«, kündigte der an.*

*»André soll dich begleiten«, bestimmte Bernard.*

*»Das ist keine gute Idee. In der Gegenwart von Fremden lässt sie sich kaum beruhigen«, widersprach Nicholas. »Außerdem kennt sich André besser mit Hammer und Amboss aus als mit Tieren.«*

*Bernard ließ den Einwand gelten.*

*»Na gut, dann folge ich dir in einem gewissen Abstand. André passt auf deine Schwester auf«, entschied er und ließ Nicholas gut zwanzig Schritte vorausgehen, ehe er ihm gemächlich folgte.*

*Je näher sie der Ziege kamen, desto mehr musste er Nicholas' Urteil über sie zustimmen. Die Hellste war sie wirklich nicht. Mit zornigem Eifer und Ungeduld riss sie an dem Gestrüpp, wodurch sich ihre Hörner nur noch mehr in den Brombeeren verfingen. Der Junge würde ziemlich lange brauchen, bis er sie daraus wieder befreit hatte.*

*Nicholas' Bemühungen, die Ziege zu beruhigen, scheiterten. Weder leises Zureden noch Versuche, sie zu streicheln, zeigten eine Wirkung. Unvermindert stark zerrte Antoinette an den dornigen Zweigen, die sich um ihre Hörner gewunden hatten. Nicholas ließ sich nicht entmutigen.*

*»Dann muss ich sie eben losmachen, während sie zappelt«, rief er Bernard zu, ging um das Tier herum und griff nach dem kleinen Hirtenmesser an seinem Gürtel.*

*Der Angriff kam so schnell, dass Bernard zunächst nicht*

*verstand, was da geschah. Vor Nicholas kam etwas Riesiges mit graubraunem Fell aus dem Unterholz gesprungen, warf ihn um und packte ihn mit mächtigen Zähnen im Genick.*

*Nicholas erstarrte vor Schreck. Mit weit aufgerissenen Augen und einem Mund, der zu einem stummen Schrei geöffnet war, sah er Bernard verzweifelt an.*

*Als der riesige Wolf begann, Nicholas wegzuschleifen, erwachte Bernard aus seiner Starre. Ein Schrei des Entsetzens kam aus seinem Mund, ohne dass er sich dessen bewusst war. Dem folgte ein durchdringender Pfiff, mit dem er die anderen verständigte.*

*Bella war als Erste bei ihm. Sie knurrte, als sie den Geruch des Wolfes wahrnahm. Hinter sich hörte Bernard Catherine panisch schreien.*

*»Es ist Nicholas! Es ist mein Bruder! Die Bestie hat ihn sich geholt.«*

*Bei einem Blick über die Schulter sah er Frederic, Alexandre und Sebastian auf sich zurennen. André schloss sich ihnen an, einen Schmiedehammer mit festem Griff in seiner Hand haltend.*

*»Wo ist sie mit dem Jungen hin?«, fragte Frederic.*

*Bernard zeigte auf die Stelle im Unterholz.*

*»Dort kam sie raus, und da hinein hat sie ihn geschleift.«*

*»Die ist bestimmt unterwegs zu den Sümpfen«, schloss Alexandre.*

*»Wir müssen hinterher«, ermunterte Bernard seine Freunde.*

*»Bist du wahnsinnig?«, fuhr Sebastian ihn an. »Das Vieh bringt uns alle um!«*

*»Nicht, wenn wir zusammenarbeiten«, widersprach André. »Ihr habt Speerspitzen auf euren Hirtenstöcken, ich habe den Hammer dabei. So leicht kann die uns nicht erwischen. Bernard hat recht. Wir müssen Nicholas retten.«*

*»Los jetzt! Wir verlieren zu viel Zeit«, donnerte Bernard und begann zu rennen.*

*Mit einem Mal kam Bewegung in die Gruppe. Die Hunde, allen voran Bella, setzten sich vor ihn und folgten der Fährte, die anderen Hirten eilten ihnen nach.*

*Der riesige Wolf war deutlich langsamer als seine Verfolger. Seine großen Zähne hatten sich tief in Nicholas' Halsmuskulatur gebohrt und rissen an seinem Nacken, während er ihn über den Boden schleifte.*

*Der Wolf saß in der Falle. Hinter ihm tat sich das Sumpfgebiet auf, in das er mit seiner Beute nicht fliehen konnte, ohne darin zu versinken oder den Jungen zu verlieren.*

*Bernard wusste, dass er in der Falle steckte. Umso mehr mussten sie achtgeben. Ein wildes Tier in die Enge zu treiben war äußerst gefährlich.*

*Doch was sie hier im Halbkreis umstellten, war nicht bloß ein Tier. Der Riese hatte den Kopf und das Fell eines Wolfes, doch er war ungleich viel größer, gewaltiger. Auch sein gesamter Körperbau wirkte wuchtiger und noch muskulöser als der eines Wolfes.*

*»Heilige Muttergottes«, raunte Alexandre.*

*Der Wolf ließ seine Beute aus seinen Fängen, stellte sich über den zusammengesackten Jungen, zog die Lefzen hoch und ließ ein Knurren aus seiner Kehle rollen, das Bernard an ein Donnergrollen erinnerte.*

*»Wir greifen gleichzeitig an«, gab er fast flüsternd das Kommando.*

*»Jetzt!«, rief er und stürzte mit seinem Hirtenstab nach vorn.*

*Die anderen taten es ihm gleich. Auch ihre Hunde rückten mit gefletschten Zähnen und in geduckter Haltung auf den Riesen von einem Wolf vor.*

*Der schnappte nach ihnen, heulte aber kurz auf, als Andrés Hammer ihn streifte. Mit einem gewaltigen Satz sprang er über seine Angreifer hinweg, schlug einen Haken nach links und verschwand.*

*Bernard und Sebastian knieten sich zu Nicholas herunter,*

*der das Bewusstsein verloren hatte. Die anderen deckten ihnen den Rücken für den Fall, dass die Bestie wieder zurückkommen würde.*

*»Das sieht schlimm aus«, stellte Sebastian fest.*

*Bernard konnte ihm nur zustimmen, als er die blutenden Bisswunden an Nicholas' Hals und Nacken untersuchte und ihn provisorisch mit seinem eigenen Halstuch verband.*

*»Er wird es schaffen«, erwiderte er und hob Nicholas auf seine Arme.*

***

»Frau Frank, haben Sie einen Moment Zeit?«

Clara drehte sich auf dem Weg zum Lehrerzimmer um. Leon, der Freund von Jannik, stand vor ihr.

»Ja, klar. Ich habe jetzt ohnehin Sprechstunde.«

Als sie sich im Zimmer der Schulseelsorge gegenübersaßen, holte Leon sein Mobiltelefon aus der Hosentasche.

»Bitte schauen Sie sich dieses Video an«, forderte er Clara auf und hielt ihr das Smartphone hin.

Der Film verschlug ihr den Atem. Er zeigte den Angriff auf Jannik in voller Länge. Das hasserfüllte Lachen der Jungen jagte ihr einen Schauer über den Rücken. Die Stille, die ansonsten bei dieser Attacke herrschte, war gespenstisch. Betroffen gab sie Leon das Smartphone zurück.

»Die haben sich richtig Mühe gegeben, dass man sie nicht erkennt, nicht wahr?«, kommentierte Leon. »Motorradhandschuhe, Horrorclownsmasken und keine Stimme zum Identifizieren. Das ist so professionell durchgezogen, dass man beim bloßen Zusehen Schiss bekommt.«

»Woher hast du dieses Video?«, fragte Clara, die sich wieder gefangen hatte.

»Von einem Freund. Der sagte, es macht in diversen Kreisen gerade die Runde und erfreut sich großer ›Beliebtheit‹.«

»In welchen Kreisen?«, hakte Clara nach.

»Ich habe keine Ahnung, ehrlich nicht«, versicherte ihr Leon. »Mit solchen Leuten habe ich nichts zu tun, nicht im Entferntesten.«

»Und dein Freund? Der hat doch wohl Zugang dazu, oder?«

»Ja, aber nicht, weil er es toll findet.«

»Warum denn dann?«

»Na ja, der lebt nach dem Motto ›Mache dir zum Freund, den du nicht zum Feind haben willst‹. Er kommt ganz gut mit den betreffenden Jungs klar. Hin und wieder bekommt er solche Videos geschickt und tut dann so, als ob er das toll findet. Sie behandeln ihn wie einen Mitläufer und lassen ihn deshalb in Ruhe.«

»Ganz schön opportunistisch«, kritisierte Clara.

»Es ist nicht jeder zum Helden geboren. Wer es dennoch versucht, landet schneller im Krankenhaus, als er bis drei zählen kann.«

Clara verzog das Gesicht. »Es tut mir leid. Es steht mir nicht zu, über deinen unbekannten Freund zu urteilen. Würdest du mich mit ihm bekannt machen?«

»Ich weiß nicht, ob er sich darauf einlässt«, entgegnete Leon. »Er hat sich schon ziemlich weit aus dem Fenster gelehnt, als er mir diesen Clip zugespielt hat. Es ist nicht ganz ungefährlich für ihn, sich mit Ihnen über diese Dinge zu unterhalten.«

»Als Pfarrerin unterliege ich dem Beichtgeheimnis. Darauf kann er sich berufen, wenn er mit mir spricht. Daran bin ich dann gebunden – bei allem, was er mir erzählt.«

Leon blieb skeptisch. »Ich glaube nicht, dass er sich darauf einlässt.«

»Frage ihn bitte trotzdem.«

***

»Wenn das mal keine Wolfsfährte ist«, sagte der Wildbiologe Helge Haupt vom Hessischen Landwirtschaftsministerium.

Dr. Eva Brinkmann sah dem knienden Kollegen über die Schulter.

»Auf jeden Fall«, stimmte sie zu. »Sie kommt mir nur kleiner vor als die, von der wir einen Gipsabdruck gemacht haben.«

Michael Lang, der Förster, pflichtete ihr bei. Zur Bestätigung griff sie in ihren Rucksack, holte einen der Gipsabdrücke heraus und legte ihn neben die Spur.

»Sie haben recht«, meinte Haupt. »Aber es besteht durchaus die Möglichkeit, dass der Wolf, zu dem diese Fährte gehört, uns zu dem Killer führt. Vielleicht gehören sie zu ein und demselben Rudel.«

»Ein Wolf, der sich so abnorm verhält wie unser Mörder, ist vermutlich eher ein Einzelgänger«, widersprach Dr. Brinkmann. Manchmal war sie enttäuscht über die Wissenslücken ihrer Kollegen bezüglich der Wölfe und deren Verhalten.

»Es kann aber nichts schaden, wenn wir ihm einen Peilsender verpassen und ihn beobachten«, beharrte Helge Haupt.

Nach einer Stunde sahen sie den Wolf. Er streifte am Waldrand in Richtung Westerngrund, nahe der hessisch-bayerischen Grenze. Haupt schoss ihm einen Betäubungspfeil in die Flanke. Erschrocken heulte das Tier auf, wenig später begann es zu taumeln, bis es schließlich bewusstlos am Boden lag.

»Eine Wölfin«, stellte Dr. Brinkmann fest.

»Und tatsächlich kleiner als der Brocken, den wir im Vogelsberg gesehen haben«, kommentierte Lang.

»Ich glaube, sie ist trächtig«, vermutete Haupt, der die Wölfin mit dem Stethoskop untersuchte.

»Darf ich?«, fragte Dr. Brinkmann und holte ihr eigenes Stethoskop aus dem Rucksack, während ihr Kollege ihr Platz machte. Als sie mehrere Herztöne hörte, glitt ein Lächeln über ihr Gesicht.

»Ja, da sind ein paar Junge unterwegs«, bestätigte sie.

Haupt legte der Wölfin ein Halsband um, an dem ein Peilsender angebracht war.

»Vielleicht bringt sie uns doch zur Bestie vom Kinzigtal.«

»Höre ich da einen gewissen Hang zur Dramatik heraus?«, fragte Eva Brinkmann unwillig. Sie mochte solche Titel ganz und gar nicht.

»Das ist das geflügelte Wort im Ministerium«, rechtfertigte sich Haupt. »Jetzt sollten wir uns aber wieder auf den Weg machen. Die Narkose verliert bald ihre Wirkung.«

***

Jannik sah erbärmlich aus. In seiner Nase steckte Tamponade, ein grünbrauner Bluterguss zog sich auf beiden Gesichtshälften von der Nase über das Jochbein bis zu den Augen. Die Oberlippe war geschwollen und genauso wie drei Platzwunden an Augenbraue und Stirn genäht.

Die Ärzte hatten an diesem Tag entschieden, dass er von der Intensivstation auf ein Zimmer in der chirurgischen Abteilung verlegt werden konnte. An einem Ständer neben dem Krankenbett hing eine Infusionsflasche mit Schmerzmittel, wie Janniks Mutter erklärt hatte, die auf einem Besucherstuhl am Fenster des Zimmers saß.

Clara saß am Bett des Schülers, der um ihren Besuch gebeten hatte.

»Wie geht es dir?«, fragte sie.

»Dank dem Schmerzmittel ist es erträglich«, flüsterte Jannik. »Aber gut ist was anderes.« Er versuchte zu grinsen, unterbrach es aber gleich wieder. »Nur wenig Mimik«, fuhr er leise fort. »Alles andere tut dann doch weh. Wenn ich mich kaum bewege, ist alles in Ordnung. Rippenprellung und Gehirnerschütterung, ein paar lockere Zähne. Ich sehe aus wie ein Honk.« Sein Gesichtsausdruck wurde ernst.

»Jannik, wer war das?«, fragte Clara geradeheraus.

»Ich weiß es nicht. Ich kann es nur vermuten.«

»Du meinst, das war die Gang, die dich mobbt?«

»Klar! Wer kommt sonst noch in Frage? Aber dabei belassen sie es nicht. Meine Mutter hat mir heute Mittag mein Smartphone mitgebracht. Da war eine anonyme Nachricht mit einem angehängten Videolink auf Instagram drauf. Ich bin dem Link gefolgt und habe das hier gesehen.«

Jannik hielt Clara sein Mobiltelefon hin. Auf dem kleinen Bildschirm sah sie den Film, den ihr wenige Stunden zuvor Leon gezeigt hatte. Sie schüttelte den Kopf.

»Jannik, ich kann dir gar nicht sagen, wie leid mir das tut. Sei versichert, dass das ganze Kollegium und die absolute Mehrheit unserer Schüler auf deiner Seite sind. Die Polizei bekommt von uns alle Informationen, über die wir verfügen. Sobald die Ermittlungen etwas ans Tageslicht befördern, hat die Schulleitung eine Handhabe, gegen die Täter vorzugehen.«

»Warum warten Sie so lange?«, echauffierte sich Janniks Mutter. »Es weiß doch ohnehin jeder, wer das meinem Sohn angetan hat.«

»Frau Kiesling, ich kann Ihre Empörung verstehen«, beruhigte Clara sie. »Aber ohne eindeutige Beweise sind sowohl der Polizei als auch der Schulleitung die Hände gebunden. Vermutungen rechtfertigen leider keine schuldisziplinarischen Maßnahmen. Der Rektor hat das schon sehr genau geprüft. Der einzige Weg, den wir gehen können, ist der, Schülerinnen und Schüler dazu zu ermutigen, gegen diese Gruppe auszusagen. Ich glaube, dass es Mitwisser auf unserer und den anderen Schulen gibt, die aus Angst schweigen.«

»Die Polizei hat sich das Video angeschaut. Ich bin gespannt, ob die Beamten die Leute erwischen, die das Filmchen ins Netz gestellt haben«, meinte Janniks Mutter.

»Der Überfall auf dich hat das Thema Mobbing an unserer Schule wieder mehr in den Fokus gerückt. In Tutorengruppen und Schulklassen wird intensiv darüber diskutiert. Ich habe für diese Woche schon so viele Einladungen zu Besuchen in Unterrichtsstunden, dass ich gar nicht weiß, wie ich sie alle berücksichtigen kann.«

»Das ist gut, sehr gut«, flüsterte Jannik.

Clara spürte, dass es Zeit war zu gehen. Jannik brauchte Ruhe. Sie verabschiedete sich von ihm und seiner Mutter.

Auf dem Flur kam ihr Jürgen Jungmann entgegen. Ihre Gefühle ihm gegenüber waren sehr ambivalent. Auf der einen Seite war er ein netter Kerl, auf der anderen Seite gelang es ihr nicht, Casparis Unbehagen ihm gegenüber auszublenden. Jungmann hatte seinem einstmals besten Freund vor einigen Jahren die Frau ausgespannt, während Caspari beim FBI in Quantico eine Fortbildung besucht hatte. Caspari hatte ihm diesen Vertrauensbruch nie ganz verziehen. Auch die Schwierigkeiten, die Casparis Sohn Lukas und Jungmann miteinander gehabt hatten, glichen schwarzen Gewitterwolken, die am Rande des Horizonts festhingen und nicht abziehen wollten.

»Pfarrerin Frank, hallo«, begrüßte Jungmann sie ein bisschen zu förmlich.

»Hauptkommissar Jungmann, ebenfalls hallo«, grüßte sie schmunzelnd zurück.

»Wie ich sehe, kommen Sie gerade von Jannik Kiesling«, stellte er fest. »Und wie ich Sie kenne, haben Sie bestimmt schon das Video zu sehen bekommen.«

Clara nickte. »Konnten Sie ermitteln, wer das ins Netz gestellt hat?«

»Sie wissen, dass ich Ihnen das eigentlich nicht erzählen darf«, setzte Jungmann an. »Na ja, was soll's. Ich verrate ja sowieso keine Geheimnisse, wenn ich Ihnen die Information gebe. Das Filmchen wurde von einer nicht existierenden IP-Adresse aus auf einen russischen Server hochgeladen.«

»Wie, die IP-Adresse existiert nicht?« Clara war überrascht.

»Ein Hacker bekommt so etwas mühelos hin«, erwiderte Jungmann. »An dieser Stelle kommen wir mit unseren Ermittlungen jedenfalls nicht weiter.«

»Vielleicht kann ich helfen«, bot Clara an.

»Ich weiß, dass Sie gern bei Kriminalfällen mitmischen. Dass das allerdings auch sehr gefährlich ist, haben Sie in letzter Zeit schon mitbekommen. Leute, die Snuff-Videos ins Netz stellen, sind potenziell gefährlich«, versuchte Jungmann, sie zu bremsen.

»Snuff-Videos?«

»Filme, in denen real gezeigt wird, wie ein Mensch geschlagen, gefoltert oder auch vergewaltigt wird«, erklärte er. »Das Video ist noch die mildeste Form dieses Genres.«

***

Der Dienstag hatte wunderbar begonnen. Der Maimorgen war so angenehm, dass Caspari die Jacke beim frühen Morgenspaziergang mit Camillo ausgezogen hatte. Die Sonne strahlte von einem blassblauen Himmel, in der Luft lag der Duft von Apfelblüten, an denen Hummeln und Bienen schon fleißig Nektar saugten.

Auf dem Weg zum BKA hatte Caspari die Symphonie »Ein Sommernachtstraum« von Felix Mendelssohn Bartholdy gehört und war trotz seiner Müdigkeit beschwingt in die Abteilung gekommen.

»Hast du im Lotto gewonnen?«, fragte ihn Mario bei der allmorgendlichen Besprechung.

»Nein. Wieso?«

»Weil du trotz der Ringe unter deinen Augen so gut gelaunt bist.«

Caspari ließ sich nicht beirren. »Es ist einfach ein wunderschöner Tag.«

»Du solltest trotzdem etwas gegen deine Schlafstörungen unternehmen«, meinte Tina Hergenrath. »Du gähnst oft und wirkst manchmal etwas unkonzentriert. Der Schlafmangel kann nicht gesund sein. Geh mal zum Arzt.«

Caspari verzog das Gesicht. »Du hast ja recht. Ich weiß auch nicht, warum ich es immer vor mir herschiebe. Irgendwie fehlt mir die Motivation dazu, so blöd und unlogisch das auch ist.«

Tina sah ihn eindringlich an.

»Christoph«, begann sie besorgt, »meinst du nicht, dass du mal eine Pause machen solltest? Nachdem du dem Tod im Winter gerade noch von der Schippe gesprungen bist, hast du dich gleich wieder in die Arbeit gestürzt. Jeder andere hätte sich erst einmal krankschreiben lassen und eine Psychotherapie gemacht.«

Sie spielte auf die Ermittlungen im letzten Fall an, bei denen Caspari um ein Haar in einer alten Holzhalle im Wald mitten im Vogelsberg umgebracht worden wäre.

»Ich brauchte die Arbeit als Ablenkung«, wehrte Caspari sich halbherzig. »Außerdem hatte ich ja einige Gespräche mit unserem Psychologen im Haus. Er hielt mich für dienstfähig.«

»Dem kannst du etwas vormachen. Du bist schließlich selbst vom Fach«, widersprach Mario Bartoldi. »Uns aber nicht. Wir sind deine Freunde und kennen dich seit Jahren. Du wirkst wie ein Granitblock, wie ein Fels in der Brandung. Aber auch der härteste Brocken bekommt Risse, wenn man nur lange genug mit dem Hammer draufhaut.«

»Mein Urlaub ist doch schon für die Hochzeit und die Hochzeitsreise verplant«, rechtfertigte sich Caspari.

Tina sah ihn schweigend an.

Caspari wusste genau, dass es eng werden konnte, wenn sie die Augenbrauen so zusammenzog, wie sie es im Augenblick tat.

»Mannomann, du müsstest dich mal selbst reden hören«, fauchte sie. »Du bist Kriminaldirektor beim Bundeskriminalamt. Jeder Polizeianwärter, der noch grün hinter den Ohren ist, hat Anspruch auf eine Pause, wenn er nach einem Einsatz fertig ist. Das gilt umso mehr für dich nach der Nummer im Winter. Unser BKA-Präsident ist der Letzte, der dafür kein Verständnis hätte.«

Caspari hob die Hände. Natürlich hatten beide recht.

»Also gut. Ich fahre heute noch zum Hausarzt. Dann sehen wir weiter.« Er griff nach der Akte, die vor ihnen auf dem Tisch lag, und schlug sie auf.

»Günther Waller«, erklärte Mario. »Wir haben ihn vor vier Jahren des mehrfachen Kindsmordes überführt.«

»Ja, ich erinnere mich leider allzu gut«, bestätigte Caspari. »Damals waren wir noch beim Landeskriminalamt.«

»Er hat uns über seinen Anwalt mitteilen lassen, dass er zur Klärung eines noch ungelösten Falles etwas zu sagen hätte«, erläuterte Tina und schob Caspari eine andere Akte zu. »Angelika Nauther. Das Kind verschwand vor fünf Jahren spurlos, also ein Jahr, bevor Waller seine Mordserie begann. Sie wurde nie gefunden, Zeugen gab es auch nicht, und Waller hat immer bestritten, etwas damit zu tun zu haben«, erklärte sie, während er sich beide Akten ansah.

Mario und Tina waren ein Paar. Beruflich und privat ergänzten sie sich so gut, dass Caspari sich den einen ohne den anderen gar nicht vorstellen konnte. Sie hatten sich beim LKA kennengelernt und ihn bei seinen Ermittlungen unterstützt. Mittlerweile waren beide ausgebildete Profiler und seine Stellvertreter in der BKA-Abteilung für Serienverbrechen, der er vorstand.

»Plötzlich will er reden«, stellte Caspari fest. »Warum nach so vielen Jahren? Was verspricht er sich davon?«

»Während du die Studenten gedrillt hast, haben wir uns auch diese Frage gestellt«, antwortete Mario. »Waller lebt hinter Gittern in Sicherungsverwahrung. Er wird dort nie herauskommen. So etwas wie Hafterleichterungen gibt es nicht. Sein Anwalt sagt, das sei seinem Mandanten klar.«

Tina strich sich eine Strähne ihres roten Haars aus dem Gesicht. »Wir haben ihn für eine Befragung in die JVA Wiesbaden bringen lassen. Mario und ich wollten ihn im Anschluss vernehmen.«

»Gut«, sagte Caspari. »Dann bin ich mal gespannt, was er zu erzählen hat. Haben wir ansonsten neue Fälle?«

»Nein«, antwortete Tina. »Wir sind immer noch bei der Überprüfung alter, ungeklärter Fälle. Da geht es aber auch nur langsam voran.« Das Klingeln ihres Mobiltelefons unterbrach sie. Sie entschuldigte sich und nahm das Gespräch an.

Caspari sah, wie sich Tinas Züge immer mehr verfinsterten. Unangenehme Nachrichten ließen ihren sonst so freundlichen und empathischen Ausdruck hinter einer Maske aus Sachlichkeit und Distanz verschwinden.

»Waller ist in der JVA zusammengeschlagen worden. Er hat einen Herzinfarkt erlitten und befindet sich im Rettungswagen auf dem Weg ins Krankenhaus«, erklärte sie, nachdem sie das Gespräch beendet hatte.

»Wie konnte das passieren?«, fragte Mario.

»Die Gefängnisleitung vermutet, dass das geplant war.«

»Also nicht nach dem Motto ›Kindsmörder haben im Knast nichts zu lachen‹?«, hakte Caspari nach.

Tina schüttelte den Kopf. »Kaum jemand wusste über Waller Bescheid. Er sollte nach unserer Befragung ja auch so schnell wie möglich wieder zurückgebracht werden.«

»Vielleicht wollte ihn jemand mundtot machen«, mutmaßte Mario.

»Mag sein, lasst uns das herausfinden«, schlug Caspari vor. »Ich fahre mit euch zum Krankenhaus.«

Obwohl er der größte von ihnen war, bevorzugte Caspari es, auf der Rückbank Platz zu nehmen. Mario fuhr wieder wie vom Teufel geritten. Tina hatte als Beifahrerin eindeutig die besseren Nerven. Ohnehin war sie in ein Gespräch mit der Leitstelle vertieft. Das Mobiltelefon am Ohr, achtete sie kaum auf Marios Fahrstil.

»Er wird in die Paulinen-Klinik gebracht«, flüsterte sie Mario zu. »In der Geisenheimer Straße.«

Mario zögerte nicht lange, setzte das Blaulicht auf das Dach des Passat Kombi und fuhr weiter unbeirrt wie ein Henker.

Tina beendete das Telefonat und drehte sich zu Caspari um. »Es sieht wohl nicht gut aus. Der Rettungswagen musste schon einmal anhalten, damit der Notarzt Waller mit dem Defibrillator reanimieren konnte.«

Nach einer Fahrt, die Caspari wie ein Höllenritt vorkam, eilten sie durch die Eingangshalle in die Räume der Notfallmedizin. Ein Pfleger versuchte sie aufzuhalten.

»Sie können hier nicht einfach durchrennen«, protestierte er.

»Bundeskriminalamt«, entgegnete Tina und hielt ihm ihre Polizeimarke unter die Nase. »Wir suchen den Häftling Günther Waller, der gerade hier eingeliefert wurde.«

»Der Rettungswagen, der von der JVA kam«, bestätigte der Pfleger nickend. »Ich glaube, da kommen Sie zu spät. Der Patient ist auf dem Weg hierher leider verstorben.«

»Wo finden wir den zuständigen Arzt?«, fragte Tina.

»Den Gang runter, dann die letzte Tür rechts.«

Tina bedankte sich. Gemeinsam gingen sie raschen Schrittes in die angezeigte Richtung.

Caspari hatte Schwierigkeiten, mit dem Tempo seiner beiden Freunde mitzuhalten. Er fragte sich, warum sie sich so beeilten. Der Mann war doch tot. Schließlich schritt er dann doch als Erster durch die offen stehende Tür in den Behandlungsraum.

Auf einer Liege sah er den mit einem grünen OP-Tuch abgedeckten Körper eines Menschen. Drei Sanitäter und eine Ärztin standen vor einem Schreibtisch und unterhielten sich leise. Auf dem Namensschild an der Jacke der Ärztin las Caspari ›Dr. Rathmann‹.

»Caspari vom Bundeskriminalamt. Guten Tag«, stellte er sich vor und hielt seinen Dienstausweis hoch. »Das sind Frau Hergenrath und Herr Bartoldi.«

»Bundeskriminalamt«, wiederholte die junge Medizinerin überrumpelt. »Ja bitte? Ich meine, wie kann ich Ihnen helfen?«

»Ich gehe davon aus, dass die Leiche von Günther Waller unter dem Tuch liegt«, mutmaßte Caspari.

»Ja«, antwortete Dr. Rathmann, die ihre Fassung wiedergefunden zu haben schien, und verschränkte die Arme vor der Brust. »Was führt Sie hierher?«

»Wir wollten Herrn Waller heute Morgen befragen« schaltete sich Mario ein. »Die Umstände seines Ablebens sind, vorsichtig formuliert, etwas merkwürdig.«

»Wollen Sie damit sagen, Frau Dr. Rathmann hätte ihn absichtlich sterben lassen?«, erwiderte einer der Sanitäter, ein stämmiger Mann mittleren Alters, aufgebracht.

»Wir wollen lediglich Puzzleteilchen finden, die ein Gesamtbild ergeben«, beruhigte ihn Caspari. »Dabei interessiert uns, warum der Mann ausgerechnet vor der Befragung verprügelt wurde und wieso er einen Herzinfarkt erlitt. Ihre Arbeit steht dabei gar nicht im Fokus.«

»Dass jemand in einer extremen Stresssituation eine Herzattacke bekommt, ist zunächst einmal nichts Ungewöhnliches«, versuchte Dr. Rathmann die Wogen mit ruhiger Stimme zu glätten. »Wenn man sich die Verletzungen anschaut, die dieser Mann im Gesicht und am Körper trägt, dann besteht kein Zweifel daran, dass er sehr starkem Stress ausgesetzt war.«

»Ich möchte den Toten bitte sehen«, bat Caspari.

»Selbstverständlich«, sagte Dr. Rathmann und schlug das grüne Tuch über dem Leichnam zurück.

Caspari hatte in seiner Laufbahn schon viele Leichen sehen müssen, darunter auch Kinder. Er hatte gelernt, die Begutachtung von Toten als wissenschaftliche Aufgabe zu betrachten. Das Verbrechen, das zum Tod geführt hatte, forderte eine Aufklärung und Bestrafung des Täters. Das Opfer hatte ein Recht auf Gerechtigkeit, soweit sie ihm in einem von Menschen gemachten Rechtssystem posthum zuteilwerden konnte. Deshalb mussten Emotionen einem sachlichen Interesse weichen, sonst war die Ausübung des Berufs des Polizisten unmöglich.

Alles das war Casparis Credo, das ihn gut durch die bisherigen Jahre im Polizeidienst geführt hatte. Umso mehr war er über seine eigene Reaktion gleichermaßen überrascht und schockiert, als er die Leiche des Kindsmörders vor sich sah.

Günther Wallers Gesicht war übersät mit Platzwunden. Sein Unterkiefer war deformiert und ließ auf mehrere Brüche schließen. Eine Mischung aus grünen, braunen und blauen Hämatomen zog sich von der Stirn bis über den gesamten Bereich des Brustkorbs. Die Hände sahen nicht weniger furchtbar aus. Alle Mittelhandknochen waren gebrochen. Spitze Bruchstellen zeigten sich unter der Haut. Waller schien mit Baseballschlägern oder Axtstielen bearbeitet worden zu sein.

Caspari hatte plötzlich das Gefühl, als drücke ihm jemand mit dem Daumen auf die Luftröhre, so viel, dass er gerade noch Luft bekam. Er unterdrückte den Drang zu keuchen. Sein Herz schlug vielleicht nicht schneller, aber mit einem Mal so unnatürlich laut. Es hämmerte mit der Wucht einer riesigen Basstrommel, mit der der Antreiber den Sklaven auf einer Galeere den Takt zum Rudern gab. Er spürte seinen Magen, wie er ihn zuletzt auf irgendeinem Jahrmarkt gespürt hatte. Clara hatte ihn dazu überredet, sich mit ihr in eine Sitzreihe zu setzen, die langsam in die Höhe gezogen worden war und dann im scheinbar freien Fall nach unten sauste.

Das Signal von Panik, dass der Körper in dieser vorgegaukelten Todesgefahr gesandt hatte, hatte er damals unterhaltsam gefunden. Jetzt, als er vor Wallers Leiche stand, trieb es ihm den Schweiß auf die Stirn.

Caspari spürte ein Vibrieren in seinen Händen. Verstohlen warf er einen Blick auf sie und nahm ein leichtes Zittern wahr. Schnell ballte er sie zu Fäusten.

»Gut. Vielen Dank und bitte entschuldigen Sie die Störung«, verabschiedete er sich mit heiserer Stimme von Dr. Rathmann, drehte sich um und verließ das Behandlungszimmer.

Was Tina und Mario mit der Ärztin besprachen, bekam

er nicht mehr mit. Er musste aus diesem Gebäude raus, weg von der Menschenmenge, die sich darin aufhielt, weg von dem Toten, weg von seinen Verletzungen.

Als seine Freunde ihn fanden, lehnte er an ihrem Dienstwagen und bemühte sich, seinen Atem wieder unter Kontrolle zu bekommen.

»Christoph, ist alles in Ordnung?«, fragte Mario besorgt.

Caspari schüttelte den Kopf.

»Was hast du?«, fragte Tina.

»Keine Ahnung, aber es fühlt sich beschissen an«, antwortete Caspari mit angespanntem Kiefer.

Tina sah ihn mit einem kritischen Blick an. »Hast du das schon einmal gehabt?«

»Noch nie zuvor«, presste er hervor. Das Vibrieren in den Händen begann nachzulassen. Langsam öffnete er die Fäuste.

»Dein Blick ist so … leer«, stellte Mario fest. »Was ist los, Christoph?«

Die Symptome entließen ihn allmählich wieder aus ihrem eisernen Griff. Leise beschrieb er Mario und Tina, was ihn plötzlich und unerwartet überfallen hatte, als das grüne Tuch über Wallers Leiche weggezogen worden war.

»Scheiße«, kommentierte Mario.

»Wir wissen alle drei, was das ist«, konstatierte Tina.

»Ach so? Da müsst ihr mich rausnehmen. Ich habe im Augenblick keine Erklärung dafür«, entgegnete Caspari.

»Christoph, Mensch, du hattest eine ausgewachsene Panikattacke«, machte sie ihm das Offensichtliche deutlich.

Caspari wollte das nicht hören. Das durfte nicht passieren, nicht ihm. Er war der Chef seiner Abteilung. Mit seinem eisernen Willen hatte er es zum promovierten Kriminalpsychologen und zum Kriminaldirektor beim BKA gebracht. Widerstände hatte ihm das Leben oft in den Weg gelegt. Doch er war ein Krieger, der sie alle beiseitegeräumt und sich mit unbeugsamem Willen durchgekämpft hatte, bis er am Ziel angekommen war.

Die Idole seiner Kindheit und Jugend waren Bruce Lee und Arnold Schwarzenegger gewesen, beides beeindruckende Kämpfer, die sich durch nichts und niemanden von ihren Zielen hatten abbringen lassen. Als gehänselter und schüchterner Junge hatte er sie sich zum Vorbild genommen und so den Persönlichkeitsanteil in sich groß und stark werden lassen, der mit eiserner Disziplin trainiert und gelernt hatte.

Dieser Teil von ihm war so sehr in ihm gewachsen, dass er zum Schutzschild geworden war, hinter dem sich der schüchterne und gekränkte Junge von damals gut verstecken konnte. Eine Panikattacke war wie ein enorm tiefer Riss in diesem Schild. Er durfte nicht zerbrechen, auf keinen Fall! Was würde dann aus dem verunsicherten Jungen dahinter werden?

All das spürte und fühlte Caspari mehr, als dass es ihm bewusst war. Es war wie ein Grundrauschen, ein fernes Echo aus einem tief verborgenen Winkel seines Unterbewusstseins.

»Panikattacke? Ich weiß nicht«, wehrte er sich mit fester Stimme. »Aber ihr habt recht, ich muss endlich zum Arzt und etwas gegen meine Schlaflosigkeit unternehmen. Und ich brauche mal ein paar Tage frei.«

***

Es war erst ein Uhr am Nachmittag, als sie am Weiherhof ankam. Sein Wagen stand schon im Hof. Das war ungewöhnlich. Caspari war selten so früh zu Hause.

Als Clara den Hausflur betrat, hörte sie Lukas, der in der Küche laut las. Caspari saß neben ihm am Tisch und schnitt eine Paprika klein.

»Nanu?«, begrüßte sie beide. »Ihr seid um diese Uhrzeit da? Ich dachte, der eine arbeitet in Wiesbaden, und der andere sitzt bei Oma und Opa am Mittagstisch.«

»In der Abteilung ist nicht viel los«, erklärte Caspari, »das

Wetter ist zauberhaft, und mein Überstundenkonto quillt über. Deshalb habe ich mich nach einer Besprechung kurz entschlossen wieder auf den Heimweg gemacht. Meine Eltern waren damit einverstanden, dass sie heute mal ohne Lukas essen, so habe ich mich darangemacht, Rühreier mit Kartoffeln und Salat vorzubereiten.«

Während er redete, lächelte er wie eigentlich immer. Doch Clara kam es unecht vor. Das Lächeln umfasste nur die untere Gesichtshälfte. Die Augen, die sonst so fröhlich strahlten, wirkten unbeschreiblich leer. Clara beschloss, das Thema erst einmal auf sich beruhen zu lassen.

Nachdem Caspari Lukas später zu einem Freund gefahren hatte, schlug sie einen Spaziergang mit Camillo, ihrem Berner Sennenhund, vor. Caspari, der sich eigentlich hatte hinlegen wollen, stimmte zu.

»Was ist außer dem schönen Wetter der wahre Grund für deine frühe Heimkehr?«, fragte sie ihn, kaum dass sie durch den Torbogen des Weiherhofs gegangen waren.

»Ich fühle mich hundemüde und total fertig«, gestand er. »Tina und Mario waren beide der Meinung, dass ich furchtbar aussehe. Seit der Geschichte mit dem Callgirl-Ring habe ich keine Pause eingelegt.«

»Du meinst, seit der Nacht, in der du um ein Haar gestorben wärst. Rede nicht um den heißen Brei herum, mein Lieber«, schalt ihn Clara sanft.

»Nenne es, wie du willst«, meinte Caspari schulterzuckend, »ich fühle mich jedenfalls völlig erschöpft. Der Tag begann eigentlich sehr gut, obwohl die letzte Nacht wieder recht schlaflos gewesen war. Im Büro hatte ich dann aber enorme Schwierigkeiten, meine Arbeit geregelt zu kriegen. Also habe ich den freundschaftlichen Rat der beiden befolgt. Auf dem Heimweg war ich noch bei Andreas.«

»Bei Dr. Reineck?«, fragte Clara. Caspari war mit dem Allgemeinmediziner in die Schule gegangen.

»Ja. Er nahm mich noch dran, obwohl die Mittagspause

schon begonnen hatte. Ich bin bis nächste Woche krankgeschrieben. Ein Schlafmittel habe ich auch bekommen. Ehrlich gesagt freue ich mich darauf, endlich wieder eine Nacht durchzuschlafen.«

»Wie geht es dann weiter?«, insistierte Clara.

»Der Schlafrhythmus reguliert sich langsam wieder, wir heiraten und machen eine dreiwöchige Hochzeitsreise, auf der wir beide ganz hervorragend ausspannen werden.«

»Dein Wort in Gottes Gehörgang«, konterte Clara.

Caspari blieb stehen und sah sie aus seinen müden Augen an. Die dunklen Ringe, die ihr vor einigen Tagen aufgefallen waren, waren unübersehbar. Sein Gesicht wirkte noch eingefallener, was selbst sein rotblonder Vollbart nicht mehr kaschieren konnte, und die Haut um die Nase hatte eine fast weiße Gesichtsfarbe angenommen. Ja, sie machte sich Sorgen, wenn sie ihn so sah.

»Du glaubst mir nicht?«

»Lass es mich einmal so sagen: Ich kenne keinen Menschen, der so oft, so intensiv und so dicht am Tod dran ist wie du. Die grausamsten und abscheulichsten Verbrechen klärst du auf und bist oft selbst in Lebensgefahr. Kein Mensch kann immer nur auf dem Schlachtfeld stehen, ohne selbst Schaden zu nehmen. So viel Kraft besitzt niemand.«

»Was schlägst du vor?«, fragte er mit einem bitteren Unterton in der Stimme.

»Tritt doch mal eine Kur an. Bei deinen beruflichen Belastungen der letzten Jahre dürfte dir das ohne Probleme genehmigt werden. Konzentriere dich mehr auf deine lehrende Tätigkeit und ansonsten auf die administrativen Aufgaben in deiner Abteilung. Du hast hervorragende Leute um dich geschart. Die können alle was. Du musst nicht immer die Speerspitze bei den Ermittlungen sein.«

»Vielleicht hast du recht«, stimmte Caspari widerwillig zu. »Ich bezweifle nur, dass es dann noch der Beruf sein wird, der mir Spaß macht.«

»Du bist ein hoffnungsloser Fall«, kommentierte sie und schüttelte den Kopf.

»Deshalb passen wir ja auch so gut zueinander«, konterte er.

***

»Dr. Brinkmann«, begrüßte Bertram die Kynologin in seinem Büro. »Ich hoffe, Sie haben gute Neuigkeiten.«

»Das müssen Sie entscheiden«, antwortete Dr. Brinkmann und gab Bertram mit einem schiefen Grinsen die Hand.

Er wies ihr einen Stuhl als Sitzplatz und schloss seine Bürotür.

»Der Wildbiologe, Herr Lang, der Förster, und ich fanden eine trächtige Wölfin. Wir haben sie narkotisiert und mit einem Peilsender versehen. Nachdem sie wieder bei Bewusstsein war, führte sie uns zu ihrem Gefährten, einem recht großen Rüden, der im Großen und Ganzen unserem Vogelsberger Wolf entspricht. Wir haben ihn nur wenige Augenblicke gesehen, sind aber der Meinung, dass er eine andere Fellzeichnung als der andere hat.«

»Wie sicher sind Sie sich?«, fragte Bertram.

»In Prozenten ausgedrückt würde ich sagen, zu sechzig Prozent.«

»Also besteht noch eine reelle Möglichkeit, dass er doch unser Wolf ist«, insistierte Bertram. Er brauchte endlich Ergebnisse.

»So gesehen, ja«, stimmte Dr. Brinkmann zu.

»Dann muss ich auf eine weitere groß angelegte Suche bestehen. Wo haben Sie ihn gesehen?«

»Oberhalb des Hufeisens, nahe der hessisch-bayerischen Grenze«, antwortete sie, stand auf und zeigte mit dem Finger auf eine Stelle auf der Karte an Bertrams Wand.

»Kann ich weiter auf Ihre Mitarbeit zählen?«, fragte er.

»Selbstverständlich«, bestätigte Dr. Brinkmann.

Bertram sah ein flüchtiges Lächeln über ihr Gesicht huschen.

»Diese Jagd fängt an, mir Spaß zu machen«, fügte sie hinzu.

***

*»Ich schätze Euch, Maître Chastel, das wisst Ihr«, begann der junge Marquis Jean-Joseph d'Apcher, nachdem er dem Wildhüter einen Stuhl in seinem Arbeitszimmer angeboten hatte. »Es gibt allerdings einige Leute in dieser Gegend, die unzufrieden mit Euch und Eurer Jagd nach der Bestie sind. Immerhin wütet sie seit über sechs Wochen, und wir haben fünf Tote zu beklagen.«*

*»Monseigneur«, antwortete Chastel selbstbewusst, »es ist unmöglich, dieses Untier zu zweit zu jagen. Immer verliert sich seine Spur im Nirgendwo, sodass meine Hunde erschöpft aufgeben. Ich habe im Laufe meines Lebens schon viele Tiere gejagt, auch den mächtigen Braunbären, den die Eingeborenen in Neu-Frankreich ›Grizzly‹ nennen. Er war gefährlich, verschlagen, listig. Aber keiner war wie die Bestie.«*

*»Ich weiß«, stimmte d'Apcher ihm zu. »Sie ist eine Heimsuchung, ein Dämon, kein gewöhnliches Tier. Deshalb habe ich mich entschlossen, Edelleute aus dem Gévaudan und anderen Gegenden zu einer Treibjagd einzuladen. Dazu brauche ich auch Euch und Eure Hunde. Die kennen ja mittlerweile den Geruch der Bestie.«*

*Chastel brauchte nicht lange zu überlegen. Das gute Verhältnis zu einem mächtigen Adeligen war für ihn, einen Mann aus dem einfachen Volk, von Vorteil. Schon der alte Marquis hatte ihn zu Lebzeiten geschätzt.*

*D'Apcher entließ ihn. Chastel verbeugte sich und wollte gerade den Raum verlassen, als ihn d'Apcher noch einmal zurückrief.*

*»Maître Chastel, fast hätte ich es vergessen«, sagte er lächelnd. »Wenn Ihr bei Eurem nächsten Besuch ein Rebhuhn*

*oder einen Fasan mitbringen könntet, wäre es nicht zu Eurem Schaden.«*

*»Sehr wohl, Monseigneur.«*

*Auf dem Weg zu den Ställen, wo er sein Pferd abgegeben hatte, begegnete Chastel Matthieu, dem Tierpfleger und Wildhüter des Marquis. Mit dem alten Mann hatte er sich damals angefreundet, als er nach seiner Zeit als Soldat begonnen hatte, sich im Gévaudan eine Existenz aufzubauen. Matthieu hatte ihn als Wildhüter der Gemeinden unterstützt und ihm geholfen, in der Region Fuß zu fassen.*

*»Bonjour, lieber Freund«, grüßte ihn Matthieu. Zwei wache, freundliche Augen musterten Chastel.*

*»Bonjour, Matthieu«, erwiderte Chastel den Gruß.*

*»War der Marquis umgänglich, oder hat er Euch gerügt?«*

*»Nein, er ist wohl auf meiner Seite. Dass die Bestie mit herkömmlichen Mitteln nicht zu finden ist, ist auch ihm klar.«*

*»Deshalb habe ich ihm die Treibjagd empfohlen«, erklärte Matthieu. »Damit wird die Last der Verantwortung von Euren Schultern genommen und auf die unserer Herrschaften verteilt.«*

*Chastel klopfte ihm dankbar auf die Schulter. »Sagt mir, alter Freund«, schnitt er ein anderes Thema an, »warum sich der Marquis an mich wendet, wenn er Niederwild für seine Tafel braucht. Habt Ihr das Jagen auf Eure alten Tage an den Nagel gehängt?«*

*»Tatsächlich bin ich nicht mehr so leichtfüßig wie Ihr oder Eure Söhne, mein lieber Jean«, erklärte Matthieu. »Zum Jagen reicht es aber noch. Nein, es ist etwas anderes. Rebhühner, Fasane und Wachteln wurden auf den Ländern des Monseigneur von Jahr zu Jahr immer weniger. Ihre Population war früher stabil. Wir hatten nie Probleme, dem Marquis einen Vogel für das Essen zu jagen. Mit einem Mal waren sie fast verschwunden. Ich habe mit meinen Gesellen und mit Vorstehhunden vor einiger Zeit begonnen, den Rest von ihnen aufzuspüren*

*und mit Netzen lebend zu fangen. Seither züchten wir sie in Gehegen, damit ihr Bestand so anwächst, dass wir sie wieder auswildern können. Bis dahin bleibt jeder Vogel unangetastet. Deshalb habt Ihr nun die Ehre, den Marquis mit Eurer Jagdbeute zu beglücken.«*

*»Habt Ihr eine Erklärung für den Schwund der Bestände?«, fragte Chastel.*

*Matthieu schüttelte den Kopf.*

*»Die Bestie?«, hakte Chastel nach.*

*»Möglicherweise«, antwortete Matthieu vielsagend. »Von Menschen allein wird sie sich wohl nicht ernähren. Und wenn sie so groß ist, wie man sagt, dann braucht sie viel Fleisch.«*

*»Wie steht es denn um die Bestände der Rehe und Hirsche des Marquis? Die Wildschweine nicht zu vergessen.«*

*»Ihre Zahl ist ein klein wenig zurückgegangen, bewegt sich aber noch im Rahmen.«*

*»Warum in aller Welt greift die Bestie Menschen an?«, grübelte Chastel.*

*»Weil sie leichte Beute sind. Wir Menschen riechen und hören nicht annähernd so gut wie die Tiere. Wir haben verlernt, unsere Instinkte zu gebrauchen, die uns vor Gefahren warnen, noch bevor unsere Sinne sie wahrnehmen«, versuchte Matthieu eine Erklärung.*

*»Mag sein«, meinte Chastel, als er von einem fremdartigen, gehässig und bösartig klingenden Lachen unterbrochen wurde. »Was war das?«, fragte er erschrocken.*

*»Eine Hyäne«, erklärte ihm Matthieu.*

*Chastel sah ihn ratlos an.*

*»Ein Raubtier und Aasfresser aus Afrika. Oder sagen wir besser: ein Prestigeobjekt des alten Marquis, Gott hab ihn selig! Bei seiner letzten Reise nach Afrika hat er die Hyäne fangen und nach Frankreich bringen lassen. Sie war jahrelang in einem Käfig eingesperrt und wurde durch ganz Frankreich gefahren. Der Marquis verlieh sie gern anderen Adeligen, die sie bei großen Gesellschaften und Festen vorführen ließen.*

*Kurz vor seinem Tod kam sie aber auf seinen Wunsch in ein Gehege in der Nähe unseres Schlossparks.«*

*»Darf ich sie sehen?«, fragte Chastel neugierig.*

*»Natürlich«, stimmte Matthieu zu und wies ihm den Weg.*

*Nach einigen Gehminuten standen sie vor einem weitläufigen Gehege, das von einem hohen eisernen Zaun umgeben war. Die Baumpfähle und Äste, die auf der nackten Erde lagen, waren mit tiefen Kratz- und Bissspuren übersät. Auf dem Gelände waren abgenagte Knochenreste verteilt. Ein Verschlag mit einem großen Vordach stand nahe bei dem Eisentor.*

*Chastel rümpfte die Nase. Ein aufdringlicher Geruch nach Schweiß, Exkrementen und Kadaver wehte zu ihnen herüber. Vergeblich suchte er das Tier. Weder auf dem Gelände noch im Halbdunkel des Vordachs zeigte es sich.*

*»Vorsicht«, warnte Matthieu, »sie ist nicht ohne.«*

*Wie aus dem Nichts sprang ein gewaltiger fellbedeckter Körper auf sie zu und prallte gegen das Tor, das unter der Wucht erzitterte. Nachtschwarze Augen sahen Chastel an, zwei Reihen scharfer gelber Zähne schnappten nach ihm.*

*Instinktiv wich er zurück, obwohl das Tor ihn schützte. Durch die Gitterstäbe sah er die Hyäne, die ihn an einen sehr großen und muskulösen Hund erinnerte, aber definitiv keiner war. Ihr graubraunes Fell war mit dunklen Flecken getupft. Sie hatte einen enormen Brustkorb und Flanken, unter deren Haut sich dicke Muskelstränge zeigten. Die Vorderbeine waren länger als die hinteren, sodass es aussah, als hätte sie einen Buckel. Ihr Kopf war keilförmig, was ihr eine große Beißkraft verleihen musste, ihre Ohren wirkten überproportional groß im Verhältnis zum Kopf.*

*»Mon Dieu«, presste Chastel hervor.*

*»Darf ich vorstellen«, meinte Matthieu unbeeindruckt, »das ist la bête. Ein wahrer Teufel.«*

*»La bête – die Bestie?«*

*Der alte Marquis hatte der Hyäne zu Lebzeiten genau den*

*Namen gegeben, mit dem die Menschen des Gévaudan den mörderischen Wolf bedachten, der die Gegend in Angst und Schrecken versetzte.*

*»Der Name ist gut gewählt, findet Ihr nicht? Denn diesem stinkenden Haufen aus Muskeln, Fell und Gebiss kannst du nicht über den Weg trauen. Niemand von uns geht da allein rein. Und schon gar nicht unbewaffnet. Bewaffnet bis an die Zähne und gepanzert wie ein Ritter aus den alten Zeiten, nur so kann man zu sechst das Gehege betreten. Vor allem muss man zu jeder Zeit wissen, wo la bête sich befindet. Die springt dich schneller an, als du bis drei zählen kannst. Das ist gar nicht so einfach, weil Hyänen am liebsten in Höhlen leben. Davon gibt es mittlerweile einige auf dem Gelände. La bête hat sie sich gegraben.«*

*Chastel stand schweigend vor dem schützenden Zaun und betrachtete die Hyäne.*

*Was, wenn die Bestie gar kein Wolf war, sondern dieses Wesen, das ihn mit hasserfülltem Blick fixierte? Was, wenn eine der Höhlen einen unentdeckten Ausgang jenseits des Zaunes hätte?*

***

»Christoph?«

Benny sah Caspari fragend an, bevor er seinen Blick wieder auf die Straße richtete.

Caspari sah irritiert zu ihm hinüber. Er saß auf dem Beifahrersitz in Bennys Wagen. Sein Schwager fuhr mit ihm zusammen zum Training bei ihrem Kampfkunstmeister Seydel. Benny hatte ihm soeben eine Frage gestellt, die Caspari einfach nicht wahrgenommen hatte.

»Bist du wirklich fit für das Training?«, fragte Benny mit einem kritischen Seitenblick. »Du siehst ziemlich fertig aus.«

»Um es ehrlich zu sagen: Ich habe mich schon besser gefühlt. In den letzten Monaten habe ich zu viel gearbeitet, wie es scheint. Auf das Training habe ich mich aber schon sehr gefreut. Das ist wie eine Kraftquelle.«

Das Training bei Seydel war wie immer hart. Neben dem klassischen Aikido enthielt es verschiedene Karate-Elemente. Caspari blockte eine Gerade von Benny und traf ihn mit der Ferse an der Innenseite des Oberschenkels. Benny kippte zur Seite weg und hielt sich das Bein.

»Mensch, Christoph, pass doch auf!«

Caspari wurde es plötzlich um die Ohren herum sehr heiß. »Benny, entschuldige bitte. Das war nicht meine Absicht. Es tut mir leid.« Er hätte sich am liebsten selbst geohrfeigt. Einen solchen Mangel an Konzentration kannte er nicht von sich.

»Wie ich eingangs sagte«, meinte ihr alter Lehrer, »schrieb der okinawanische Meister Choki Motobu, dass dieser Tritt sehr gefährlich ist. Man soll ihn mit Vorsicht trainieren. Er selbst hat damit einem seiner Schüler versehentlich den Oberschenkelknochen gebrochen.«

Caspari wollte vor Scham im Boden versinken. »Ja, ich kenne diesen Kommentar. Es ist mir unerklärlich, wie das passieren konnte.«

»Du warst vorhin im Auto schon so geistesabwesend«, sagte Benny und klopfte ihm auf die Schulter.

Caspari fing einen fragenden Blick von Seydel auf. »Ich leide seit einiger Zeit unter Schlafstörungen«, erklärte er. »Es war wohl ein bisschen viel berufliche Belastung in den vergangenen Monaten. Letzte Nacht habe ich zum ersten Mal wieder schlafen können – dank eines Schlafmittels.«

»Warum weiß ich davon nichts?«, tadelte Seydel. »Du weißt, dass du immer mit mir reden kannst.«

»Sensei«, erwiderte Caspari schuldbewusst und verneigte sich, wie es die Etikette gebot, »ich habe es selbst so lange verdrängt, bis ich nicht mehr daran vorbeisehen konnte.«

»Wir wissen immer, was richtig ist und wie wir anderen helfen können«, meinte Seydel mit einem festen Blick, der freundlich auf Caspari ruhte, »aber wenn es um uns selbst geht, sind wir blind für die Probleme, die uns belasten. Unser Geist ist bewölkt und kann nicht mehr auf das blicken, was wichtig und heilsam ist. Ich kenne das von mir selbst, mein Junge.«

Seydel war für Caspari so etwas wie sein zweiter Vater. Er hatte ihn und Benny unter seine Fittiche genommen, als sie noch Jugendliche gewesen waren. Er war ihr Ansprechpartner bei vielen Fragen und Problemen in der Pubertät gewesen. Durch Höhen und Tiefen hatte er seine beiden Meisterschüler bis zum heutigen Tag begleitet. Deshalb wunderte es Caspari nicht, dass er noch einmal nachhakte.

»Ist das wirklich alles?«

»Ja, Sensei. Ich brauche nur mal eine berufliche Auszeit«, log er. Warum er Seydel und Benny nichts von der Panikattacke erzählen wollte, wusste er selbst nicht. Vielleicht fürchtete er, dass er ihr damit zu viel Macht und Bedeutung geben würde. Dass sein alter Meister seinen Worten nicht traute, konnte er an dessen Blick allerdings genau erkennen.

***

Clara bot Leon und seinem Begleiter Sitzplätze in ihrem Büro an. Nach zwei Stunden Philosophieunterricht war ihr gerade noch Zeit geblieben, sich einen Kaffee im Lehrerzimmer zu holen, dann hatten die beiden auch schon vor ihr gestanden und sie um ein Gespräch gebeten.

»Das ist Maurice«, stellte Leon seinen Schulfreund vor. »Ich hab Ihnen von ihm erzählt. Er hat Zugang zu den Videos.«

Maurice rutschte merklich unsicher auf seinem Stuhl hin und her. »Ja, also«, begann er, ohne Clara direkt anzusehen, »ich will eigentlich keinen Ärger mit den Jungs. Die sind nicht gerade zimperlich. Das hat man ja auch bei Jannik gesehen.«

»Sie haben dir gegenüber zugegeben, dass sie es waren?«, fragte Clara.

Als sie Maurice' erschrockenen Blick registrierte, ärgerte sie sich über ihr unüberlegtes Vorgehen. Mit einem solchen Vorstoß würde sie ihn noch verschrecken und riskieren, dass er ihr nichts mehr erzählte.

Doch Maurice schüttelte den Kopf. »Nein. Aber ich kann eins und eins zusammenzählen.«

Clara entschied, sich vorsichtiger heranzutasten. »Ich habe schon Leon versichert, dass alles, was du mir erzählst, dem Beichtgeheimnis unterliegt. Ohne deine Genehmigung kann ich es nicht weitergeben. Magst du mir berichten, wie du in den Verteiler der Videoclips dieser Gruppe gekommen bist?«

Maurice holte tief Luft. »Eigentlich weiß ich das selbst nicht so genau. Manuel hält mich wohl für so etwas wie einen Freund. Der mag mich irgendwie. Warum, kann ich Ihnen auch nicht sagen. Wir kennen uns halt schon seit dem Sandkasten. Vor einiger Zeit schickte er mir auf WhatsApp ein Video, auf dem zu sehen war, wie jemand verprügelt wurde. Als Kommentar hat er dazugeschrieben: ›Cool, oder?‹ Ich hatte ehrlich gesagt nicht genug Mut, ihm zu widersprechen. Also schickte ich kurzerhand das Emoji ›Daumen hoch‹. Danach kamen solche Clips immer wieder von ihm. Eines Tages lud er mich dann in eine geheime Gruppe im Darknet ein.«

Clara hatte schon oft von diesem Teil des Internets gehört, in dem man sich unerkannt bewegen konnte. Neben dem Vorteil, dass Suchmaschinen und soziale Netzwerke einen Nutzer nicht auf jedem digitalen Schritt und Tritt verfolgen und ausspionieren konnten, hatte dieser geschützte Teil des Internets natürlich auch eine andere Seite. Kriminelle nutzten ihn bevorzugt für ihre Geschäfte, Pädophile und andere unterhielten zumeist geheim und unentdeckt ihre Gruppen, in denen sie ihre gefilmten Perversionen austauschten. Von Caspari wusste sie, dass das Bundeskriminalamt und Polizeibehörden in anderen Ländern viel Energie in den Kampf gegen diese Aktivitäten investierten.

»Seither hast du Zugang zu Snuff-Videos«, konstatierte sie.

Maurice nickte stumm. Nach einer Weile des Schweigens, die Clara ihm ließ, erzählte er weiter.

»Es kursieren eine Menge Filme in dieser Gruppe. Die meisten habe ich mir gar nicht angeschaut. Wenn ich sehe, wie jemand ganz real gefoltert wird, wird mir schlecht. Das ist doch echt krank. So was geht gar nicht.«

»Die Mobbing-Gang teilt solche Filme in der Gruppe?« Clara war entsetzt.

»Nein, die stellen nur die Filme ein, in denen sie jemanden verprügeln«, erklärte Maurice. »Das ist schon schlimm genug. Aber die brutaleren Filme kommen von anderen Mitgliedern auf dieser Plattform.«

»Was sind das für Leute?«

»Keine Ahnung. Die verständigen sich in der Darknet-Gruppe untereinander auf Englisch. Ich vermute, dass es zum Teil Leute aus dem Ausland sind.«

Clara atmete tief durch. Dem Jungen schien nicht bewusst zu sein, wo er da hineingeraten war. Maurice hatte ihr einen internationalen kriminellen Ring von Personen präsentiert, denen die Qual und Schmerzen misshandelter Menschen eine perverse Lust bereiteten.

»Hast du dir solche Videos heruntergeladen?«, fragte sie sachte.

Maurice zögerte. Schließlich nickte er mit niedergeschlagenen Augen. Ihm schien allmählich die Dimension seiner Mitläuferschaft klar zu werden.

Clara versuchte, mit ihm gemeinsam einen Ausweg zu finden. »Hast du eine Idee, wie du aus der Geschichte wieder aussteigen kannst?«, fragte sie.

»Nein«, antwortete Maurice mit belegter Stimme, »ich konnte mich dank Manuel immer unter dem Radar dieser Gang bewegen. Dafür musste ich so tun, als ob ich das alles ganz toll finde. Wenn ich jetzt aussteige, mache ich mich zur Zielscheibe.«

Clara wusste, dass er recht hatte. Ihre Gedanken kreisten

um die Frage, wo es für den Jungen einen Ausweg aus dieser Geschichte gab. Lange musste sie nicht überlegen.

»Vielleicht kann ich etwas für dich tun«, sagte sie. »Ich kenne jemanden, der beim Bundeskriminalamt arbeitet. Wenn du mir das Material, das du dir heruntergeladen hast, auf eine DVD brennst, kann ich ihm das zeigen. Möglicherweise kann er dich als so etwas wie einen Kronzeugen einstufen. Dann kommst du am ehesten unbeschadet aus der Sache raus.«

Clara wusste, dass sie sich damit weit aus dem Fenster gelehnt hatte. Doch auf irgendeine Weise musste sie Bewegung in diese Sache bringen.

»Und wenn ich mich einfach ganz ruhig verhalte und die Filme auf meinem Computer lösche?« Ein Anflug von Panik lag in Maurice' Stimme.

»Ich will ehrlich zu dir sein«, redete Clara mit ruhiger Stimme auf ihn ein. »Weltweit arbeiten Spezialisten bei den Ermittlungsbehörden daran, Gruppen wie diese zu entlarven. Die Wahrscheinlichkeit, dass der Snuff-Video-Ring auffliegt, ist nach der Attacke gegen Jannik sehr wahrscheinlich und nur eine Frage der Zeit. Wenn du weiterhin einfach so mitschwimmst, wirst du mit dem ganzen Ring untergehen.«

Nervös kratzte sich Maurice am Kopf.

»Ey, komm, du bist doch froh, wenn der Spuk endlich vorbei ist«, redete Leon ihm gut zu. »Als Mitglied in dieser Darknet-Gruppe fühlst du dich doch eh nicht wohl. Das hast du selbst gesagt.«

»Okay, ich mach es«, stimmte Maurice schließlich zu. »Geben Sie mir Ihr Wort, dass ich nicht wie Jannik anschließend im Krankenhaus lande?«

»Ja«, behauptete Clara sehr überzeugt. Ein bisschen schämte sie sich, weil sie ihm etwas versprach, das sie selbst eigentlich gar nicht garantieren konnte. Das musste Caspari für sie erledigen. Aber der würde sie nicht hängen lassen, dessen war sie sich bewusst.

»Die Polizei wird den ganzen Ring ausheben und verhaften. Das wird eine internationale Aktion werden. Dabei werden sie deine Identität schützen.«

Schweißperlen standen Maurice auf der Stirn, aber er wirkte erleichtert. »Okay, morgen bekommen Sie die DVD«, versprach er. »Und was machen wir, wenn die Polizei mich doch verhaften will?«, fügte er kurz darauf unsicher hinzu.

»Von mir erfährt niemand etwas über dich«, versicherte ihm Clara. »Ich unterliege dem Beichtsiegel. Niemand kann mich zwingen, von dir zu erzählen. Und glaube mir: Die Polizei weiß, wie sie vorgehen muss, damit die Gang von dir als Zeuge nichts erfährt.«

***

*Die Hitze des Hochsommers ließ die Luft flimmern. In der Glut der Mittagssonne dürfte sich auch die Bestie im Schatten verkriechen, statt Menschen anzufallen. Chastel gönnte sich ein kleines Schläfchen im angenehmen Schatten der Pinien im Garten hinter seinem Haus. Die Führung des Gasthofes und die Jagd nach der Bestie, die nun schon seit mehr als einem Jahr erfolglos geblieben war, kosteten ihn viel Kraft. Eine kleine Pause wie diese tat ihm gut.*

*Chantal, seine Zweitjüngste, stupste ihn an.*

*»Herr Papa«, flüsterte sie ihm ins Ohr, »kommt schnell. Es sind Männer gekommen, die Euch sprechen wollen.«*

*Verärgert zog Chastel eine Miene. Als er in das hübsche Kindergesicht mit den großen, strahlenden Augen blickte, lächelte er allerdings schnell wieder. Die Kleine konnte ja nichts dafür, dass er nicht einmal in der heißesten Zeit des Tages seine Ruhe hatte.*

*Gähnend erhob er sich aus dem Korbsessel und streckte seine steifen Glieder. Auf dem Weg zur Küche ging er am Brunnen vorbei, schöpfte mit der Kelle Wasser aus dem Eimer, der auf dem Brunnenrand stand, und trank einen großen Schluck.*

*Im Schankraum saßen zwei Männer an einem der Tische. Pierre Chastel stellte ihnen Brot, Käse und kalten Braten auf den Tisch, während sie Bier tranken.*

*Jean Chastel ging an seinem Sohn vorbei, der, den Fremden den Rücken zugewandt, seinen Vater ansah und mit den Augen rollte. Das versprach nichts Gutes.*

*Chastel nahm eine straffe Körperhaltung an, wie sie ihm in der königlichen Armee eingebläut worden war, und stellte sich vor.*

*»Meine Herren! Ich bin Jean Chastel. Sie wollten mich sprechen?«*

*Die Männer besaßen nicht die Höflichkeit, aufzustehen. Abschätzig betrachtete ihn der ältere der beiden.*

*»Ich bin Jean-Charles d'Enneval, das hier ist mein Sohn Martin. Vielleicht hat man in dieser sonnenverbrannten Gegend von uns gehört.«*

*Chastel schüttelte den Kopf. »Nein, tut mir leid. Eure Namen sagen mir nichts. Eurer Aussprache nach kommt Ihr eher aus dem Norden.«*

*»Aus der Normandie«, bestätigte d'Enneval.*

*»Was führt Euch hierher, und wie kann ich Euch dienlich sein?«, fragte Chastel, wobei er seine aufsteigende Ungeduld kaum zu unterdrücken vermochte.*

*»Wir sind auf Befehl des Königs hier. Nachdem Ihr als Wildhüter und die Jagdgesellschaft von Marquis d'Apcher über ein Jahr nicht in der Lage gewesen seid, die Wolfsbestie zu fangen, hat unser König ein Dragonerregiment in diesen Backofen von einem Landstrich gesandt. Sein zweiter Jäger, François Antoine, ist ebenfalls auf seinen Befehl hier. Die haben es aber auch nicht hingekriegt. Und da kommen wir ins Spiel.«*

*»Aha!« Chastel konnte sich einen ironischen Unterton nicht verkneifen. »Und wie, wenn ich fragen darf?«*

*»Wir sind Wolfsjäger. Die besten, die Frankreich zu bieten hat.«*

*»An Selbstbewusstsein mangelt es Euch offensichtlich nicht.« Das großspurige Gehabe des Mannes ging Chastel langsam auf die Nerven.*

*»Monsieur!«, rief Martin d'Enneval empört. »Mein Vater befreite schon viele Landstriche von der Wolfsplage. Über eintausendzweihundert dieser Biester wurden von ihm erschossen.«*

*»Eine beachtliche Zahl«, kommentierte Chastel unbeeindruckt. In der Armee hatte er oft erleben können, wie Großmäuler zurechtgestutzt wurden. Dennoch musste er vorsichtig sein. Diese beiden waren auf Befehl des Königs hier und genossen gewisse Privilegien.*

*»Wir haben ein Schreiben von dem Marquis bei uns, in dem er Euch aufträgt, uns behilflich zu sein.«*

*Jean-Charles d'Enneval hielt ihm einen Brief entgegen, auf dem Chastel das Wachssiegel des Marquis erkannte.*

*»Wie genau soll diese Hilfe sich gestalten?«*

*»Wir werden bei Euch logieren«, antwortete der ältere Wolfsjäger bestimmt. »Außerdem brauchen wir Platz in Eurem Hundezwinger. Unsere sechs besten Hunde werden morgen mit einer Kutsche hier eintreffen. Die müssen untergebracht und versorgt werden. Wir brauchen ortskundige und jagderfahrene Führer. Wir kennen die Gegend hier schließlich nicht.«*

*»Ich werde sehen, was ich tun kann«, entgegnete Chastel mit stoischer Miene, drehte sich um und verließ, den Brief in der Hand, grußlos den Schankraum. In der Küche hielt Pierre ihn am Arm fest.*

*»Herr Vater«, protestierte er, »Ihr wollt doch nicht wirklich diesen Aufschneidern zu Diensten sein?«*

*»Denen nicht«, raunte Chastel. »Aber dem König und dem Marquis.«*

*Pierre sah ihn entgeistert an.*

*»Junge, ich weiß, wie es in der Welt da draußen zugeht. Meine Zeit als Soldat hat mich einiges gelehrt«, erklärte Chas-*

*tel. »Als einfacher Mann kannst du dich nicht gegen den Adel stellen – und schon gar nicht gegen den König. Ich mache das Spiel mit und denke mir meinen Teil. Das Gleiche erwarte ich auch von dir und Antoine. Und was diese beiden Crétins dort betrifft: Niemand kann mich so sehr beleidigen, dass ich die Existenz und das Wohlergehen meiner Familie aufs Spiel setze.«*

***

Lustlos zwang sich Caspari zu jeder Übung. Das Krafttraining an den Seilen und Schlingen bereitete ihm sonst immer viel Freude. Er mochte es, die Muskeln zu spüren, zu fühlen, wie das Blut durchgepumpt wurde. Doch an diesem Freitagnachmittag musste er sich regelrecht dazu zwingen.

Eine innere Leere hatte sich in den zurückliegenden Tagen in Caspari breitgemacht. Er kam sich so vor, als säße er unter einer Glocke aus Glas. Er konnte das Leben der anderen sehen, es hören, aber nicht wirklich emotional daran teilnehmen. Was seine Gefühle und seine mentale Energie betraf, fühlte er sich wie taub und dumpf.

Nach einer Stunde war er erleichtert, dass das Training endlich vorbei war, und froh, dass er es durchgehalten hatte. Frisch geduscht fuhr er mit Clara nach Gelnhausen ins Kino. Sie hatte eine Liebeskomödie ausgesucht.

Caspari wunderte sich über sich selbst. Er lachte tatsächlich laut mit den anderen Kinobesuchern bei den komischen Szenen. Oft suchte er an diesem Abend Claras Hand. Sie war wie ein heller Klang, der durch die gläserne Glocke fuhr und ihn berührte.

Auf dem Weg zu ihrem Wagen durchbrach Clara die Stille, die sie beide umgab.

»Christoph, was ist mit dir? Du lachst ausgelassen im Kino, wirkst aber gleichzeitig traurig und nach innen gekehrt. Dein Blick ist so … so leer.«

Caspari presste die Lippen zusammen und starrte in den Abendhimmel. »Ich weiß es nicht, ehrlich. Ich empfinde plötzlich eine beklemmende Stille in mir drinnen, verstehst du, was ich meine?«

Clara schüttelte den Kopf. »Nein, leider nicht. Was auch immer es ist, es macht mir Sorgen.« Sie drehte sich zu ihm hin und umarmte ihn.

Caspari spürte ihr weiches Haar an seiner Wange. Eine Ahnung von Trost und Linderung durchströmte ihn warm und wohltuend. So standen sie eine Weile vor seinem Auto, bis sie sich langsam und behutsam von ihm löste.

»Komm, wir fahren nach Hause«, schlug Clara vor.

Caspari war damit einverstanden. Ihm war ganz und gar nicht danach, noch ein Bier in einem der Lokale zu trinken.

Auf dem Weg zum Weiherhof sprachen sie erneut kein Wort. Diesmal war es Clara, die seine Nähe suchte. Er spürte ihre Hand auf seiner Schulter, genoss es, wenn sie ihm mit dem Fingerrücken über die Wange fuhr. Zu Hause angekommen, ging Caspari noch eine kurze Runde mit Camillo, während Clara in der kühlen Mainacht die Wärme im Haus vorzog.

Als Caspari mit dem Berner Sennenhund wieder zurückgekehrt war, stand sie, nur mit einem seiner T-Shirts bekleidet, mit einer Flasche Sekt und zwei Gläsern in den Händen im Hausflur und zwinkerte ihm zu.

»Komm mit nach oben …«

Caspari kam dieser Aufforderung nur allzu gern nach.

»Und Lukas?«, wandte er ein.

»Schon vergessen? Der schläft heute Nacht doch bei Robin. Wir müssen auf niemanden Rücksicht nehmen«, erinnerte ihn Clara.

Er folgte ihr lächelnd in das Schlafzimmer, das in Kerzenlicht getaucht war.

Clara ließ den Sektkorken knallen und goss die Gläser voll. Sie stießen an und tranken. Clara umarmte und küsste

Caspari. Er schmeckte das Aroma des Sekts auf ihren Lippen. In der Glasglocke, unter der er gefangen war, begann es hell zu klingen. Es war ihm, als verließe er sie für eine Zeit und tauche für eine Weile wieder in das Leben ein, das ihm ganz still und leise abhandengekommen war.

In dieser Nacht brauchte er keine Schlafmittel. Als sie verschwitzt und eng umschlungen beieinander im Bett lagen, ließ er sich einfach fallen.

Doch nach einer Weile hatten ihn die Alpträume erneut gepackt. Er war wieder in der alten Holzhalle, mitten im Wald hinter Fischborn, mitten im Nirgendwo. Der Golem hatte von hinten seinen starken Arm um Casparis Hals gelegt und drückte mit Macht zu. Caspari wurde schwindelig. Wie durch das Objektiv einer Filmkamera, die heftig hin und her geschwenkt wurde, sah er die Szene vor sich. Clara und Lukas mussten als Geiseln seine Ermordung mitansehen. Allmählich schwanden ihm die Sinne. Doch dann schrie Lukas, schrie, wie Caspari seinen Sohn noch nie hatte schreien hören.

Casparis Muskeln waren zum Zerreißen angespannt, als er aufwachte. Es dauerte einen Moment, bis er sich von den Schrecken des Traumes gelöst hatte. Sein Herz pochte so laut, dass es ihm in den Ohren dröhnte. Kalter Schweiß rann von seiner Stirn. Suchend griff er nach links. Doch das Bett neben ihm war leer.

Er brauchte eine Weile, bis er sicher war, dass er aufstehen konnte. Rasch zog er sich ein T-Shirt über und begann, nach Clara zu suchen. Lange benötigte er dafür nicht. Er fand sie in ihrem Arbeitszimmer, wo sie auf den Bildschirm ihres Notebooks starrte.

»Was machst du mitten in der Nacht vor dem Rechner?«, fragte Caspari verwundert.

»Ich habe schlecht geträumt, bin aufgewacht und konnte nicht mehr einschlafen.«

»Willkommen im Club. Was lässt dich denn schlecht schlafen?«

»Ich mache mir Sorgen um dich, Christoph. Es geht dir nicht gut – ganz und gar nicht gut, auch wenn du das selbst nicht sehen willst. In zweieinhalb Monaten wollen wir heiraten. Was machen wir, wenn es dir bis dahin nicht besser geht?«

»Ich kriege das wieder hin«, versicherte er.

Clara sah ihn skeptisch an. »Vielleicht. Vielleicht auch nicht. Aber es ist ja nicht nur die Hochzeit. Es geht mir in erster Linie um dich. Ich habe dich noch nie so erschöpft und verbraucht erlebt.«

»Was soll ich denn machen?«, fragte Caspari mit leiser Stimme.

»Ich weiß es nicht, jedenfalls nicht im Augenblick. Ich weiß aber, dass du zu lange zu oft über die Grenze deiner eigenen Belastbarkeit hinausgegangen bist. Das hält kein Mensch auf Dauer aus.«

»Ja, du hast recht«, gab er kleinlaut zu, beugte sich zu ihr vor und umarmte sie.

Clara gab ihm einen Kuss und fuhr mit ihren Fingern durch sein Haar.

Als Caspari wieder aufsah, fiel sein Blick auf den Computerbildschirm, auf dem das Standbild ein Mädchen zeigte, dessen Mund zu einem Schrei geöffnet war. Aus tiefen Wunden an ihren Wangen und auf ihrer Stirn floss Blut über ihr Gesicht.

»Das siehst du dir an, wenn du nicht schlafen kannst?«, fragte er irritiert. »Ich wusste gar nicht, dass du auf Splatterfilme stehst.«

»Das ist leider kein Splatterfilm, sondern ein Snuff-Video«, entgegnete Clara mit rauer Stimme.

»Das kann doch nicht dein Ernst sein!«

»Diesen und andere Filme hat mir ein Schüler gegeben. Er ist in einen Darknet-Ring hineingedrängt worden, in dem solche Filme geteilt werden. Der Junge möchte aussteigen, hat allerdings Angst. Ich schlug ihm vor, mir die DVD zu brennen. Den Inhalt solltest du eigentlich nicht selbst sehen, sondern den Datenträger an eure Abteilung für Internetkriminalität weitergeben. Die könnte den Ring dank der Informationen des Jungen hochgehen lassen und ihn wie einen Zeugen oder Informanten behandeln.«

Neugier wurde in Caspari wach und das Bedürfnis, Clara zu beschützen. »Erzähl mir erst mehr darüber«, bat er.

»Was den Schüler betrifft, so kann ich dir nichts weiter sagen. Das fällt unter das Beichtgeheimnis.«

»Dann erzähl mir das, was dir möglich ist.«

Clara berichtete von der Attacke auf Jannik und der Verbindung der Mobbing-Gang zu dem Snuff-Video-Ring im Darknet. Caspari hörte ihr fassungslos zu.

»Ob es einen Weg gibt, den Jungen von der Strafverfolgung zu verschonen, weil er die Behörden informiert hat, kann ich dir nicht sagen«, gab er zu, nachdem sie geendet hatte. »Das muss ich mit dem Staatsanwalt abklären. Die Abteilung Internetkriminalität wird sich dieses Rings sicher annehmen. Allerdings brauchen die die Internetadresse dieser Gruppe. Wenn die Clips auf der DVD echt sind, dann sind die Aktivitäten des Rings im Darknet auf jeden Fall strafbar.«

»Die Adresse besorge ich«, versicherte Clara, »aber ich werde sie erst bekommen, wenn der Junge eine Zusage hat, dass er ohne Strafe da rauskommt und dass seine Identität als Informant geschützt bleibt.«

»Ich kümmere mich darum«, versprach Caspari und sah wieder auf den Bildschirm. Er drückte die Start-Taste auf der Tastatur und ließ den Film weiterlaufen.

Das Mädchen saß gefesselt auf einem Stuhl. Es trug eine kurze Hose und ein T-Shirt. Der Raum um sie herum war schlecht beleuchtet, aber Caspari meinte zu erkennen, dass es sich um eine Scheune handelte. Im Hintergrund hörte er schrilles und doch nicht allzu lautes Gelächter von mehreren Personen. Wer sich dahinter verbarg, konnte er nicht erkennen.

Das Mädchen weinte und schrie, als eine Person im Bild auftauchte. Caspari sah sie nur von hinten. Sie hatte eine Regenjacke an und die Kapuze nach vorn gezogen. Die Person nahm eine brennende Zigarre und drückte sie unter dem Winseln und Schreien des Mädchens auf dessen nacktem Oberschenkel aus.

Mit einem Mal stand das Bild wieder. Clara hatte auf die Pause-Taste gedrückt.

»Sieh ihn dir bitte nicht weiter an«, flehte sie. »Ich befürchte, das ist in deinem derzeitigen Zustand nicht ratsam.«

»Es wird noch schlimmer?«, fragte Caspari. Er verstand Claras Eingreifen nicht als Bevormundung, sondern als Ausdruck echter Sorge. Deshalb nahm er es hin, wieder nur ein Standbild zu sehen.

»Ich sehe die Folter nun zum zweiten Mal«, erklärte sie. »Die Schnitte im Gesicht und die Verbrennungen mit der Zigarre sind nur das Vorspiel.«

»In Ordnung«, stimmte Caspari zu und warf einen letzten Blick auf das stehende Bild. Als Clara die Computermaus bewegen wollte, um den Rechner auszuschalten, hielt er schnell eine Hand hoch. »Warte einen Moment!«

»Was ist denn?«

»Dieses Gesicht habe ich irgendwo schon mal gesehen. Ich weiß nur nicht mehr, wann und wo.«

***

*Menschen, so weit das Auge reichte. Jean Chastel stellte sich im Sattel auf, um über die Senke zu blicken, in der sich eine riesige Menschenkette aus Bewohnern vieler Dörfer und Reitern gebildet hatte. Einfache Männer, Bauern und Handwerker, daneben Adelige und die komplette Dragonereinheit, die vom König geschickt worden war – sie alle einte ein Ziel: den Alptraum ein für alle Mal zu beenden, der mit Jeanne Boulets Tod Einzug in das Gévaudan gehalten hatte.*

*Von fern erkannte Chastel Marquis Jean-Joseph d'Apcher, in ein Gespräch mit François Antoine, dem zweiten königlichen Jäger, und Capitaine Duhamel, dem die Dragoner unterstanden, vertieft. Die Nervensägen aus der Normandie hatten zu Chastel und seinen Söhnen aufgeschlossen.*

*Nachdem sie in den letzten Wochen gemeinsam vergeblich versucht hatten, mit ihren hochgelobten Spürhunden und Chastels Söhnen als Führern die Bestie aufzuspüren, waren Jean-Charles d'Enneval und sein Sohn Martin ein wenig kleinlauter geworden. Chastel war trotzdem nicht besonders glücklich, sie immer noch als Gäste beherbergen zu müssen. Sie waren wie Läuse im Pelz, auch wenn sie für Kost und Logis anstandslos zahlten.*

*Sergeant Jacques Durand kam neben ihn geritten. Seine Gendarmenuniform mochte die »Herren Wolfsjäger« vielleicht von allzu abfälligen Kommentaren abhalten.*

*Ein Dragoner stieß in seine Trompete, und der Zug setzte sich in Bewegung. Die Bauern kämpften sich mit ihren Sicheln durch das Unterholz. Einige von ihnen trugen Äxte mit sich, andere hielten Hirtenstäbe mit den scharfen Metallspitzen fest in der Hand. Die Hunde kläfften aufgeregt und zerrten an ihren Leinen. Auch Pierre und Antoine, Chastels Söhne, waren bemüht, den Jagdeifer ihrer Hunde im Zaum zu halten.*

*Vom gegenüberliegenden Waldrand aus kämpfte sich ebenfalls eine Menschenkette auf das Innere zu. Was auch immer sie im Schatten der alten Bäume finden würden – es saß in der Falle, eingekeilt zwischen verzweifelten und wütenden Bewohnern des Gévaudan, die Rache nehmen wollten, Soldaten, die Befehle ausführten, und Adeligen, von denen einige allein des Jagdvergnügens wegen gekommen waren.*

*Nach einer halben Ewigkeit im Dunkelgrün des Waldes begannen die Hunde, noch heftiger an ihren Leinen zu zerren. Antoine und Pierre hatten ihre vier mit Abstand am besten im Griff. D'Ennevals sechs »Elitehunde« rissen die beiden*

*Diener, die sie an der Leine führten, fast um. Ihr Jagdtrieb ließ sich kaum kontrollieren.*

*Chastel unterdrückte ein Grinsen. Von der Erziehung ihrer Hunde hatten die d'Ennevals auf jeden Fall wenig Ahnung.*

*Plötzlich nahm er eine Bewegung im Unterholz wahr. Es war mehr ein instinktives Wahrnehmen als ein wirkliches Sehen. Er hatte als Soldat diese Fähigkeit bei den Eingeborenen in Neu-Frankreich entdeckt und sich von ihnen erklären lassen, wie man sie trainierte und verbesserte. Chastel war zwar weit von dem Niveau entfernt, auf dem sich die Irokesen bewegten. Aber für einen Franzosen waren seine Fähigkeiten auf diesem Gebiet recht passabel, fand er.*

*Ein Wolf sprang aus dem Unterholz und suchte nervös einen Fluchtweg aus der Zange, die sich mehr und mehr um ihn schloss. Hektisch lief er auf und ab, als suchte er nach einer Lücke in der Menschenkette.*

*Neben Chastel dröhnte ein lauter Knall. Er hielt schützend die Hand an sein Ohr, doch es war zu spät. Ein grelles Pfeifen klang darinnen. Wütend drehte er sich zu Martin d'Enneval um, der auf seinem Pferd etwas zu dicht zu dem von Chastel aufgeschlossen hatte.*

*»Idiot!«, blaffte er ihn an. »Könnt Ihr Euch gefälligst woanders aufhalten, wenn Ihr schießt. Mein Gehör will ich noch behalten!«*

*Der junge Mann sah Chastel mit einer Mischung aus Ungläubigkeit und Schuldbewusstsein an.*

*»Monsieur«, empörte sich sein Vater, »wie redet Ihr mit meinem Sohn!«*

*»So, wie man mit mir als Soldat geredet hat. Als Grünschnabel lernt man in der Armee am schnellsten, wenn der Sergeant einem mit dem Stock Manieren beibringt«, konterte Chastel.*

*D'Enneval senior zeigte sich beeindruckt. »Ihr wart Soldat …«*

*»Ein verdammt guter, möchte ich meinen!«, rief Durand.*

*Martin d'Enneval hatte sich mittlerweile von Chastels*

*Schelte wieder erholt. Er starrte auf die Stelle, an der eben noch der Wolf gestanden hatte. Das Tier war wie vom Erdboden verschwunden.*

*Ungefähr einhundert Meter weiter ging ein wahres Trommelfeuer in den Wald. Die Dragoner, die gerade noch mit ihren Gewehren geschossen hatten, trabten auf ihren Pferden völlig unbewegt weiter in Richtung der Mitte des Waldes. Chastel hörte Winseln und Fiepen aus dem Unterholz.*

*Einige der Bauern lösten sich aus der Kette und stürmten mit ihren Hirtenstäben und Äxten im Anschlag nach vorn. Kurz darauf zogen sie fünf Wölfe aus einer Gruppe von Farnen. Einer von ihnen lebte noch. Verzweifelt hob er seinen Kopf und versuchte, nach den Händen zu beißen, die ihn grob gepackt hatten und über den Waldboden schleiften. Das Fell an seiner linken Schulter war mit Blut durchtränkt. Ihm fehlte die Kraft, sich zu wehren.*

*Wie in Rage schlugen die Männer mit ihren Äxten und Knüppeln auf den Wolf ein. Was einst ein schönes und stolzes Tier gewesen war, endete in diesem Moment als ein blutiger, breiiger Klumpen Fell.*

*Chastel hatte noch nie besonders große Sympathie für die Wölfe gehegt, aber er respektierte sie als Teil der Wildnis. Wenn sie die Herden der Bauern angriffen, jagte er sie, ansonsten ließ er sie in Ruhe. Diese Achtung hatte er bei den Irokesen kennengelernt, für die jedes Tier eine Seele hatte.*

*Zwei Dragoner ritten auf die Dörfler zu, die ihren Blutrausch auskosteten.*

*»Aufhören, ihr Narren!«, herrschte sie der ältere der beiden an. »Wisst ihr eigentlich, was so ein Fell wert ist?«*

*»Viel Geld«, begriff einer der Bauern, der wieder zur Besinnung gekommen war.*

*»Ja, aber nur, wenn es nicht in tausend Teile zerhackt ist, Mann!«, donnerte der Reiter weiter.*

*Innerhalb kurzer Zeit war das Wolfsrudel nur noch ein lebloser Haufen Fell. Chastel ritt heran und betrachtete die toten*

*Tiere genau, die die Bauern auf einen Pferdekarren warfen. Ein Wolf, der so gewaltig war, wie die Pfotenabdrücke der Bestie vermuten ließen, war nicht darunter.*

*Marquis d'Apcher kam auf seinem Pferd zu dem Karren.*

*»Maître Chastel, ist der Mörder darunter?«, fragte er grußlos.*

*»Monseigneur«, antwortete Chastel mit unbewegtem Gesicht, »es gibt bestimmt Berufenere als mich, um diese Frage zu beantworten.«*

*D'Apcher grinste. »Die Großmäuler aus der Normandie? Sicher nicht. Nun, also?«*

*»Das sind, oder waren, ganz normale Wölfe. Ein Tier von ungeheurer Größe oder mit einem riesigen Gebiss sehe ich hier nicht.«*

*»Dann müssen wir uns morgen wohl ein anderes Waldstück vornehmen.«*

***

Wo blieb er nur? Das sah ihm nicht ähnlich. Nach dem Mittagessen war Thomas mit Seppel, ihrem Rauhaardackel, aufgebrochen. Das war vor drei Stunden gewesen.

Doris Schnitzer war im Liegestuhl im Schatten des alten Walnussbaumes in ihrem Garten eingeschlafen. Fröstelnd war sie aufgewacht und hatte sich einen Tee gemacht, den sie sonntags um diese Zeit sonst immer mit ihrem Mann trank. Doch er war immer noch unterwegs.

Ein ungutes Gefühl beschlich sie. Sie versuchte, ihn über sein Mobiltelefon zu erreichen. Aber Thomas nahm das Gespräch nicht an.

»Er hat es oft stumm geschaltet«, sagte sie zu sich selbst und wählte erneut. Auch dieser Versuch blieb erfolglos.

Beunruhigt ging sie auf ihre Terrasse und sah in Richtung des Gelnhäuser Waldes, als könne sie durch die grüne Blätterwand ihren Mann erkennen. Vielleicht hatte er unterwegs

Bekannte getroffen und saß nun am Blockhaus bei einem Bier. Nein, dann hätte er schon längst angerufen. Da war sie sich sicher.

Ein Fiepen riss sie aus ihren Gedanken. Es kam vom Trottoir auf der anderen Seite ihrer dichten Ligusterhecke. Sie erkannte es sofort. Es kam von Seppel.

Mit pochendem Herzen rannte Doris zur Gartentür, schloss sie auf und sah ihren verängstigten Dackel mit eingezogenem Schwanz und angelegten Ohren zitternd dastehen. Vorsichtig hob sie ihn hoch und trug ihn in den Garten.

Obwohl die Panik sich langsam einen Weg in ihr Bewusstsein bahnte, redete Doris beruhigend auf den Dackel ein und streichelte ihn. Als das Zittern langsam aufhörte, setzte sie ihn wieder auf den Boden, woraufhin er rasch ins Haus lief und sich in seinem Körbchen verkroch.

Doris Schnitzer zog sich entschlossen ihre Laufschuhe an, steckte ihr Mobiltelefon und ihren Schlüssel mit fahrigen Bewegungen in ihre Hosentasche und begann zu laufen. Aus dem Laufen wurde ein Rennen. Sie rannte den Waldweg hinauf, den sie sonst mit Thomas an Sonntagen wie diesen entlangschlenderte. Sie war sich sicher, dass er ihn auch an diesem Tag genommen hatte.

Warum bin ich nicht mit ihm gegangen?, fragte sie sich schuldbewusst. Die Sommergrippe, die sie vor ein paar Tagen erwischt hatte, war doch so gut wie auskuriert.

Sauer stieg der eben getrunkene Tee in ihren Mund. Sie hustete, spuckte Schleim und fühlte sich mit einem Mal, als wären ihre Glieder schwer wie Blei. Doch die dunklen Vorahnungen, gemischt mit Vorwürfen, die sie sich selbst machte, trieben sie voran.

Sie eilte an Spaziergängern vorbei, die ihr stumm nachschauten. Der Schweiß rann ihr über die Stirn, während die Sonne sie blendete. Nach einer Weile verlor sie das Gefühl für die Zeit. Doch die Angst trieb sie weiter, riss sie mit sich wie ein vom Regen angeschwollener Bach ein Herbstblatt.

Sie bog in den kleinen Weg ab, der so schmal war, dass die Äste der Bäume darüberwuchsen und ihr Laubdach Schatten spendete. Es war kein offizieller Wanderweg. Nur wenige Gelnhäuser kannten und nutzten ihn – so wie Thomas und sie, wenn sie im Wald unterwegs waren.

Nach ungefähr einhundert Metern sah sie den vertrauten Panamahut im Brombeergestrüpp liegen. Mit zitternden Händen hob sie ihn auf. Einige Meter weiter abseits des Weges leuchtete etwas auf dem Waldboden. Es war die Brille ihres Mannes, die einen Lichtstrahl reflektierte, der durch eine Lücke im Blätterdach fiel.

Doris bückte sich, hob die Brille auf und rannte weiter in den Wald hinein, laut Thomas' Namen rufend.

Schließlich blieb sie keuchend stehen und rang nach Luft, als sie unweit von ihr eine Wolke von Insekten registrierte. Laut summend kreisten dicke Fliegen in der Luft.

Mechanisch ging Doris näher, sah zwei Beine, einen Körper, zerfetzt, blutüberströmt, ausgeweidet.

An einem halb durchgebissenen Hals hing sein Kopf, die Augen waren weit aufgerissen, die Wangen darunter verkratzt, blutig.

Vor ihr lag Thomas, bedeckt von einem Schwarm feister grünlich glänzender Fliegen.

Doris begann zu schreien. Sie schrie, bis sie das Bewusstsein verlor.

***

Die Stille lag drückend schwer auf Bertrams Büro. Die Wärme des Tages konnte die Kälte, die sie verbreitete, nicht verdrängen, obwohl das Fenster offen stand.

Bertram starrte auf die Baumkrone, in der eine Amsel ihr Abendlied sang. Er fühlte sich hundeelend. Schließlich war es Jürgen Jungmann, der das Schweigen durchbrach.

»Scheiße!«

»Treffend formuliert«, stimmte Bertram zu.

»Wir sind in einer Sackgasse gelandet«, stellte Jungmann fest und starrte auf den Kaffeebecher in seiner Hand.

»Das sehe ich genauso. Wir haben den Rat der Spezialisten befolgt, wir sind kilometerweit durch die Wälder gelaufen. Es hat nichts gebracht. Die Bestie ist uns immer einen Schritt voraus. Sie quert die A 66, als wäre die Autobahn ein Gartenweg. Eigentlich sind Wölfe gegenüber Menschen scheu. Sie greifen sie selten an und weiden sie noch seltener aus. So viel atypisches Verhalten macht mich misstrauisch.«

»Wie meinst du das?«, fragte Jungmann alarmiert.

»Vielleicht geschehen die Angriffe gar nicht zufällig. Vielleicht hat der Wolf gerade diesen Männern aufgelauert.«

»Das passt zu dem, was mir einer der Hundeführer vorhin erzählte«, pflichtete Jungmann bei. »Er ist sich sicher, dass sein Hund den Ort gefunden hat, wo der Wolf vor dem Angriff gelegen haben muss. Von dort aus führt seine Fährte direkt neben dem schmalen Waldweg entlang. Auf der Höhe der Stelle, an der die Ehefrau den Hut fand, hat der Wolf Schnitzers Weg gekreuzt und ihn wenige Meter weiter jenseits des Weges angegriffen.«

»An diesem sonnigen Nachmittag waren viele Leute im Wald unterwegs. Warum hat es ausgerechnet Thomas Schnitzer erwischt? Ich glaube, das Vieh hat sich dem Mann gezeigt und ihn dann vor sich hergetrieben. Ein Wolf, der mit seinem Opfer spielt«, resümierte Bertram.

»Entweder wir haben es hier mit einem wölfischen ›Jack the Ripper‹ zu tun, der bei passender Gelegenheit zuschlägt. Oder unser Wolf schnappt sich nur ausgewählte Opfer. Wenn er seine Wahl nicht zufällig trifft, müssen wir uns fragen, nach welchen Kriterien er die drei Männer ausgesucht hat.«

»Wir müssen sehr schnell eine Antwort auf diese Frage finden. Viel Zeit bleibt uns nicht mehr. Ein viertes Opfer wäre eine Katastrophe. Alle Kollegen, die Bereitschaftsdienst haben, kümmern sich ab sofort um die Frage, welche Gemeinsamkeiten die drei Opfer hatten.«

***

*Der Marktplatz war überfüllt. Menschenleiber drängten sich dicht an dicht, und jeder versuchte, einen Blick zu erhaschen.*

*Capitaine Duhamel stand auf dem Galgenpodest. Neben ihm befanden sich Marquis d'Apcher und der Armbrustträger und zweite Jäger des Königs, François Antoine. Am Galgen hinter ihnen baumelte ein außergewöhnlich großes Exemplar eines Wolfes.*

*Etwas abseits konnte Chastel den jungen Hirten Bernard erkennen, der eingeschüchtert auf die Bohlen starrte, auf denen er stand. Der königliche Jäger sprach mit feierlicher Stimme zu der Menschenmenge.*

*»Gute Menschen des Gévaudan. Durch Gottes Gnade ist es mir gelungen, die Bestie zu erschießen. Um ganz sicherzugehen, dass es der Wolf ist, der Eure schöne Gegend heimgesucht hat, habe ich den Helden kommen lassen, der seinen Hirtenkameraden aus den Fängen der Bestie rettete. Er hat ihr direkt in die Augen geblickt, als sie noch lebte. Er hat, zusammen mit seinen Kameraden, den Wolf so bedrängt, dass er den kleinen Hirtenjungen losgelassen und die Flucht angetreten hat. Dieser junge Mann weiß, wie er aussieht. Bernard soll uns bestätigen, dass der tote Wolf am Galgen kein anderer ist als jener, welcher Euch nun schon seit über einem Jahr heimsucht.«*

*Gemessenen Schrittes trat der Adelige auf den Hirten zu.*

*»Nun, junger Held, erlöse uns von der Ungewissheit, die uns noch immer plagt, obwohl wir diesen toten Riesen hinter uns am Strick sehen können. Ist er die Geißel, die das Gévaudan befallen hat?«*

*Unsicher starrte Bernard auf den Kadaver am Galgen. Bevor er sprechen konnte, ergriff der königliche Jäger wieder das Wort.*

*»Wir wissen, dass dich die große Menge schreckt. Sei so mutig wie an dem Tag, als du der Bestie die Stirn geboten hast. Sprich freiheraus. Hegst du einen Zweifel, dass der Wolf hinter uns derselbe ist, der deinen Freund verschleppen wollte?«*

*Erneut sah Bernard zum Galgen. Dann schüttelte er den Kopf und starrte wieder stumm zu Boden.*

*»Ihr habt es gesehen«, rief Antoine triumphierend, »er hat mit dem Kopf geschüttelt! Der Junge erkennt in dem toten Wolf am Galgen die Bestie wieder. Ihr seid frei von der Plage. Ihr könnt Eure Kinder wieder ohne Furcht auf die Weiden schicken. Gottes Wille hat am Ende doch gesiegt.«*

*»Vater«, flüsterte Pierre, der neben Chastel stand, in dessen Ohr, »das ist ein schlechter Scherz. Der Junge hatte nie die Möglichkeit, etwas anderes zu sagen als das, was Antoine hören wollte. Dem königlichen Jäger geht es nicht um die Menschen des Gévaudan. Dem geht es nur um die Belohnung, die der König ausgesetzt hat.«*

*»Ich weiß«, antwortete Chastel mit undurchdringlicher Miene. »Sieh dir den Marquis und den Capitaine an. An ihren Gesichtern kannst du ablesen, dass sie genauso denken.«*

*»Wir müssen etwas tun«, empörte sich Pierre nun etwas lauter. »Das ist nichts als ein großes Theater.«*

*»Schweig«, raunte Chastel.*

*»Aber Vater, es werden weiterhin Menschen sterben. Wieder werden Eltern an den Gräbern ihrer Kinder stehen«, flüsterte Pierre erregt.*

*»Ich weiß, mein Sohn. Ich weiß!«*

***

Eine lange, arbeitsreiche Nacht lag hinter ihnen. Bertram betrachtete die tiefen dunklen Ränder unter den Augen seines Schwiegersohnes Jürgen Jungmann. Er selbst sah wohl nicht viel besser aus. Die Kollegen, die mit ihnen in der »Sonderkommission Wolf« arbeiteten, hatten sie zum Schlafen nach Hause geschickt.

»Abiturjahrgang 1996«, sagte Jungmann und gähnte herzhaft. »Alle drei Ermordeten waren auf dem Grimmelshausen-Gymnasium. Die Wahrscheinlichkeit, dass sie sich kannten, ist sehr hoch. Das trifft für viele andere aber auch zu. Keiner der drei stand mit den anderen in Kontakt. Die Witwen kennen die anderen Opfer nicht.«

»Die Getöteten waren anständige Bürger, die ordentlichen Berufen nachgegangen sind«, ergänzte Bertram. »Keiner von ihnen ist aktenkundig.«

»Es muss eine Verbindung zwischen ihnen geben«, beharrte Jungmann. »Dahinter steckt System.«

»Wir drehen uns im Kreis«, stellte Bertram fest.

»Ich brauche eine Mütze Schlaf«, gestand sein Schwiegersohn. »Einen klaren Gedanken kann ich nach sechsunddreißig Stunden Dauerwachzustand nicht mehr fassen.«

»Du hast recht. Es wird Zeit, dass wir nach Hause fahren und uns ausruhen. Ich kann auch nicht mehr.«

»Und dann?«, fragte Jungmann mit ernstem Blick.

»Was meinst du damit? Zweifelst du daran, dass wir diesen Fall lösen können?«

»Nein«, erwiderte Jungmann mit einer abwehrenden Handbewegung. »Wir sind doch keine Hilfssheriffs. Wir haben auf diesem Revier genug Kompetenz dafür. Was wir nur leider nicht haben, sind genug Beamte. Wir haben die Drogengeschichte in Wächtersbach, die Fahrerflucht in Udenhain, die sexuelle Nötigung in Altenhaßlau und alles das, was meinem müden Hirn jetzt nicht mehr einfallen will. Ich komme bei der schweren Körperverletzung des Schülers in Gelnhausen auch nicht weiter, weil ich hauptsächlich wegen des durchgeknallten Köters unterwegs bin. Wir sind derzeit unterbesetzt. Betz ist vergangenen Monat in den Ruhestand gegangen, Ecki fällt mit einem Bandscheibenvorfall noch für mindestens zwei Monate aus, Walter profiliert sich gerade als verdeckter Ermittler im Frankfurter Zuhältermilieu. Und, ach ja, Dieter befindet sich derzeit in Elternzeit. Wir kommen mit der Arbeit nicht mehr hinterher. Ich würde nach meinem Dienst wirklich sehr gern noch mein Kind, deine Enkeltochter, sehen, bevor sie ins Bett geht. Keine Ahnung, wann ich zuletzt die Möglichkeit dazu hatte.«

Bertram sah bei der Erwähnung seiner Enkelin auf das gerahmte kleine Porträt auf seinem Schreibtisch.

»Was schlägst du also vor?«

»Besonders ungewöhnliche Serienmorde? Da fällt mir nur einer ein«, antwortete Jungmann entschieden.

Bertram sah ihn erstaunt an. »Dass du es einmal sein würdest, der Christoph und seine Leute anfordert, hätte ich nicht gedacht.«

»Wir haben unsere Probleme miteinander. Ich weiß, dass ich einen erheblichen Teil dazu beigetragen habe. Das ändert aber nichts an der Tatsache, dass er ein hervorragender Ermittler mit einem tollen Team ist. Außerdem bin ich einfach zu platt, um mir so etwas wie Stolz leisten zu können.«

»Gut gesprochen! Dann rufst du ihn auch an«, bestimmte Bertram und hielt seinem Schwiegersohn das Telefon hin.

***

Eine halbe Stunde später saß Caspari in Bertrams Büro. Jürgen Jungmann hatte ihn erreicht, als er sich gerade auf den Weg ins BKA nach Wiesbaden machen wollte. Aufmerksam hörte er dem zu, was Bertram und sein Schwiegersohn zu berichten hatten.

Obwohl er alles aufnahm und mit seinem Verstand bearbeitete, fühlte sich Caspari merkwürdig distanziert. Dieser Augenblick, dieses Gespräch, dieses Büro und die Personen darin fühlten sich nicht real an. Es war, als sähe er sich einen Film an, in dem er paradoxerweise gleichzeitig mitwirkte.

Er begriff, dass er sich wieder unter jener Glasglocke befand, die er vier Tage zuvor zum ersten Mal so deutlich gespürt hatte. Er zwang sich, sie zu ignorieren, damit ihm nichts von dem Gespräch entging.

»Das sieht alles nach einem Plan aus. Jemand benutzt ein aggressives Tier, um gezielt Menschen zu töten«, fasste Jungmann zusammen und unterdrückte ein Gähnen. »Unsere Personaldecke ist derzeit viel zu dünn, als dass wir uns so intensiv in die Ermittlungsarbeit stürzen könnten, wie es der Fall eigentlich erfordert.«

Caspari betrachtete kurz die beiden Männer. Sie sahen übernächtigt und erschöpft aus. Dunkle Augenringe zogen sich tief in ihr Gesicht. Ihre Hemden waren verknittert und hatten Schweißränder.

»Also gut«, sagte Caspari, »wir übernehmen das. Um die Formalitäten kümmere ich mich. Wie immer brauchen wir Räumlichkeiten in eurem Revier.«

*»Same procedure as every year«*, kommentierte Bertram.

Caspari zog eine DVD aus seinem Notizbuch und reichte sie Jungmann.

»Das wollte Clara dir eigentlich nach der Schule vorbeibringen. Aber da ich ohnehin auf dem Weg zu euch war, habe ich sie gleich mitgenommen.«

»Was ist das?«, fragte Jungmann. In seinen Augen blitzte trotz Müdigkeit Neugier auf.

»Darauf befindet sich ein Snuff-Video«, erklärte Caspari, »aber nicht irgendeins, sondern eines der grausamsten Kategorie. Mit Folter und Mord.«

Bertram sah ihn überrascht an. »Wie kommt deine Freundin an einen solchen Film?«

»Ein Schüler hat sich ihr offenbart«, sagte Caspari. »Ich erzähle euch jetzt das, was mir Clara mit Rücksicht auf das Beichtgeheimnis weitergeben durfte.«

»Gefährliche Körperverletzung, Herstellung und Austausch von Snuff-Videos – die Jungs haben ganz schön was auf dem Kerbholz«, konstatierte Jungmann daraufhin.

»Ich muss das Video an unsere Abteilung für Internetkriminalität weitergeben. Ich gehe davon aus, dass die Plattform keine rein deutsche Angelegenheit ist. Das ist eine Sache, bei der wir mit Polizeibehörden aus anderen Ländern zusammenarbeiten müssen«, erklärte Caspari.

»Das heißt, ich muss den Fall ans BKA abgeben?«, fragte Jungmann unwillig.

»Ganz und gar nicht. Du nimmst dir weiterhin die Schüler vor, während unsere Leute sich auf den Darknet-Ring insgesamt konzentrieren. Das BKA ist auf deine Ermittlungsergebnisse genauso angewiesen wie du auf ihre. Die Lorbeeren bekommst du«, versprach Caspari.

Jungmann grinste müde. »Mir geht es nicht um die Lorbeeren. Ich möchte mir allerdings nicht wie ein Hilfssheriff vorkommen.«

»Das wird nicht passieren«, versicherte Caspari.

»Dann wollen wir uns diesen Horrortrip mal ansehen«, schlug Bertram vor.

»Ich muss mir das kein zweites Mal angucken«, entschuldigte sich Caspari. »Ich fahre weiter nach Wiesbaden und bereite alles für unsere Ankunft in Gelnhausen vor. Wenn ich euch beiden einen Rat geben darf: Stellt den Ton ab, wenn ihr euch das anschaut. Die Schreie des Mädchens verfolgen euch sonst im Schlaf. Ich weiß, wovon ich rede. Macht euch also auf etwas gefasst. Was ihr gleich sehen werdet, ist die Hölle.«

***

Nach einer zermürbenden Fahrt durch den Berufsverkehr kam Caspari in seinem Büro an. Kaum hatte er seine Aktentasche auf den Schreibtisch gelegt, steckte Tina ihren Kopf durch die Tür.

»Hallo, Chef«, feixte sie.

»Lass den Quatsch«, erwiderte er müde lächelnd.

Tina kam auf ihn zu und umarmte ihn. »Wie geht es dir nach der Woche Auszeit?«

»Ich konnte endlich mal richtig ausschlafen. Das ging zwar nur mit Medikamenten, aber es tat einfach gut. Ich fühle mich ausgeruht.«

»Körperlich bestimmt. Und wie sieht es mental aus?«

Caspari sah Tina eine Weile ratlos an. Was sollte er ihr erzählen? Er wusste es selbst nicht so genau. Die Glasglocke, die über allen seinen Empfindungen lag, war sehr präsent. Gegen das Gefühl, als Zuschauer einen Film zu verfolgen, in dem er selbst mitspielte, stemmte er sich mit eisernem Willen. Er wollte sich dieser ungewohnten Schwäche nicht zu sehr beugen. Noch nicht.

»Ich denke, das war eine Überlastungsreaktion, die nach dieser Woche der Ruhe auch überwunden ist.«

»Du bist der Psychologe. Du musst es wissen«, erwiderte Tina mit zweifelndem Unterton.

Caspari kommentierte das mit einem Schulterzucken.

»Ich habe in ein paar Minuten einen Termin bei den Leuten von der Internetabteilung«, wechselte er das Thema. »Trommel doch bitte alle für einen Rapport in einer halben Stunde zusammen.« Er nahm sich eine weitere DVD aus dem Notizbuch in seiner Aktentasche und wollte gehen.

»Ein neuer Fall?«, fragte Tina, wobei sie in Richtung des Datenträgers zeigte.

Caspari nickte und legte ihr die Hand auf die Schulter, als er an ihr vorbeiging. »Lass dich überraschen.«

Wenig später saß er im Büro von Kriminaldirektor Himmelheber, dem Chef der Abteilung Internetkriminalität, und erzählte ihm ausführlich von dem Darknet-Ring und der mitgebrachten DVD.

»Wenn Sie uns noch die Webadresse dieses illustren Haufens besorgen können, werden wir zusammen mit den Kollegen aus den betreffenden anderen Ländern diesen Pfuhl ausheben«, versicherte Himmelheber.

»Die Adresse kommt, sobald ich grünes Licht der Staatsanwaltschaft habe, dass unser Informant straffrei bleibt«, versprach Caspari.

»In Anbetracht dessen, dass durch seine Hilfe schwere Straftaten geahndet und zukünftige verhindert werden können, wird die Staatsanwaltschaft zustimmen, so wie ich sie kenne.«

Caspari nickte. »Das sehe ich genauso. Der Junge will natürlich erst reden, wenn er die Zusicherung hat.«

Er machte eine Pause. Als er weitersprach, unterstrich er das Gewicht seiner Worte mit einer ernsten Miene.

»Ich habe noch eine Bitte bezüglich der DVD«, begann er leise. »Mir kommt das Gesicht des Mädchens auf dem Video bekannt vor. Ich kann es allerdings nicht zuordnen. Wäre es möglich, das Jahr und vielleicht auch das Land herauszufinden, in dem dieser Film gedreht wurde?«

»Wir können es versuchen«, meinte Himmelheber. »Versprechen kann ich natürlich nichts. Hat das etwas mit einem Ihrer Fälle zu tun?«

»Möglich«, antwortete Caspari. »Ich bin mir nicht sicher. Es ist nur ein Gefühl.«

»Der gute alte Jagdinstinkt«, kommentierte Himmelheber. »Durch den sind schon viele Fälle gelöst worden. Kein Problem. Ich werde meine Leute entsprechend instruieren.«

Wenig später betrat Caspari mit einer Tasse Kaffee in der Hand das Besprechungszimmer seiner Abteilung. Ein leichter Druck in seinem Kopf, so etwas wie die Vorstufe von Kopfschmerzen, war wie aus heiterem Himmel über ihn gekommen. Er zwang sich zu einem unbekümmerten Gesichtsausdruck und versuchte, positive Energie auszustrahlen. Spiele deine Rolle perfekt, redete er sich in Gedanken selbst gut zu.

»Guten Morgen zusammen«, grüßte er in die Runde. »Zunächst einmal: Ich bin wieder genesen. Die Ruhe der letzten Woche war sehr heilsam. Jetzt bin ich gespannt, was sich in dieser Zeit getan hat.«

Er fing die Blicke von Tina und Mario auf. Tina hatte die Lippen geschürzt, Mario fuhr mit dem Daumen über die Fingerkuppen seiner rechten Hand, als spiele er Klavier.

Sie durchschauen mich, dachte Caspari. Ich kann ihnen nichts vormachen.

Eine Arbeitsgruppe nach der anderen trug den Status quo ihrer jeweiligen Ermittlungen vor. Zum Schluss ergriff Mario das Wort.

»Tina und ich haben uns ausgiebig mit dem Tod von Günther Waller beschäftigt«, begann er.

Der Mann, vor dessen Leichnam ich fast aus den Latschen gekippt bin, dachte Caspari grimmig.

»Sein Rechtsanwalt war sehr kooperativ«, fuhr Mario fort. »Er übergab uns Briefe, die ihm Waller aus der Sicherungsverwahrung geschrieben hatte. Er wiederholt darin immer wieder, dass er mit dem Verschwinden von Angelika Nauther nichts zu tun habe. Er wisse allerdings, was mit ihr geschehen sei. Genau das wollte er uns dann ja auch erzählen.«

»Woran ihn jemand zu hindern versuchte«, konstatierte Caspari.

»Dieser Jemand ist kein unbeschriebenes Blatt«, ergänzte Tina. »Branko Anicic. Ein Schuldeneintreiber und Auftragsschläger. Wenn du willst, dass dein Intimfeind eins auf die Schnauze kriegt, du es aber selbst nicht machen kannst, heuerst du ihn an.«

»Für wen hat der gute Branko das Problem mit Namen Günther Waller lösen sollen?«, fragte Caspari.

»Wir wissen es nicht«, räumte Tina ein. »Er sollte ihn wohl nur ordentlich vermöbeln, nicht töten, sonst wäre Waller schon tot gewesen, bevor er einen Herzinfarkt bekommen konnte.«

»Branko redet nicht. Er hat uns bei jeder Vernehmung angeschwiegen«, ergänzte Mario. »Aus dem kriegst du nichts raus. Weil uns das klar war, haben wir angefangen, alle Personen zu durchleuchten, mit denen er in der Sicherungsverwahrung Kontakt hatte. Und zwar die Insassen wie das Personal. Mit einem Ergebnis können wir allerdings noch nicht aufwarten.«

»Gute Arbeit von euch allen«, sagte Caspari und fragte dann in die Runde: »Wer von euch kann und will die Ermittlungen von Tina und Mario übernehmen? Alle anderen müssen mit mir an einem Fall arbeiten, der sehr dringlich ist.«

Erich Fuchs und Wolfgang Jung, die beiden alten Hasen der Truppe, sahen sich kurz an und meldeten sich dann.

»Wenn du mit einem ›dringlichen‹ Fall hier hereingeschneit kommst, nachdem du eine Woche zu Hause warst – einem Fall, der hier noch nie aufgetaucht ist –, dann gehe ich davon aus, dass es sich wieder um einen Kinzigtal-Fall handelt. Habe ich recht?«, fragte Fuchs.

Caspari nickte.

»Wen oder was sollen wir denn dieses Mal in Gelnhausen jagen?«, fragte Mario.

»Eine Bestie«, antwortete Caspari knapp.

»Jagen wir nicht immer eine Bestie?«, warf Fang Jing Jang, die chinesische Ermittlerin in der Abteilung, ein.

»Diese Bestie hat im Gegensatz zu denen, über die du sprichst, Fell, scharfe Zähne, und sie läuft auf vier Pfoten.«

***

*Die Hitze des Sommers war angenehmeren Temperaturen gewichen, die der Septemberwind aus den Bergen brachte. Chastel atmete tief die nach Kräutern und Obst duftende Luft, bevor er wieder auf die Leiter stieg, um Äpfel zu pflücken. Die Nachmittagssonne schimmerte durch die Blätter, und seine Kinder kauten auf den Äpfeln, während sie in ihrem Garten das Obst vom Boden lasen, um es in die Körbe zu legen. Aus dem Dorf drang das Läuten der Kirchenglocken wie Hintergrundmusik. Alles folgte in diesen Tagen dem ruhigen, friedlichen Rhythmus der Natur.*

*Seitdem der königliche Jäger einen riesigen Wolf erlegt hatte, hatten die Angriffe der Bestie aufgehört. Chastel hatte beschlossen, nicht länger an die Tüpfelhyäne zu denken. Schließlich konnte ja auch er sich irren. Die beiden großkotzigen Wolfsjäger aus der Normandie waren nach dem Schauspiel beim Galgen sehr schnell und kleinlaut abgereist und hatten ein hübsches Sümmchen für Kost und Logis zahlen müssen.*

*Der Sommer hatte die Früchte besonders süß werden lassen, sodass sich Chastel sicher war, dass er einen wunderbaren Cidre würde keltern können. Am Tag zuvor hatte er großes Jagdglück gehabt. Das Fleisch befand sich zum Abhängen in dem kleinen Räucherhaus neben dem Gasthof. Alles war so, wie es sein sollte.*

*Chastel wollte es genießen, wollte sich dem Frieden ganz hingeben, aber etwas störte ihn dabei. Etwas schrillte wie ein Signalhorn in seinem Unterbewusstsein und kämpfte sich in sein Denken.*

*Plötzlich wusste er, was es war.*

*Warum läuteten die Glocken ausgerechnet jetzt? Für die Messe war es noch zu früh. Und von einer anstehenden Beerdigung hatte er nichts von seinen Gästen im Wirtshaus erfahren. Das Totengeläut hörte sich auch ganz anders an.*

*Dieses Läuten klang hektischer, drängender. Die Seile wurden von den Messdienern oder dem Messner hektischer gezogen als gewöhnlich. Wer auch immer die Glockenseile zog, dem musste die Angst in die Glieder gefahren sein.*

*Eilig stieg Chastel von der Leiter, trug mit seinen Kindern die Körbe in die Vorratskammer und schob die Mädchen und Jungen in den Hintereingang der Küche. Als er die Tür geschlossen hatte, blickte er in das überraschte Gesicht seiner Frau, die am Herd stand und einen Eintopf als Tagesessen kochte.*

*»Jean, was ist los?«, fragte sie. »Die Glocken läuten, als stünde der Weltuntergang direkt bevor.«*

*»Ich weiß es nicht, ma chérie«, erwiderte er, »aber es kann nichts Gutes bedeuten.«*

*Pierre, ihr Ältester, kam durch den Schankraum in die Küche gelaufen.*

*»Die Bestie«, keuchte er, »sie hat wieder zugeschlagen!«*

*»Was weißt du?«, fragte Chastel.*

*»Der kleine Eugene. Sie hat ihn erwischt. Beim Hüten der Kühe.«*

*»Wo?«*

*»Auf der Weide seiner Eltern«, antwortete Pierre, immer noch außer Atem. »Kaum eine Meile von hier.«*

*»Ich weiß, wo das ist«, sagte Chastel, zog seinen Schlüsselbund aus der Hosentasche und öffnete mit einem der Schlüssel hastig die Waffenkammer, aus der er sich sein Gewehr samt Munition herausnahm. Den Schlüsselbund warf er Pierre zu.*

*»Ich laufe schon los. Du kommst mit Antoine und den Hunden hinterher. Nehmt euch eure Gewehre mit!«*

*»Ja, Herr Vater.«*

*Chastel gab seiner Frau einen flüchtigen Kuss, zog seinen Rock an, setzte seinen Dreispitz auf und rannte los.*

*Schon auf halber Strecke hörte er das nervöse Muhen der Tiere. Nach einer Wegbiegung sah er das halbe Dorf versammelt stehen. Die Menschen hatten einen dichten Kreis gebildet und starrten auf etwas in ihrer Mitte. Sie verdeckten mit ihren Körpern die Sicht, sodass Chastel nichts erkennen konnte.*

*Er hörte die Dörfler das Vaterunser beten, begleitet vom lauten Weinen und Schreien einer Frau. Eugenes Mutter, wie Chastel vermutete. Nach dem Gebet hörte er Père Charles aus der Mitte des Kreises den Segen sprechen.*

*Dass die Männer wieder ihre Hüte aufsetzten, nahm Chastel als Zeichen dafür, dass die Segnung des verstorbenen Kindes beendet war. Er bahnte sich einen Weg durch die Menge bis in die Mitte, wo auch Durand stand und tröstend die Hand auf die Schulter von Eugenes Vater legte.*

*»Wir tun alles, um die Bestie zu finden, Nicholas«, versprach Durand mit belegter Stimme.*

*»Das bringt mir meinen Jüngsten auch nicht wieder«, antwortete der Mann und schluchzte auf.*

*Durand warf Chastel einen Blick zu und nickte zum Gruß. Chastel erwiderte stumm und richtete seine Aufmerksamkeit auf das blutdurchtränkte schmutzig braune Leinentuch, das vor ihm lag.*

*Die Umrisse des kindlichen Körpers, der sich darunter abzeichnete, waren merkwürdig unvollkommen. Chastel konnte nur Kopf und Rumpf erkennen. Er ging am Fußende in die Knie und fasste das Tuch an, um einen Blick darunterzuwerfen.*

*Durand hatte sich ebenfalls hingekniet. »Erspart Euch diesen Anblick, camarade«, flüsterte er ihm zu. »Es fehlen die Arme und Beine des Jungen. Das Mittagessen der meisten Leute liegt auf der Wiese verteilt, einschließlich meinem. Und ich habe in Québec schon einiges zu sehen bekommen.«*

*»Schlimmer als bei den anderen Opfern?«, fragte Chastel.*

*»Er ist der jüngste unter allen Ermordeten. Vielleicht macht es das so schlimm«, sagte der Sergeant. »Der Mörder ist genauso vorgegangen wie die Bestie. Angriff von hinten, Hals und Kehle durchgebissen et cetera. Den Rest kennt Ihr ja schon. Zur Genüge.«*

*Chastel erhob sich langsam, sprach den Eltern sein Beileid aus und begann, nach Spuren auf der Weide zu suchen. Die Dörfler hatten viele Hinweise zerstört, als sie über die Weide zusammengelaufen waren.*

*»Da braucht Ihr nicht lange zu suchen!«, rief einer der Leute aus der Gruppe. »Das war die Bestie! Das wissen wir alle!«*

*»Unsinn!«, rief Père Charles mit einer Stimme, die beruhigen sollte. »Der Jäger des Königs hat sie getötet.«*

*Chastel stand vor einem großflächigen Kuhfladen, in dem ein gewaltiger Pfotenabdruck zu sehen war. Er erkannte die Spur sofort und richtete seinen Blick auf den Priester.*

*»Dann muss die Hölle die Bestie wieder ausgespuckt haben!«*

***

»Ist jeder von Ihnen gut untergekommen?«, fragte Bertram nach einer knappen Begrüßung in die Runde.

Casparis Leute nickten stumm.

»Na, dann legen wir mal los.«

Caspari lächelte in sich hinein. Sein alter Mentor kam wie immer schnell zur Sache.

Bertram und Jungmann berichteten ausführlich über die tödlichen Angriffe und die bisherigen Ermittlungen.

»Die Kynologin, Dr. Brinkmann, ist sich absolut sicher, dass es sich um einen Wolf handelt«, führte Jungmann aus. »Wir sind einem Exemplar auf den Fersen, dessen Spuren zu den Pfotenabdrücken passen, die wir an den jeweiligen Tatorten gefunden haben. Dieses Tier hat allerdings eine außergewöhnliche Begabung, nie dort zu sein, wo man es sucht. Es pendelt zwischen dem Vogelsberg und dem Spessart hin und her, als wäre das ganze Gebiet hier noch unberührte Natur, ohne Landstraßen, Autobahn und Schienenstrecke.«

»Außerdem glauben wir, dass die Opfer nicht zufällig angegriffen wurden«, ergänzte Bertram.

»Wir reden hier von einem Wolf, der von jemandem als Waffe eingesetzt wird? Sehe ich das richtig?«, fragte Gernot Schneider.

»Davon gehen wir aus«, bestätigte Jungmann. »Unsere Fachfrau hält es für möglich, dass ein Wolf so trainiert und aggressiv gemacht werden kann, dass er gezielt Menschen anfällt.«

»Was haben die Getöteten gemeinsam?«, fragte Jing Jang.

»Sie alle haben 1996 im Grimmelshausen-Gymnasium ihr Abitur gemacht«, erklärte Bertram.

»Mehr nicht?«, hakte sie nach.

»Das wissen wir nicht«, gab Jungmann zu. »Wie ich eurem Boss schon erklärt habe, leiden wir unter akutem Personalmangel in einer Zeit, in der sich die Fälle bei uns nur so stapeln. Wir sind derzeit personell einfach nicht in der Lage, diese Mordserie aufzuklären.«

Die einzelnen Aufgaben der Ermittlung wurden aufgeteilt. Jing Jang und Schneider machten sich mit zwei Streifenbeamten auf den Weg, um die Angehörigen erneut zu befragen und Freunde der Verstorbenen aufzusuchen. Irgendeine weitere Verbindung musste sich doch finden lassen.

Caspari legte sich die Expertise der Kynologin auf den Schreibtisch. Zuerst musste er mit Tina und Mario ein Täterprofil entwickeln, dann wollte er das Dokument eingehend studieren.

»Was meint ihr zu dieser Sache?«, fragte Tina, die auf den heißen Kaffee in ihrer Tasse blies.

»Das dürfte spannend werden«, meinte Mario augenzwinkernd.

Caspari betrachtete die beiden. Sie waren wie Jäger, die eine frische Fährte entdeckt hatten. Er selbst konnte diesen Enthusiasmus bei sich nicht entdecken. Er war zwar mittendrin, aber zugleich so distanziert, als wäre dieses Gespräch, ja sein ganzes gegenwärtiges Leben, ein Traum, der ihn mit sich zog, gleich einem Wind, der ein Blatt so selbstverständlich durch die Luft bewegt, als würde es von selbst am Himmel tanzen.

Das Klingeln seines Mobiltelefons riss ihn aus den Gedanken. Clara meldete sich am anderen Ende der Leitung.

»Ich hatte vorhin ein langes Gespräch mit dem Jungen«, erzählte sie. »Er hat zwar eine Heidenangst, die ich ihm auch nicht ganz nehmen konnte, aber er stimmt zu. Er will den Deal mit der Staatsanwaltschaft annehmen.«

»Prima. Dann kommt das Ganze ja in Fahrt. Ich muss auch seinen Namen wissen«, sagte Caspari, »damit die Ermittler wissen, wen sie bei den Festnahmen außen vor lassen sollen.«

»Ich sende ihn dir via E-Mail, zusammen mit der Webadresse des Darknet-Rings«, versprach Clara. »Am Telefon möchte ich das nicht machen.«

»Natürlich«, stimmte Caspari mit sehr nüchterner Stimme zu.

»Ist was mit dir?«, fragte Clara. »Du klingst so brummig.«

»Nö, alles gut. Ich bin gerade in einer Sitzung mit Tina und Mario.«

»Ach so. Na, dann grüß mir mal die beiden. Ich freue mich darauf, sie auf dem Hof wiederzusehen.«

»Schönen Gruß von Clara«, rief Caspari seinen Freunden zu, nachdem sie das Gespräch beendet hatten.

Er legte das Foto eines Wolfes in die Mitte des Tisches. »Wer ist sein Meister?«, fragte er.

»Ein Mann«, antwortete Tina spontan. »Für eine Frau sind solche blutigen und grausamen Morde atypisch. Physische Gewalt deutet eher auf einen Mann hin. Der inszeniert die Morde nicht. Die Opfer werden nicht auf dem Präsentierteller abgelegt. Die Suche nach Aufmerksamkeit ist nicht sein Ziel. Der Herr des Wolfes will etwas anderes: Er sinnt auf Rache.« Sie deutete auf die Bilder aus der Gerichtsmedizin, die an der Magnetwand hingen. »Er begnügt sich nicht allein mit der Tötung der Männer. Sie werden auch noch verstümmelt und zu Teilen gefressen.«

»Was auch immer seine Opfer getan haben, es muss schlimm gewesen sein«, fügte Mario hinzu.

»Ich gehe ebenfalls von einem männlichen Täter aus«, meinte Caspari. »Das Alter schätze ich auf vierzig bis fünfundfünfzig. Er ist intelligent, finanziell unabhängig, und er versteht sich auf das Abrichten von Hunden.«

»Er ist ortskundig«, fuhr Tina fort, »er geht einem Beruf nach, der es ihm finanziell und zeitlich ermöglicht, irgendwo ein abgelegenes Grundstück zu besitzen, auf dem er den Wolf trainieren kann, ohne dass jemand etwas davon mitbekommt.«

Caspari notierte Stichpunkte auf der Tafel.

»Alles das bringt uns wieder zu der Frage, warum er sich rächen will. Hier liegt der Schlüssel, sein Antrieb, seine Motivation«, schloss er.

***

»Warum muss Ihnen mein Sohn diese Fragen beantworten?« Manuel Naumanns Vater ließ seinem Unmut freien Lauf.

Jürgen Jungmann beeindruckte das nicht im Geringsten. »Ihr Sohn gehört zu einer Gruppe Schüler, die bekanntermaßen andere Jugendliche mobben und unter Druck setzen.«

»Das ist doch völliger Blödsinn«, erwiderte Naumann.

»Leider nicht, Herr Naumann. Uns liegen Aussagen von Lehrern und Mitschülern vor, die das bestätigen«, stellte Jungmanns jüngerer Kollege Jörn Kellermann klar.

Naumann wirkte so unsanft ausgebremst wie ein Hund, der bei der Jagd auf eine Katze gegen einen Zaun rennt. Um Fassung ringend, starrte er seinen Zögling an.

»Manuel?«

»Ich kann das erklären«, brachte dieser mit belegter Stimme hervor.

»Das werden wir zu Hause besprechen«, entgegnete sein Vater scharf.

»Nein, das werden wir hier und jetzt besprechen«, bestimmte Jungmann. »Wir wissen, wer zu eurer Gruppe gehört. Ihr seid sieben Mann. Das entspricht der Anzahl der Horrorclowns, die Jannik Kiesling verprügelt haben. Als wir uns das Video angesehen haben, brauchten wir nur durchzuzählen. Sechs Maskierte, die prügelten und traten, und einer, der mit seinem Handy filmte.«

»Das waren wir nicht«, wehrte sich Manuel Naumann.

»Das lässt sich leicht behaupten«, konterte Jörn Kellermann. »Glaubhafter wird deine Aussage aber erst durch ein Alibi.«

»Wir waren an diesem Nachmittag bei Martin«, platzte es aus Manuel heraus.

»Martin Bartel?«

»Ja, genau!«

Jungmann beobachtete, wie sich winzige Schweißperlen auf Manuels Stirn bildeten.

»Wer war außer euch beiden noch da?«

»Sandro Kaiser und Mario Schmittmann. Wir sind eine Lerngruppe für ... Mathe.« Manuel nannte das Fach mit Verzögerung, so als müsse er sich erst noch daran erinnern, welchen Unterrichtsstoff er gemeinsam mit seinen Kameraden lernte.

Jungmann sah seinen Kollegen Kellermann an. An dessen Blick bemerkte er, dass auch ihm die winzige Unsicherheit des Jungen aufgefallen war.

»Mit welchem Thema habt ihr euch beschäftigt?«, fragte er, um das Loch in Manuels Deckung zu vergrößern.

»Matrizen und lineare Abbildungen«, sagte er wieder sicherer. »Wir haben für eine Klausur gelernt.«

»Wir werden das überprüfen«, erklärte Jörn Kellermann.

»Kein Problem«, konterte Manuel mit einer leicht arroganten Färbung in seiner Stimme. »Ich habe fünfzehn Punkte bekommen.«

Jungmann ließ so schnell nicht locker. »Die Adresse.«

»Bitte?« Der spontane Wechsel der Fragerichtung wischte den Zug von Überheblichkeit aus Manuels Gesicht.

»Martin Bartels Adresse bitte«, forderte Jungmann.

»Äh, Heinrich-Fingerhuth-Straße«, stotterte Manuel.

»Welche Hausnummer?«

»Das weiß ich nicht. Das Haus kenne ich natürlich, aber auf die Nummer habe ich nie geachtet.«

»Gut, das war erst einmal alles«, bestimmte Jungmann. Als Vater und Sohn sich erhoben, fügte er noch hinzu: »Ich habe mein Abitur auch auf diesem Gymnasium gemacht. Deine Leistungen in Mathematik interessieren mich nicht. Sie sind mir ehrlich gesagt scheißegal. Beeindruckender fände ich allerdings ein anständiges Sozialverhalten, das dir und deinen Kumpels offensichtlich abgeht.«

Manuels Vater holte Luft, um etwas zu erwidern, doch Jungmann kam ihm zuvor. »Das war alles. Sie hören von uns. Guten Tag.«

Er genoss den Gesichtsausdruck des Vaters. Die wütende Erwiderung, die ihm auf der Zunge gelegen hatte, war nach der harten Verabschiedung in sich zusammengefallen wie ein Luftballon, aus dem alle Luft entweicht.

»Denen hast du gerade eben beim Pissen die Dödel weggeschossen«, meinte Kellermann amüsiert, nachdem Manuel Naumann und sein Vater den Raum verlassen hatten.

Jungmann lachte bei diesem derben Kommentar laut auf. »Es geht mir auf die Nerven, wenn so ein geistiges Milchbrötchen auf dicke Eier macht.«

»Geistiges Milchbrötchen? Na, ich weiß nicht. Bei fünfzehn Punkten in Mathe kann der Knabe ja nicht so blöd sein«, widersprach Kellermann.

»Blöd genug, um zu glauben, er könnte uns austricksen. Und sein Vater durchschaut dieses Spiel nicht.«

»Wie gehen wir jetzt weiter vor?«, fragte Kellermann.

»Wir besorgen uns die Mobilnummern aller Gangmitglieder. Dank WhatsApp dürfte das nicht schwer sein. Lehrer und Schüler tauschen darüber Informationen in den Tutorengruppen aus.«

»Meinst du, die Tutoren rücken die Handynummern der Jungs raus?«, fragte Kellermann kritisch.

»Da bin ich mir sicher. Die Schulleitungen des Grimmelshausen-Gymnasiums und der Beruflichen Schulen haben uns volle Unterstützung zugesagt.«

»Was machen wir dann mit diesen Nummern?«

»Wir prüfen, wo die Handys unserer Verdächtigen zum Zeitpunkt des Überfalls auf Jannik eingeloggt waren. Die Heinrich-Fingerhuth-Straße liegt im Bereich eines anderen

Sendemastes als diese Schule. Das gilt auch für Gelnhausen-Roth, wo die Jungs aus dem anderen Gymnasium zusammengehockt haben wollen.«

»Falls alle zur Tatzeit im Bereich des Sendemastes rund um das Grimmelshausen-Gymnasium eingeloggt waren, haben wir sie an den Nüssen«, stellte Kellermann genüsslich fest.

»Jepp!«

***

Während Clara den Abendbrottisch deckte, fragte sie sich, was seit einiger Zeit in dem Haus fehlte. Sie blieb stehen, die Messer noch in der Hand haltend, und dachte nach. Mit einem Mal wurde ihr klar, dass sie schon lange keine Musik mehr aus Casparis schier unendlichem Schatz klassischer Kompositionen gehört hatte. Es war still in ihrer Wohnung geworden.

Wie in einem Grab, dachte Clara, während sie das Besteck neben die Teller legte. Als sie fertig war, ging sie auf die Suche nach Caspari.

Im Wohnzimmer fand sie ihn. Er saß stumm im Sessel und kraulte geistesabwesend Camillo, der seinen Kopf auf sein Knie gelegt hatte.

»Christoph?«

Caspari sah auf, als sei er soeben aus einem Traum aufgewacht. »Hm?«

»Wo ist Lukas?«

»Der unterhält Tina und Mario, während die beiden im Gästeflügel ihre Koffer auspacken«, antwortete er, wobei er sie mit leerem Blick ansah.

»Du hörst kaum noch Musik«, versuchte sie ihn aus seiner Lethargie herauszuholen.

»Zu viel Geräusch, zu viel Kulisse. Ich kann das zurzeit nicht haben«, erklärte er leise.

Clara lehnte sich an den Türrahmen und verschränkte die

Arme vor der Brust. »Christoph, ich mache mir Sorgen um dich. So kenne ich dich gar nicht.«

»So kenne ich mich auch nicht«, antwortete er flüsternd.

Sie setzte sich auf die Armlehne seines Sessels und schlang ihre Arme um seinen Hals.

»Was ist los?«

»Ich weiß es nicht. Weite Teile meines Alltags sind für mich wie ein Film, den ich mir unbeteiligt ansehe. Ich muss mich regelrecht zwingen, daran teilzunehmen. Viele Dinge fühlen sich so unwirklich, so fremd, so taub an. Ich sitze unter einer Glasglocke, emotional, meine ich. Du und Lukas, ihr schafft es, diese Glocke zu durchdringen, damit ich an eurem Leben teilhaben kann, damit ich euch spüren, empfinden kann. Alles andere ist dumpf, fremd, ein Film.«

»Ich glaube, du hast einen massiven Burn-out«, fasste Clara zusammen, während es ihr heiß und kalt wurde. Ihre Hochzeit stand vor der Tür. Mussten sie die Feierlichkeiten in letzter Konsequenz absagen?

***

*»Maître Chastel, bonjour!«, rief eine Stimme hinter ihm, als der Wildhüter im Hof des Schlosses des Marquis d'Apcher von seinem Pferd stieg. Er drehte sich nach der Stimme um. Der junge Marquis trat mit federnden Schritten aus dem Hauptportal.*

*»Bonjour, Monseigneur«, erwiderte Chastel den Gruß, verbeugte sich und machte sich daran, die Zügel festzubinden. »Ich bringe die Rebhühner.«*

*Der Marquis winkte einen seiner Diener herbei, der Chastel die Tiere abnahm.*

*»Wunderbar«, freute er sich. »Allerdings bin ich nicht nur wegen dieser schmackhaften Tiere froh, dass Ihr gekommen seid, sondern auch aus einem anderen Grund.«*

*Chastel sah ihn mit dem stoischsten Blick an, zu dem er in der Lage war.*

*»Lasst uns ein Stück gehen«, bestimmte d'Apcher und wies den Weg zum Bestiarium. Nach einer Weile schweigsamen Gehens nahm er den Gesprächsfaden wieder auf.*

*»Lange Zeit konnte ich nicht verstehen, was es mit Eurem Beinamen auf sich hat.«*

*»Die Maske?«, fragte Chastel.*

*»Ja. Ich fragte mich immer, wie jemand zu einem solchen Namen kommt. Vor einem Monat wurde es mir klar, als ich auf dem Podest der Richtstätte stand und mir diesen unglaublichen Nonsens anhören musste, den der königliche Jäger von sich gab.«*

*»Es war schwer zu übersehen, dass Ihr und der Dragoneroffizier nicht besonders glücklich über dieses Schauspiel wart.«*

*»Das meine ich ja: Uns war es anzusehen, dass wir beide das für eine Farce hielten. Aber Euch eben nicht. Eurem Gesicht war keine Gefühlsregung zu entnehmen. Gleichmütig seid Ihr dem Theater gefolgt, während Ihr Euch doch auch genauso sicher gewesen sein musstet, dass dieser eitle Geck die falsche Bestie präsentierte. Euer Gesicht war eine undurchdringliche Maske.«*

*Chastel lächelte vorsichtig. Wohin mochte dieses Gespräch noch führen?*

*»Monseigneur, erlaubt mir eine Frage«, begann er.*

*»Bitte!«, ermunterte d'Apcher ihn.*

*»Warum haben Capitaine Duhamel und Ihr Monseigneur François Antoine das nicht ausgeredet?«*

*»Ganz im Gegensatz zu den anderen Mitgliedern des Hochadels geht mir das eitle Getue am Hofe des Königs auf die Nerven. Ich verbringe meine Zeit lieber auf meinen Ländereien, statt mich als Ränkeschmied zu versuchen. Meine Verbindung zu unserem geliebten König ist daher nicht allzu eng, da wir uns kaum sehen. Deshalb finde ich kein Gehör, wenn ich unserem Monarchen einen toten Wolf auszureden versuche, den er unbedingt haben will. Sein Jäger genießt sein*

*Vertrauen und seine Sympathie. Wenn ihm dieser Crétin also erzählt, dass der bedauernswerte wölfische Hüne am Galgen unsere Bestie ist, wem, glaubt Ihr, lieber Chastel, wird der König eher glauben? Mir oder seinem zweiten Jäger?«*

*»Politik«, kommentierte Chastel. »Als einfacher Mann ist man gut beraten, sich darin nicht zu verstricken.«*

*»In der Tat«, pflichtete ihm der Marquis bei. »Aber nun ist die Bestie wieder da, ganz wie von Zauberhand. Doch die Lakaien und Speichellecker unserer Majestät ignorieren die Briefe von mir und dem Capitaine. Es kann nicht sein, was nicht sein darf. Also wird unser monströses Problem im Gévaudan totgeschwiegen. Die Blamage wäre zu groß, müsste man zugeben, dass der König seinem Jäger die großzügige Belohnung für die falsche Bestie gezahlt hat.«*

*»Was erwartet Ihr nun von mir?«, fragte Chastel, dem es gar nicht recht war, mit einem Vertreter des Hochadels über Politik zu reden. Das waren gefährliche Themen, von denen man besser nichts wissen sollte, wollte man nicht irgendwann bis ans Ende seiner Tage in einem dunklen Kellerverlies verschwinden.*

*»Wir beide kennen die neuen Angriffe der Bestie«, erklärte d'Apcher. »Das Volk leidet. Ich wäre ein schlechter Edelmann, wenn mir das egal wäre. Deshalb wollte ich mit Euch reden. Ich möchte, dass Ihr Eure Anstrengungen bei der Jagd nach der Bestie verdoppelt.«*

*»Monseigneur«, wollte Chastel widersprechen. Doch D'Apcher hob die Hände.*

*»Ich weiß, Ihr habt mit dem Gasthof und der Wildhüterei schon mehr als genug zu tun. Meine Wildhüter werden Euch unterstützen. Lasst Euch von Euren beiden großen Söhnen Arbeit abnehmen. Die Gendarmerie hilft ebenfalls mit. Es soll auch finanziell nicht Euer Schaden sein. Ich möchte einfach nicht untätig herumstehen und abwarten, dass der königliche Hof Einsicht zeigt. Was sagt Ihr?«*

*Der Wildhüter überlegte einen Moment.*

*»Mit der Hilfe, von der Ihr sprecht, sollte es möglich sein, Monseigneur. Aber ich gebe keine Erfolgsversprechen. Die Bestie ist den erfahrensten Jägern des Landes bisher entwischt. Da wird es ein einfacher Wildhüter nicht leichter haben.«*

*Der Marquis lachte. »Chastel, Chastel, Ihr stellt Euer Licht zu sehr unter den Scheffel.«*

*Chastel richtete seinen Blick nach vorn, als d'Apcher stehen blieb. Sie waren am Gehege der Hyäne angekommen.*

*Er erschauderte. Das Gittertor stand weit offen. Instinktiv griff er nach seinem Gewehr. Doch das hatte er im Sattelholster zurückgelassen. Schnell zog er sein langes Messer, das er vor vielen Jahren bei einem Handel von einem Eingeborenen in Neu-Frankreich erstanden hatte. Die Klinge glänzte in der Herbstsonne.*

*»Vorsicht, Monseigneur«, raunte er und schaute sich langsam nach allen Seiten um, den Griff des Messers fest umschlossen.*

*D'Apcher lächelte. »Wie mir gerade klar wird, hat Euch der gute alte Matthieu mit der Hyäne meines Vaters, Gott hab ihn selig, bekannt gemacht. Nun ja, das arme Tier ist vor einer Woche in die ewigen Jagdgründe Afrikas heimgekehrt.«*

*»Es ist tot?«, fragte Chastel ungläubig. Der letzte Angriff der Wolfsbestie auf ein Mädchen, das im Wald Pilze gesammelt hatte, lag erst drei Tage zurück.*

*»Ja, in der Tat. Ich halte nichts davon, wilde Tiere aus ihrem Habitat zu reißen. Ein Rudeltier allein in Gefangenschaft zu halten finde ich unnatürlich. Mein Vater hatte dazu allerdings eine ganz andere Einstellung – wie bei vielen anderen Themen auch«, erklärte der Marquis seufzend.*

*»Wo ist der Kadaver?«, fragte Chastel.*

*»Neben einem Ameisenhaufen«, antwortete d'Apcher.*

*»Neben einem Ameisenhaufen?«, fragte Chastel verwundert.*

*»Ja. Rote Waldameisen. Sie haben sich am Rand meines kleinen Parks niedergelassen. Die Insekten fressen den Ka-*

*daver bis auf die Knochen blitzblank. Ich möchte das Skelett und das Fell in meiner Bibliothek haben. Warum fragt Ihr?«*

*»Ich hätte mir gern seinen Schädel angesehen. So etwas sieht man nicht alle Tage.«*

*»Stimmt«, pflichtete d'Apcher ihm bei. »Außerdem wolltet Ihr Rückschlüsse auf das Aussehen des Schädels und insbesondere des Gebisses der Bestie ziehen, nicht wahr?«*

*Chastel nickte stumm. Dass er die Hyäne für die wahre Bestie gehalten hatte, verbarg er hinter dem undurchdringlichen Gesichtsausdruck, dem er seinen Beinamen zu verdanken hatte.*

***

Dieser Tag war gar nicht so schlimm, wie Caspari es nach dem Abend zuvor befürchtet hatte. Klare Arbeits- und Tagesstrukturen taten ihm offensichtlich gut. Die dumpfe, völlig stille Leere, die er noch vor dem Zubettgehen empfunden und mit dem Schlafmittel bekämpft hatte, war am Morgen verschwunden gewesen. Oder besser: beinahe verschwunden gewesen.

Caspari hatte Tina den Vortritt dabei gelassen, den anderen Mitgliedern seiner Abteilung das Täterprofil vorzustellen. Svenja Bauer, Andreas Sommer, Jing Jang und Gernot Schneider waren zu weiteren Befragungen der Angehörigen und Freunde der Opfer aufgebrochen, während er mit Tina und Mario begonnen hatte, alle Akten aus dem Archiv des Gelnhäuser Polizeireviers und der Offenbacher Polizeidirektion ab 1990 zu durchforsten. Sie waren bis zum Jahr 1995 gekommen, als Tina meinte, sie würde gleich am Schreibtisch einschlafen. Ein ausgiebiges Training in Seydels Dojo hatte ihre Lebensgeister wieder geweckt.

Mario und Tina spielten mit Clara und Lukas »Mensch ärgere Dich nicht« am Küchentisch, während Caspari an der Arbeitsplatte den Endiviensalat vorbereitete.

Es kam aus dem Nichts!

Wieder spürte er den Schlag seines Herzens, als wäre es die Basstrommel auf einer Sklavengaleere, wieder zogen sich sein Magen und die anderen Innereien schmerzhaft zusammen, und ein tiefes, dumpfes Körpergefühl der Angst sprang ihn an. Wieder begannen seine Hände zu zittern. Doch diesmal gab es keinen Anlass, keinen Grund für diese Körperreaktion. Er wusste nicht, wovor er sich in diesem Moment ängstigen sollte.

»Ich muss noch einmal in den Vorratskeller«, entschuldigte er sich und lief in das kühle Untergeschoss. Dort öffnete er ein Fenster und setzte sich neben dem Weinregal auf einen Hocker. Tief sog er die angenehme Abendluft ein und versuchte, sich nicht gegen die Panik zu wehren, sondern sie auszuhalten.

Nach einer Weile, die ihm vorkam wie eine Ewigkeit, ebbten die körperlichen Empfindungen wieder ab.

»Christoph?«, hörte er Clara von der Kellertür aus rufen. »Ist alles in Ordnung?«

»Ja, klar! Ich bin mir noch nicht schlüssig, welchen Wein ich nehmen soll«, log er.

»Nimm einfach irgendeinen«, rief sie nach unten zu ihm.

»Du kennst doch Mario und seine Ansprüche an Rotwein«, erwiderte er. Dann nahm er eine Flasche Dos Puntos Organic, atmete noch einmal tief durch und stieg die Treppe wieder hinauf.

***

»Wir haben uns mit einem Avatar in das Netzwerk unserer Freunde der Snuff-Videos eingeschleust. Mehr darf ich Ihnen dazu leider am Telefon nicht sagen.«

Das Gespräch mit Kriminaldirektor Himmelheber von der Internetabteilung des BKA war unkompliziert und sehr nett. Jürgen Jungmann hatte mit einem zugeknöpften Abteilungsleiter gerechnet, der sich gegenüber einem Kollegen aus der Provinz sehr bedeckt geben würde. Himmelheber war dagegen aufgeschlossen und freundlich. Jungmann stellte sich einen untersetzten, rotbäckigen Beamten vor, der trotz der menschlichen Abscheulichkeiten, die er täglich digital zu sehen bekam, eine große Portion Humor besaß.

»Ich nehme an, dass Sie von Herrn Caspari bereits die Namen der Schüler bekommen haben, die im Verdacht stehen, Mitglied in diesem Ring zu sein«, vermutete Jungmann.

»Ja, das ist richtig. Seit gestern kennen wir die Herren namentlich. Heute Morgen haben wir auch schon einen richterlichen Beschluss erhalten, der es uns ermöglicht, die Computer und Telefone der Verdächtigen zu hacken. Der kurze Dienstweg, wissen Sie.«

»Ich möchte Ihnen einen kleinen Informationsaustausch vorschlagen.«

»Lassen Sie hören.«

»Ich schicke Ihnen sofort nach unserem Telefonat sämtliche Mobilfunknummern. Im Gegenzug lassen Sie mich an den WhatsApp-Nachrichten und den GPS-Daten der Herren teilhaben. Das spart uns beiden viel Zeit. Sie müssen die Nummern nicht erst recherchieren, und ich kann auf den Gang zum Gericht verzichten, wo ich genau das beantragen muss, was Ihnen schon genehmigt wurde.«

»Dr. Caspari erzählte mir von den Ermittlungen wegen der schweren Körperverletzung gegen die Schüler«, bestätigte Himmelheber.

Jungmann war erleichtert. Das hörte sich ganz danach an, als sei der Abteilungsleiter des BKA interessiert.

»Genau um dieses Delikt geht es«, bestätigte er.

»Gut, dann sind wir im Geschäft.«

***

»Christoph, komm doch bitte mal! Ich glaube, ich habe was gefunden.«

Tinas Stimme klang so eindringlich, dass Caspari sich sofort von der Fallakte losriss, die er gerade durchlas, und ins Nachbarbüro ging, das Tina und Mario sich teilten. Triumphierend hielt Tina eine Akte hoch.

»Es passt alles«, konstatierte sie mit durchdringendem Blick. »Ein bisher ungeklärtes Verbrechen, eine Abiturientenclique, die in der Nähe des Tatorts ihre bestandenen Prüfungen feierte, und das Jahr 1996. Alle Opfer unserer Bestie gehörten zu den zugedröhnten Schülern von damals.«

»Dann berufe ich sofort eine Teambesprechung im Gruppenraum ein«, bestimmte Caspari.

Tina reagierte irritiert. »Willst du es dir nicht erst einmal ansehen?«

Er schüttelte den Kopf. »Nein. Ich vertraue deinen Fähigkeiten. Außerdem dürfen wir keine Zeit verlieren. Ein weiteres Wolfsopfer müssen wir verhindern.«

»Da hat Christoph nicht ganz unrecht«, unterstützte ihn Mario.

»Na gut«, gab Tina schließlich nach, »gib mir fünf Minuten, die Fotos von damals zu kopieren.«

Caspari nickte und ging auf das Büro zu, das sich Schneider, Jing Jang, Andreas und Svenja teilten. Mario lief ihm nach und hielt ihn am Arm fest.

»Was war das denn eben?«, fragte er, die Stirn in Falten gelegt.

»Beschleunigung von Arbeitsprozessen«, versuchte Caspari sich herauszureden.

»Das kam aber anders an«, stellte Mario fest.

»Wie denn?«

»Na ja, Desinteresse eben. Tina ist voller Adrenalin, und du fertigst sie ab.«

»Scheiße! Das wollte ich nicht.« Caspari war betroffen.

»Ich weiß. Das eben war ja auch nur die Spitze des Eisbergs. Tina und ich beobachten schon seit einigen Wochen, dass du immer öfter abwesend oder unkonzentriert bist. Es ist manchmal so, als seist du nur körperlich anwesend. Deine Reaktion in der Notaufnahme im Krankenhaus hat im Grunde nur noch eins draufgesetzt. Als du gestern Abend mit der Weinflasche aus dem Keller gekommen bist, hattest du denselben Gesichtsausdruck wie auf dem Krankenhausparkplatz, nachdem die Attacke abgeklungen war. Tina und ich haben uns anschließend darüber unterhalten, als wir im Bett lagen. Wir machen uns Sorgen, Christoph. Clara geht es genauso, wenn wir ihre Mimik richtig deuten.«

Caspari fühlte sich schlecht und schuldig gegenüber seinen Freunden und Clara. Dass er sich von Tag zu Tag seltsamer und innerlich leerer fühlte, war für sich genommen schon schlimm genug. Dass aber ausgerechnet die Menschen darunter litten, die ihm am wichtigsten waren, beschämte ihn sehr.

»Es …«, stotterte er, »es tut mir leid. Ich reiße mich ab sofort am Riemen.«

»Nein, Christoph. Darum geht es nicht.« Damit ließ Mario ihn stehen.

Casparis Kehle war wie zugeschnürt.

»Guten Morgen. Wir treffen uns in fünf Minuten im Gruppenraum zur Besprechung«, krächzte er in das Büro seiner vier anderen Mitarbeiter, die in eine angeregte Diskussion über die Rückkehr der Wölfe nach Deutschland vertieft waren. Sein Gespräch mit Mario schienen sie trotz offener Tür nicht mitbekommen zu haben.

Wenig später saßen alle zusammen. Gernot Schneider ließ seinen Bleistift zwischen seinen Fingern kreisen. Jing Jang unterbrach ihn, indem sie seine Hand sanft festhielt. Andreas Sommer goss Svenja Bauer einen Tee ein und schlürfte dann gedankenverloren an seinem Milchkaffee. Caspari schaute, immer noch beschämt, aus dem Fenster in den Frühlingsregen, während Tina die in Großformat kopierten Fotos aus der Fallakte an die weiße Magnetwand hängte. Er wollte dem Blickkontakt mit Mario ausweichen, solange es möglich war.

»Sauwetter«, raunte er, froh darüber, dass wenigstens seine Stimme wieder ihren gewohnten Klang hatte.

»Ich wäre dann so weit«, hörte er Tina sagen.

»Prima. Ich bin sehr gespannt auf deine Entdeckung.« Caspari wendete den Blick in die Richtung der aufgehängten Fotos.

Das erste zeigte ein heruntergebranntes Gebäude in einer ländlichen Gegend. Die verkohlten Holzbalken ragten wie schwarze, qualmende Finger in den Morgenhimmel. Feuerwehrleute standen neben den trostlosen Resten dessen, was einmal eine Scheune oder etwas Ähnliches gewesen sein mochte.

Caspari kam dieser Anblick seltsam vertraut vor. Er konnte sich allerdings nicht erinnern, wann er dieses Bild schon einmal gesehen hatte. Beim Anblick des Fotos rechts daneben stockte ihm der Atem. Es zeigte ein menschliches Skelett, das vom Feuer geschwärzt war und in einem Bett aus Asche lag.

»Der Fall Michaela Hase«, erinnerte er sich mit einem Mal keuchend.

Alle wandten sich ihm überrascht zu.

»Jürgen Jungmann und ich waren gerade als Absolventen von der Hochschule in den Streifendienst eingetreten, als das verbrannte Skelett dieses Mädchens in einer Scheune gefunden wurde.«

»Du hast den Fall selbst miterlebt. Sollest du nicht besser darüber berichten?«, fragte Tina, der anzumerken war, dass sie sich überrumpelt fühlte.

Caspari ging nicht darauf ein. Gebannt wanderte sein Blick zum nächsten Foto, das ein Porträt des Mädchens zeigte. Seine Hände begannen wieder zu zittern. Schnell presste er sie auf seine Oberschenkel. Sein Herz trommelte so laut, dass er meinte, die anderen müssten es hören können. Eine unsichtbare Faust quetschte seinen Magen und Darm zusammen.

Er sprang auf, ging ans Fenster und riss es auf. Seine Hände klammerten sich an den Rahmen, während er versuchte, die Kontrolle über seinen Körper zurückzuerlangen.

»Christoph?« Jing Jangs Stimme klang besorgt.

»Schlimme Erinnerungen. Das waren furchtbare Eindrücke. Besonders, die Eltern in Bertrams Büro zusammenbrechen zu sehen – ich hatte vergessen, wie entsetzlich das damals war«, raunte Caspari mit heiserer Stimme.

»Du hast Kriminalpsychologie studiert und dich auf Serientäter spezialisiert«, stellte Schneider fest. »War dieser Fall der Auslöser?«

»Er hat zu meiner Entscheidung damals jedenfalls beigetragen. Ich fand es unerträglich, dass wir den Fall nicht aufklären konnten. Ich fühlte mich irgendwie mitschuldig deswegen.«

Betretenes Schweigen senkte sich auf den Gruppenraum wie ein regendurchtränkter Mantel, dessen Gewicht man auf den Schultern spürt.

Caspari drehte sich zu Tina um. »Entschuldige die Unterbrechung. Mach bitte weiter.«

Tina sog tief Luft ein und fuhr fort: »Michaela Hase war ein sechzehnjähriges Mädchen aus Neu-Isenburg. Mit ihrer Realschulklasse befand sie sich im Frühsommer des Jahres 1996 auf Klassenfahrt im Evangelischen Jugendheim Bieber. Das liegt in Biebergemünd. In der Nacht vom zweiten Juni verschwand sie aus dem Schlafzimmer, das sie sich mit drei anderen Mädchen teilte, spurlos. Die Kollegen nahmen damals an, dass sie sich davongeschlichen hat, um mit einer Gruppe von sechs Abiturienten zu feiern, die zu dieser Zeit im Biebergemünder Ortsteil Lanzingen wild campten und ihre bestandenen Prüfungen feierten. Beweisen ließ sich das allerdings nicht. Einen guten Kilometer von der Wiese entfernt, auf der sich die Jungs mit reichlich Alkohol abgeschossen hatten, lag eine frei stehende, abseits liegende Scheune, in der ein Landwirt hauptsächlich landwirtschaftliche Geräte und so weiter lagerte. Die brannte in ebenjener Nacht lichterloh. Die Feuerwehr hatte die ganze Nacht lang zu tun, um den Brand zu löschen. Von der Scheune blieben nur Ruinen übrig. In den heruntergebrannten Überresten des Gebäudes fand man ein brandgeschwärztes Skelett. Brandermittler fanden heraus, dass das Feuer von der Person, deren Überreste dort lagen, ausgegangen sein musste.«

»Das heißt, dass das Mädchen zuerst brannte und dadurch die gesamte Scheune angezündet hat?«, fragte Svenja Bauer nach.

»So ist es«, bestätigte Tina. »Wegen der Vermisstenanzeige der Lehrer und mit Hilfe des Gebissabgleichs war schnell klar, dass es sich bei der Toten um die Schülerin Michaela Hase handelte. Was mit ihr vor ihrem Tod geschah und wie sie gestorben ist, konnte nicht mehr ermittelt werden. Dazu waren ihre Knochen zu lange der Hitze des Feuers ausgesetzt gewesen.«

»Das sieht man«, stimmte Andreas Sommer zu. »Das Skelett hat die Größe von dem eines Grundschulkindes. Die große Hitze entzieht den Knochen die Flüssigkeit und lässt sie dadurch schrumpfen.«

»Was ist mit den sechs Abiturienten?«, fragte Schneider.

»Die waren voll wie die Feldhaubitzen«, schaltete sich Caspari ein, der noch immer am offenen Fenster stand, und erntete dafür einen vorwurfsvollen Blick von Tina. Er spürte, wie die Panikattacke abklang, was ihm half, sich wieder auf den Fall zu konzentrieren. »Entschuldigung.«

»Die jungen Herren wurden natürlich auch befragt«, fuhr Tina fort. »Aus denen war jedoch nicht viel herauszubekommen, wie Christoph es mit seiner unnachahmlichen Art beschrieben hat. Ihr Blutalkohol lag im Durchschnitt über zwei Promille. Selbst den Lärm der Martinshörner haben die nicht mitbekommen.«

»Da hat es jemand ordentlich krachen lassen«, bemerkte Andreas Sommer.

»Das kann man so sagen«, entgegnete Tina. »Hinter den

Zelten türmten sich die leeren Bierkästen, wie ein Kollege das im Bericht andeutete. Die Schüler erklärten jedenfalls, nachdem sie wieder nüchtern waren, unisono, dass sie weder das Mädchen gekannt noch etwas von dem mitgekriegt hätten, was sich in der Scheune abgespielt hat.«

»Man hat ihnen das so einfach geglaubt?«, fragte Jing Jang.

»Wenn man sturzbesoffen ist, hat man eine sehr eingeschränkte Wahrnehmung seiner Umgebung. Bei dem Blutalkoholspiegel am Morgen könnt ihr euch selbst ausmalen, wie hoch der mitten in der Nacht gewesen sein muss. Sie wurden immer wieder befragt, glaubt mir. Aber wir konnten keinen einzigen Hinweis dafür finden, dass sie etwas damit zu tun hatten. Ihre Aussagen waren glaubhaft, sie widersprachen sich nicht. Auf der Wiese, auf der sie campten, waren darüber hinaus keine Spuren des Mädchens zu finden. Der Polizei blieb daher gar nichts anderes übrig, als die sechs Jungs aus ihrem Fokus zu nehmen. Der Brand hatte alle möglichen Spuren zerstört, den Schülern war nichts nachzuweisen.«

»Kacke«, kommentierte Schneider.

»Wo ist nun die Verbindung zu unserer Mordserie?«, fragte Andreas Sommer.

»Die Verbindung ergibt sich aus den Namen der Schüler«, erklärte Tina und zeigte dabei ein schmales Lächeln. »Bernd Altmeier, Joachim Wilhelm und Thomas Schnitzer sind nicht nur die drei Opfer des Wolfes, sondern auch drei der Abiturienten von damals. Aber es kommt noch besser: Alexander Steffens zog aus beruflichen Gründen vor acht Jahren nach Mecklenburg-Vorpommern. Letztes Jahr wurde er das Opfer einer vermeintlichen Wolfsattacke. Uwe Scholz, ebenfalls ein Mitglied der damaligen Clique, lebte seit zehn Jahren in Bayern, wo ihn vor zwei Jahren genauso ein Wolf tötete.«

»Im Klartext: Jemand macht die Schüler von damals verantwortlich für den Tod von Michaela Hase«, fasste Svenja Bauer zusammen.

»Das ist meines Erachtens eindeutig der Fall«, meinte Tina.

»Jemand rächt den Tod des Mädchens mit Hilfe eines riesigen Wolfes.«

»Wer kommt dafür in Frage?«, warf Jing Jang ein. »Eltern, Geschwister?«

»Michaela Hases Eltern starben im Herbst desselben Jahres bei einem Autounfall. Es bestand zwar der Verdacht, dass es sich um einen gemeinsamen Selbstmord gehandelt hatte. Aber das konnte nie geklärt werden. Man vermutete, dass sie über den Tod ihrer Tochter nicht hinweggekommen waren. Michaelas ältere Schwester, damals gerade zwanzig Jahre alt, verkaufte allen Besitz, erhielt zudem einen hohen Betrag aus der Risikolebensversicherung und verschwand von der Bildfläche. Ihre Spur verliert sich in Australien.«

»Kaum zu glauben, dass so etwas in unserer digitalisierten Welt überhaupt möglich ist«, meinte Svenja Bauer achselzuckend.

»1996 waren wir noch nicht so digitalisiert«, entgegnete Schneider. »Das ist immerhin zwanzig Jahre her.«

»Gibt es noch andere direkte Verwandte des Mädchens?«, hakte Andreas Sommer nach.

»Keine lebenden. Die liegen mittlerweile alle auf dem Friedhof«, sagte Tina.

»Dann sollten wir versuchen, die ältere Schwester ausfindig zu machen«, schlug Mario vor.

Als alle nickten, wandte sich Caspari vom Fenster ab. »Ich glaube, Tina hat ihr Pulver noch nicht ganz verschossen. Hab ich recht?«

Tina lächelte ihn das erste Mal seit ihrer Begegnung in ihrem Büro an. Die anderen Mitglieder seiner Abteilung sahen fragend zu Caspari herüber.

»Wir haben zwar fünf Tote, aber sechs Abiturienten von damals«, erklärte er, während er auf die Magnetwand zuging.

»Hans-Werner Eckert«, bestätigte Tina mit leuchtenden Augen. »Der letzte Überlebende der damaligen Clique. Er wohnt in einem Ortsteil von Birstein, Untersotzbach.«

Caspari betrachtete alle Fotos an der Magnetwand. Immer wieder wanderte sein Blick zum Porträt von Michaela Hase. Etwas daran weckte eine Erinnerung, die sich ganz tief unten in seinem Unterbewusstsein regte. Er konnte sie noch nicht greifen, aber er spürte, wie sie sich langsam in sein Bewusstsein arbeitete.

»Wir sollten ihn sofort holen. Der Mann schwebt in Lebensgefahr. Außerdem wird er uns noch erzählen müssen, wie das Mädchen damals gestorben ist«, meinte Schneider.

Endlich hatte Caspari die Erinnerung vor sich. Jetzt fügten sich die Teilchen zu einem Gesamtbild zusammen.

»Das braucht er gar nicht. Ich weiß es schon«, gestand er.

***

*Ihre Finger taten ihr weh. Rot und geschwollen waren die Gelenke, schwielig die Haut darüber. Die Kleider über dem Waschbrett sauber zu schrubben war eine Quälerei. Die Hosen ihrer vier Kinder waren dauernd schmutzig, von dem Kuhmist und Schweinedreck auf der Kleidung ihres Mannes ganz zu schweigen. Doch das Aufhängen der sauberen und feuchten Wäsche entschädigte Angelique Roux immer für die Mühen, sie zu waschen. Im goldenen Sonnenlicht schimmerten die leinenen Hemden und Hosen.*

*Für einen Oktobertag war es ausgesprochen warm. Bald schon würde sie die getrockneten Kleider von der Wäscheleine herunternehmen können.*

*Während Angelique eine Hose mit Holzklammern an der Leine befestigte, sah sie zu Hugo, ihrem Jüngsten, hinüber. Der Dreijährige stand nur wenige Meter neben ihr und packte mit seinen kleinen Händen den Stiel der Hacke, mit der er versuchte, das Gras in ihrem Garten zu entfernen.*

*Angelique schmunzelte. Wenn der Kleine so weitermachte, würde aus ihm später einmal auch ein Bauer werden, so wie sein Vater.*

*Sie hätte Hugo gern länger zugesehen, aber es wartete an diesem Tag noch viel Arbeit auf sie. Seufzend bückte sie sich zum Wäschekorb, um das letzte Wäschestück herauszuholen. Dabei war es ihr, als huschte ein gewaltiger Schatten lautlos an ihr vorbei.*

*Rasch richtete sie sich auf und begann zu schreien. Sie schrie laut und schrill, bis keine Luft mehr in ihrer Kehle war.*

*Doch der riesige Wolf, der Hugo von hinten angefallen und im Nacken gepackt hatte, ließ sich davon nicht irritieren. Er schüttelte das Kind, als sei es ein Kaninchen.*

*Angelique reagierte, ohne nachzudenken. Ihre Wut und ihr Instinkt, ihr Kind zu schützen, übernahmen die Kontrolle über sie. Sie rannte zu der Bestie, hob die Hacke von der Wiese auf und hieb mit mächtigen Schlägen auf sie ein.*

*Einmal, zweimal.*

*Das Tier hörte auf, Hugo zu schütteln, hielt aber seine Fänge fest um den Hals des Kindes geschlossen. Knurrend ging es rückwärts.*

*Hugo war nicht mehr bei Bewusstsein. Er bekam nicht mehr mit, wie sein kleiner Körper über den Boden geschleift wurde. Die Bestie benutzte ihn wie einen Schutzschild gegen die Hiebe mit der Hacke.*

*»Lass ihn los!«, brüllte Angelique und hob die Hacke zum nächsten Hieb über den Kopf. »Lass ihn los, du Mistvieh!« Ihre Stimme überschlug sich.*

*»Mama, was ist los?«, rief Robert, ihr Ältester, von fern.*

*Angelique wandte ihren Blick nicht von der Bestie ab. Aber sie hörte das Trampeln von Füßen auf dem Gras, als Robert mit den Hütehunden von der Scheune her angerannt kam.*

*»Töte ihn!«, schrie sie. Alles, was zählte, war das Leben ihres Kindes. Verzweifelt schlug sie mit der Hacke wieder nach dem Wolf, der so riesig war, dass seine Schultern weit über ihre Hüften gingen, doch er wich ihren Hieben geschickt aus. Angelique musste die Hacke im letzten Moment abbremsen, um nicht ihren Kleinsten zu treffen.*

*Dennoch fiepte der Wolf kurz auf. Robert hatte sich ihm von hinten genähert und ihm die eisernen Zinken seiner Heugabel in die Flanke getrieben.*

*Hugo wie eine leblose Puppe mit sich schleifend, suchte der Wolf sein Heil in der Flucht. Doch seine Beute machte ihn langsam. Die Hütehunde griffen ihn an und bissen ihn immer wieder in die Seiten.*

*Außer sich vor Angst, beobachtete Angelique, wie Robert dem Wolf folgte, die Heugabel wie eine Lanze im Anschlag. Ihr Herz hämmerte so heftig, dass sie meinte, es würde jeden Moment zerspringen. Sie lief Robert mit ihrer Hacke, an deren Blatt das Blut der Bestie klebte, hinterher.*

*Endlich ließ der Wolf den Jungen los, drehte sich herum und begann, nach den beiden Hunden zu schnappen. Dabei schützte er seine Beute, indem er über dem menschlichen Bündel stehen blieb.*

*Mit einem lauten Schrei stürzte sich Robert auf den Wolf, der seinen kleinen Bruder fressen wollte. Das Tier wich vor den spitzen Eisenzinken zurück. Mit wildem Blick suchte es nach einer Lücke im Angriff des jungen Mannes. Doch es wurde immer wieder von den Hunden gestört, die nach ihm schnappten.*

*Angelique hatte zu Robert aufgeschlossen. Sie stellte sich neben ihn und hielt die Hacke über dem Kopf. Ein wilder Schrei verließ ihre Kehle, als sie einen weiteren Schritt auf die Bestie zuging.*

*Der Wolf wich nach hinten aus, drehte sich blitzschnell um und rannte mit einer fast gespenstischen Behändigkeit davon.*

*Robert wollte ihm mit den Hunden nachsetzen, doch Angelique hielt ihn davon ab. Mit bebendem Herzen kniete sie sich vor Hugo oder das, was ihr die Bestie von ihm zurückgelassen hatte.*

***

»Die Clique hat Michaela Hase in dieser Scheune gefoltert und schließlich sogar umgebracht. Dabei hat einer von ihnen die Videokamera draufgehalten«, schloss Caspari seinen Bericht für seine Mitarbeiter. »Dieser Film taucht nun in einem Snuff-Video-Netzwerk im Darknet auf. Die Gelnhäuser Kollegen ermitteln derzeit gegen eine Gruppe von Schülern, die Mitglieder in diesem Netzwerk zu sein scheinen.«

»Was sind das für skrupellose Arschlöcher«, meldete sich Svenja Bauer empört zu Wort. »Die quälen ein Mädchen zu Tode und verticken das Video an den Meistbietenden. Danach gehen alle ihrer Wege und leben als Saubermänner, als wäre nichts gewesen.«

»Sind die Jungs auf dem Film zu erkennen?«, wollte Mario wissen.

»Nein, leider nicht. Man sieht nur Hände und Arme. Ansonsten ist der Fokus ganz auf das Opfer gerichtet.«

»Sollten wir uns das Video auch mal ansehen?«, fragte Tina.

»Das wäre nicht schlecht. Vielleicht fällt euch etwas auf, das ich übersehen habe«, stimmte Caspari zu. »Aber ich warne euch. Wir sind von unseren Serienmördern ja schon einiges gewohnt. Diesen Film solltet ihr trotzdem mit leerem Magen untersuchen.«

»Das erklärt das Gemetzel der Wolfsangriffe. Die Rache ist nicht umsonst so grausam«, erkannte Jing Jang.

»Der Tod der Wolfsopfer war gnädig im Vergleich zu dem, was Michaela Hase erleiden musste, glaubt mir«, sagte Caspari.

Gernot Schneider stand auf und streckte sich. »Na, dann wollen wir mal den letzten der Folterknechte einfangen.«

»Wisst ihr, wo ihr ihn findet?«, fragte Caspari.

»Ja, er sollte in seinem Büro sein. Eckert ist selbstständiger Architekt, der für eine große Firma arbeitet, die schlüsselfertige Häuser anbietet. Als wir gestern mit ihm reden wollten, war er gerade in Offenburg unterwegs. Jing Jang und ich hatten heute ohnehin vor, ihn zu befragen.«

»Bringt ihn hierher, ins Revier. Lasst ihn noch eine Reisetasche packen. So schnell wird er nicht wieder nach Hause kommen«, ordnete Caspari an.

»Hältst du das für eine gute Idee? Wenn er weiß, dass wir im Bilde sind, hat er während der Autofahrt Zeit, sich auf das Verhör vorzubereiten. Dann ist das Überraschungsmoment hin, und du bekommst keine spontane Reaktion mehr von ihm zu sehen, wenn du ihn mit deinem Tatverdacht konfrontierst«, gab Schneider zu bedenken.

»Ich dachte eigentlich daran, dass ihr das Packen mit Schutzhaft erklärt. Aber du hast recht«, pflichtete Caspari ihm bei, »das würde ihn auch ins Grübeln bringen. Die anderen ehemaligen Abiturienten dieses Jahrgangs werden ja auch nicht gesondert geschützt.«

»Dann ziehe ich mit unserer Jade-Prinzessin mal los«, meinte Schneider grinsend und griff nach seiner Jacke.

»Idiot«, knurrte Jing Jang, gab dann aber doch ein Lächeln preis und folgte ihm.

»Ihr beiden versucht, die verschollene Schwester von Michaela Hase ausfindig zu machen«, sagte Caspari zu Svenja und Andreas.

Als alle vier gegangen waren, saß er mit Tina und Mario allein im Gruppenraum.

»Tut mir leid, Tina«, entschuldigte er sich mit belegter Stimme.

»Vergiss es«, erwiderte sie, »ich bin schon ein großes Mädchen. Wenn du merkwürdig reagierst, kann ich damit umgehen.« Sie seufzte. »Dein Zustand macht uns allerdings große Sorgen. Ich habe dich noch nie so abwesend erlebt wie in den letzten Wochen. Du wirkst wie ferngesteuert, machst so … so mechanisch deine Arbeit, so völlig leidenschaftslos.«

Caspari unterdrückte den Impuls, ihr zu widersprechen und Ausflüchte zu suchen. Er musste sich eingestehen, dass sie recht hatte.

»Du bist im Januar fast gestorben«, erinnerte sie ihn. »Das war nicht das erste Mal, seitdem wir uns kennen.«

Caspari spreizte die Finger.

»Ich kenne keinen Menschen, der so oft so dicht am Tod dran ist wie du, ohne daran zu zerbrechen«, fuhr Tina fort.

»Was soll ich deiner Meinung nach tun? Die Woche der Auszeit scheint ja wohl nicht gereicht zu haben.«

Tina schnaubte. »Muss ich dir das wirklich erklären? Warum sperrst du dich gegen das Offensichtliche? Du bist völlig ausgebrannt. Dass du dringend eine Psychotherapie in Anspruch nehmen musst, sieht ein Blinder mit Krückstock.«

»Ich spreche noch mal mit unserem Psychologen im BKA«, gab Caspari klein bei.

Tina sah ihn mit durchdringendem Blick an. »Heute noch!«

»Ja, heute noch, versprochen«, stimmte Caspari zu. »Ich rufe ihn gleich an und frage nach einem Termin. Vorher besorge ich uns aber noch das Snuff-Video von Jürgen Jungmann.«

Er fühlte sich, als hätte ihm jemand eine Tonne Blei auf die Schultern gelegt, als er die Treppe zum Stockwerk unter ihnen hinunterging und über den Flur zu Jürgen Jungmanns Büro schlich. Er atmete tief durch und wollte gerade anklopfen, als die Tür nach innen geöffnet wurde. Eine grauhaarige Frau in Outdoorkleidung kam aus dem Büro. Beinahe wäre sie in Caspari hineingelaufen.

»Oh«, entfuhr es ihr. Sie schaute überrascht zu ihm hoch. Ein hübsches Lächeln ging von ihr aus, das Caspari zu erwidern versuchte.

Die Frau strahlte mit ihrer sportlichen Erscheinung und ihrer funktionalen Bekleidung Dynamik und Vitalität aus. Sie war auf ihre natürliche Art sehr attraktiv, fand Caspari.

Jungmann beeilte sich, ihn vorzustellen.

»Das ist Kriminaldirektor Dr. Caspari vom BKA. Er leitet jetzt die Ermittlungen bei den Wolfsmorden.«

Das Lächeln verschwand aus dem Gesicht der Frau und wich einem Ausdruck von Neugier.

»Christoph, das ist Dr. Brinkmann, unsere Wolfsexpertin.«

Caspari reichte ihr die Hand. Ihr Händedruck war für eine Frau erstaunlich fest.

»Ich habe ihren Bericht gelesen«, erklärte er, da er nicht wusste, was er sonst hätte sagen sollen.

»Das BKA also«, erwiderte Dr. Brinkmann mit einem winzigen Hauch von Ironie. »Wird Ihnen gelingen, was uns allen bisher nicht möglich war? Finden Sie Isegrims Unterschlupf?«

»Wir tun unser Bestes. Aber auch wir können nicht hexen. Haben Sie denn mittlerweile eine Spur von diesem Raubtier?«

»Nein, leider nicht«, erwiderte Dr. Brinkmann. »Gestern wurde ein Wolf auf der A 66 in Höhe Bad Soden/Salmünster totgefahren. Aber es war nicht der, den wir seit Wochen suchen.«

»Schade«, meinte Caspari.

»Schade was?« Dr. Brinkmann sah ihn herausfordernd an und gab ihrer Stimme einen Klang, der Caspari an das Schnurren einer Katze erinnerte, die wenig später ihre Krallen ausfährt und kratzt. »Schade, dass er nicht der Mörder war? Oder schade, dass ein so wunderbares Tier auf der Autobahn seinen Tod fand?«

»Beides, würde ich sagen«, antwortete er.

Dr. Brinkmann lachte kurz auf. »Herr Jungmann erklärte mir, dass Sie davon ausgehen, dass der Wolf einen Herrn hat, der ihn als Waffe benutzt. Ich kann Ihnen in diesem Fall wohl nicht länger beim Suchen nach dem Tier helfen. Mein Fachgebiet sind frei lebende Wölfe.«

»Lässt sich ein Wolf denn so instrumentalisieren, dass er diese grauenvollen Angriffe verübt?«, fragte Caspari.

»Muss ja wohl«, sagte Dr. Brinkmann. »Ich hatte so etwas eigentlich nicht für möglich gehalten, aber an diesem Fall ist ja alles außergewöhnlich. Außerdem sprechen die Haarproben und die Bissspuren eine deutliche Sprache: Es ist ein Wolf.«

Caspari wollte noch näher darauf eingehen, doch Dr. Brinkmann verabschiedete sich und ging.

Jungmann holte ihn aus seiner Trance, in der er der Kynologin nachsah. »Christoph, was gibt's?«

»Ich wollte dich bitten, mir die DVD auszuleihen, die ich Heinz und dir gegeben hatte. Du weißt schon, das Snuff-Video.«

»Ah ja«, erinnerte sich Jungmann und ließ Caspari eintreten. »Scheußliche Bilder, die man gern schnell wieder vergessen möchte.«

»Das kannst du laut sagen.«

»Wozu braucht ihr das Video?«, fragte Jungmann neugierig. »Hat es etwas mit den Wolfsmorden zu tun?«

»Es ist der Schlüssel zur Tataufklärung.«

Jungmann sah ihn überrascht an.

»Erinnerst du dich noch an den Fall Michaela Hase?«, fragte Caspari, während er sich Jungmann gegenüber auf einen Stuhl setzte.

»Das verbrannte Mädchen ... Wir beide waren noch nicht lange im Dienst.«

»Richtig. Michaela Hase ist das Folteropfer auf dem Video. Die Wolfsopfer sind durch die Bank weg Mitglieder der damaligen Schülergang, die auf der Wiese unweit der Scheune ihr Abitur ausgiebig gefeiert hat. Zwei von ihnen hat es in anderen Bundesländern erwischt.«

»Dann müsste noch einer übrig sein«, kombinierte Jungmann. »Es waren damals doch sechs Jugendliche, oder?«

Caspari nickte. »Meine Leute sind auf dem Weg, um den sechsten hierherzuholen.«

»Und du glaubst, sechs unerfahrene Schüler aus ordentlichen Elternhäusern sind fähig, einen Menschen zu Tode zu foltern und dabei auch noch zu filmen?« Jungmann war skeptisch.

»Du bist doch selbst ein erfahrener Polizist. Du weißt, wozu scheinbar anständige Menschen fähig sind. Ich habe eine Menge Fallakten über solche Leute geschrieben. Aber was ich glaube, ist jetzt erst einmal zweitrangig. Viel wichtiger ist, dass die Person, die den Wolf als Waffe benutzt, davon ausgeht, dass die Gang es war.«

Jungmann nickte, öffnete eine Schublade, holte die DVD daraus hervor und reichte sie Caspari wortlos.

Der hielt sie einen Augenblick unbewegt in der Hand. »Du kriegst sie wieder«, versicherte er schließlich.

Jungmann winkte ab. »Es eilt nicht.«

Caspari erhob sich von seinem Stuhl und ging auf die Bürotür zu.

»Christoph«, raunte Jungmann.

»Ja?«

»Nimm dir mal eine Auszeit.«

Caspari hielt inne, die Hand auf der Klinke. »Wieso?«

»Versteh mich nicht falsch. Du siehst scheiße aus.«

Caspari zwang sich zu einem ironischen Lächeln. Allmählich war die Botschaft »Du wirst bald zusammenbrechen« bei ihm angekommen. »Oh, danke.«

»Nix für ungut.«

Caspari hob zum Abschied die Hand, in der er die DVD hielt, dann verließ er den Raum. Nachdem er wieder in sein Büro zurückgekehrt war, schloss er die Tür und setzte sich an seinen Schreibtisch. Eine gefühlte Ewigkeit starrte er auf das Telefon.

Warum fiel es ihm so schwer, den Psychologen des BKA anzurufen? War es das Eingeständnis seiner Schwäche, vor dem er sich drückte? Ja, wahrscheinlich war es das, ganz egal, ob Stolz oder Scham oder beides dieses Eingeständnis boykottierten. Er fürchtete sich davor, dass jemand hinter dem Schild, den er selbst aus Disziplin, Intellekt, Kraft und Gewandtheit geschmiedet hatte, das ängstliche, pummelige Kind sah, das er im Grunde immer geblieben war.

»Furcht ist der Gegner, der einzige Gegner«, hatte Sun Tzu im fünften Jahrhundert vor Christus in seinem Werk »Die

Kunst des Krieges« geschrieben. Seydel, Casparis Kampfkunstlehrer, hatte von ihm erwartet, diese Lektüre mehrmals zu lesen, als er noch ein Teenager gewesen war.

»Hilft ja nichts«, seufzte er, griff nach dem Telefon und begann zu wählen.

***

*»Ihr glaubt nicht, welche Neuigkeiten ich vorhin vom Polizeipräfekten gehört habe.«*

*Jacques Durand nahm den Bierkrug, den ihm Chastel reichte, in beide Hände. Seine Gesichtszüge zeigten Spuren von Müdigkeit, doch in seinen Augen lag wie immer ein wacher Blick.*

*Jean Chastel stellte einen weiteren Krug für sich selbst auf den Tisch im Schankraum, in dem an diesem Abend nicht viel los war, und setzte sich seinem alten Kameraden gegenüber. »Dann lasst mal hören.«*

*»Am Hofe des Königs hat man zähneknirschend akzeptiert, dass François Antoine die Prämie für die falsche Bestie ausgezahlt wurde.«*

*»Nachdem Madame Roux im Gévaudan den Status einer Volksheldin erreicht hat, konnte man in Versailles wohl nicht länger so tun, als gäbe es das Untier nicht mehr«, gab Chastel zu bedenken. »Ihr kleiner Sohn wird davon aber auch nicht wieder lebendig.«*

*»Gewiss«, pflichtete Durand ihm bei, hob seinen Krug und stieß mit Chastel an. Beide nahmen einen tiefen Schluck.*

*»Das bedeutet, dass es in der Gegend bald wieder von jenen Gestalten wimmeln wird, die sich mit der Jagd nach der Bestie einen Namen machen und ein ordentliches Sümmchen verdienen wollen«, prophezeite Durand mit finsterer Miene. »Eure beiden normannischen Lieblingsgäste haben sich auch schon auf den Weg gemacht, wie ich hörte.«*

*Chastel stöhnte.*

*»Eure Begeisterung ist unverkennbar«, witzelte der Sergeant.*

*»Die beiden sind mir so lieb wie das Sumpffieber und die Pest zusammen«, beschwerte sich Chastel.*

*Die Eingangstür ging mit einem heftigen Ruck auf, und zwei Herren schälten sich durch den Eingang, deren Küstenakzent Chastel nur allzu vertraut war.*

*»Wenn man vom Teufel spricht ...«, seufzte er.*

***

Auf dem Weg zu seinem Büro wurde Caspari von Tina angehalten.

»Hast du einen Termin beim Psychologen bekommen?«, fragte sie mit prüfendem Blick.

»Ja«, beruhigte er sie. »Morgen Vormittag. Um zehn Uhr bin ich bei Kessler.«

»Und du machst nicht einen auf Granitblock, versprich mir das.«

»Ja, Mama«, entgegnete Caspari mit einem spöttischen Grinsen.

Tina knuffte ihn in die Rippen. »Blödbommel! Aber mal im Ernst – Jing Jang und Gernot sind vor wenigen Minuten mit Hans-Werner Eckert angekommen. Er sitzt im Warteraum.«

»Gut. Wir brauchen ein Zimmer, in dem wir ihn verhören können.«

»Im zweiten Stock gibt es so einen Raum, glaube ich«, überlegte Tina.

»Gernot soll ihn dorthin bringen und auf ihn aufpassen. Mario kennt sich mit den Aufzeichnungsgeräten am besten aus. Sag ihm bitte, dass er alles vorbereiten soll. Ich brauche noch ein paar Minuten, bis ich mit dem Verhör anfangen kann.«

»Musst du dir noch eine Strategie überlegen?«, fragte Tina.

»Nein, keine Sorge, die habe ich schon«, beruhigte er sie.

Tina sah ihn neugierig an.

»Wir werden das konfrontativ angehen.«

»Nichts für zartbesaitete Gemüter«, warf sie ein.

»Darauf kann ich keine Rücksicht nehmen. Eckert ist kein intellektueller Klappstuhl. Ihm dämmert zumindest allmählich, worum es geht. Ich muss ihn dazu kriegen, die Wahrheit zu sagen, bevor er zu denken anfängt.«

Wenig später trat Caspari durch die schallgedämmte Tür in den Verhörraum. Sein Notebook hatte er sich unter den Arm geklemmt. Eckert saß am Tisch über eine Tasse Kaffee gebeugt. Als er Caspari hörte, drehte er sich herum. Gernot Schneider und Tina saßen etwas abseits des Tisches und beobachteten ihn. Mario war damit beschäftigt, die letzten Einstellungen an der Videokamera vorzunehmen.

»Guten Tag, Herr Eckert. Mein Name ist Christoph Caspari. Ich leite die Ermittlungen in den Wolfsmordfällen«, stellte er sich vor. Dabei bemühte er sich um ein einnehmendes Lächeln. Eckert sollte sich in Sicherheit wiegen, wenn der Schuss vor den Bug ihn traf.

***

*Das Nackenfell der Jagdhunde stellte sich alarmiert auf. Der größte von ihnen bleckte die Zähne und stieß ein tiefes Knurren hervor. Eines musste Chastel den d'Ennevals lassen: Ihre speziell für die Wolfsjagd gezüchteten und ausgebildeten Hunde waren beeindruckend.*

*Er beobachtete interessiert, mit welcher Taktik die beiden vorgingen. Mit einigen Handzeichen und Armbewegungen dirigierten Jean-Charles und Martin d'Enneval die Tiere, die daraufhin ausschwärmten. Sie bildeten einen Kreis, den sie langsam enger zogen. Was auch immer sie in der Mitte hatten, saß in der Falle.*

*Es waren keine gewöhnlichen Jagdhunde. Diese Tiere waren wesentlich stämmiger und besaßen mehr Schulterhöhe als*

*Chastels Hunde. Für die herkömmliche Art der Jagd taugten sie wahrscheinlich weniger. Mit einem ausgewachsenen Wolf konnten sie es aber aufnehmen, vermutete Chastel. Die Narben, die als helle Stellen in ihrem kurzen Fell sichtbar waren, zeigten die Erfahrungen, die sie in dieser Hinsicht gesammelt hatten.*

*Die d'Ennevals hatten ihre Gewehre im Anschlag. Chastel ließ seines im Sattelholster. Es war ihre Jagd und ihr Kampf. Er hatte nur die Rolle des ortskundigen Begleiters inne und glaubte ohnehin nicht, dass sie die Bestie erwischten. Sie war viel zu schlau, als dass sie sich so leicht fangen ließ.*

*Plötzlich tauchte ein Wolf auf. Es war ein Tier von durchschnittlicher Größe, das versuchte, dem tödlichen Ring, der sich mit gnadenloser Präzision zuzog, mit einem gewaltigen Sprung zu entkommen.*

*Es knallte zweimal laut. Die Kugeln aus den Gewehren der d'Ennevals beendeten den Fluchtversuch auf eine ebenso nüchterne wie gnadenlose Art. Der Wolf fiel zu Boden, wo er regungslos liegen blieb. Im Schießen waren Vater und Sohn offenbar ebenso gut wie ihre Hunde bei der Wolfsjagd.*

*»Einer weniger«, kommentierte Martin d'Enneval mit einem zufriedenen Lächeln.*

*Chastel verkniff sich eine Erwiderung. Die Irokesen in Neu-Frankreich lebten mit der Natur. Sie achteten immer darauf, dass ein Gleichgewicht darin herrschte. Die Wölfe waren ein wichtiger Teil der Wildnis. Wer würde die verendeten Tiere im Wald fressen oder die Füchse und Waschbären im Zaum halten, wenn sie nicht mehr da waren?*

***

»Ich möchte Ihnen etwas zeigen«, sagte Caspari, nachdem er sich gesetzt hatte, und klappte den Rechner auf. Als das Gerät den Film abzuspielen begann, drehte er das Notebook zu Eckert.

Dessen Augen weiteten sich vor Entsetzen. Er wand sich auf seinem Stuhl, dann drehte er den Kopf weg und kniff die Augen zusammen.

»Hören Sie auf, in Gottes Namen!«, flehte er.

»Eigentlich wollte ich Ihnen noch die Stelle zeigen, an der jemand einen glühenden Draht in den rechten Augapfel des Mädchens sticht«, provozierte Caspari.

Eckert beugte sich vor und übergab sich in den Mülleimer, der neben dem Tisch stand. Mit fahrigen Fingern stellte er den Eimer wieder ab und griff in eine Sakkotasche, aus der er ein Taschentuch beförderte, mit dem er sich den Mund und das Gesicht abwischte.

Jing Jang nahm angewidert den Eimer und ging damit zur Tür. »Ich hole Ihnen ein Glas Wasser«, versprach sie.

»Wir kennen uns, Herr Eckert«, setzte Caspari nach. »Vor zwanzig Jahren haben wir uns schon einmal gesehen. Sie erinnern sich? 1996? Die brennende Scheune, das Skelett von Michaela Hase? Das war einer meiner ersten Einsätze als Polizist. Sie waren einer der Abiturienten, die in nicht allzu großer Entfernung der Scheune ihre bestandenen Prüfungen sehr feuchtfröhlich gefeiert haben.«

Eckert starrte ihn sprachlos an.

Seine Augen sind so groß wie Bierdeckel, dachte Caspari.

»Der Fall wurde nie aufgeklärt«, sagte er. »Auch wusste niemand wirklich, ob oder was Sie mit diesem Tod zu tun hatten. Dann, zwanzig Jahre später, fällt uns durch göttlichen Willen oder Zufall, ganz wie Sie wollen, dieses Filmmaterial in die Hände. Damit lichtet sich der Nebel um diesen Fall.«

»Ich dachte, ich wäre hierhergekommen, um wegen der Wolfsmorde befragt zu werden«, stotterte Eckert.

»Das stimmt«, entgegnete Caspari. »Nichts anderes tun wir hier und jetzt.«

»Ich verstehe nicht.«

»Alexander Steffens, Uwe Scholz, Bernd Altmeier, Joachim Wilhelm und Thomas Schnitzer«, zählte Caspari auf.

»Diese fünf Männer sind Opfer des Wolfes geworden. Alle fünf haben mit Ihnen gemeinsam vor zwanzig Jahren ihr Abitur gefeiert. Dieser Videofilm stellt eine Verbindung zwischen dem Tod des Mädchens und dem Ihrer früheren Schulkameraden her, finden Sie nicht?«

Eckert trank das Glas Wasser, das Jing Jang ihm auf den Tisch gestellt hatte, in einem Zug aus. Stumm starrte er eine Weile ins Leere.

»Herr Eckert«, übernahm Tina mit einfühlsamer Stimme, »helfen Sie uns, die Morde an Ihren Kameraden zu verstehen. Wir müssen diese Fälle aufklären, bevor noch mehr Menschen sterben.«

»Wer soll denn sonst noch drankommen?«, rief Eckert nervös. »Wenn Sie recht haben, bin ja wohl nur noch ich übrig.«

»Die beiden Lehrer, unter deren Aufsicht die Klassenfahrt damals stattfand, stehen unter Polizeischutz«, log Tina. »Wer weiß, ob sich der Herr des Wolfs nicht auch noch an den Polizisten rächen will, die den Tod des Mädchens nicht aufklären konnten.«

»Sie mutmaßen doch nur, dass die Wolfsmorde mit der brennenden Scheune von vor zwanzig Jahren zu tun haben«, wehrte sich Eckert.

»Es sind mehr als Mutmaßungen«, widersprach Caspari. »Das sind Indizien.«

»Fakt ist, Sie können nicht beweisen, dass wir etwas mit der brennenden Scheune zu tun hatten«, erwiderte Eckert, der die Fassung wiedererlangt hatte.

»Das stimmt. Wir haben eigentlich Polizeischutz für Sie angedacht. Als Konsequenz daraus, dass wir mit der Kombination völlig falschliegen, würde der früher oder später allerdings wieder abgezogen werden.«

Eckert fuchtelte mit fahrigen Fingern in der Luft. »Das können Sie nicht tun!«

»Doch, das können wir. Und das werden wir auch tun«, versicherte Caspari.

»Herr Eckert«, griff Tina ein, »suchen Sie sich einen Anwalt und sprechen Sie mit ihm die Situation durch.«

»Einen Anwalt? Wozu?«, stammelte er. Die Angst stand ihm ins Gesicht geschrieben. »Ich habe nichts getan. Diesen Film habe ich heute zum ersten Mal gesehen.«

»Wenn das so ist, haben Sie nichts zu befürchten. Dann können Sie uns erzählen, was damals wirklich geschehen ist«, konterte Caspari, immer noch autoritär.

»Sie haben recht«, versuchte Tina die Wogen zu glätten, »wir können Ihnen nichts nachweisen. Uns rennt die Zeit davon. Denn die Bestie und ihr Meister laufen frei herum. Deshalb bitten wir Sie, sich heute noch mit einem Anwalt zu beraten. Wir sind auf Ihre Mithilfe angewiesen. Schließlich müssen wir ja auch Sie schützen können.«

»Mein Schwager ist Rechtsanwalt«, lenkte Eckert ein. »Wenn Sie damit einverstanden sind, rufe ich ihn jetzt an. Falls er nicht gerade anderweitig beschäftigt ist, wird er mich beraten.«

Caspari nickte. »Selbstverständlich.«

Als Eckert in den Flur gegangen war, um zu telefonieren, sah Tina Caspari missbilligend an. »Was war das denn eben?«

»Konfrontative Befragungsmethode«, antwortete er.

»Quatsch«, fauchte Tina. »Du hast ihn ungespitzt in den Boden gerammt. Wenn ich nicht eingegriffen und es nach dem Spiel ›Guter Bulle, böser Bulle‹ hätte aussehen lassen, wären wir jetzt unseren wichtigsten Zeugen los.«

Caspari winkte stur ab. »Ich statte Svenja und Andreas einen kurzen Besuch ab, während dieses Unschuldslamm im Flur mit seinem Anwalt telefoniert. Mal sehen, ob die beiden etwas über die Schwester von Michaela Hase in Erfahrung bringen konnten. Falls Eckert in der Zwischenzeit zurückkommt, könnt ihr mit der Befragung fortfahren. Ihr kriegt das ja offensichtlich besser hin als ich.«

Er hatte in einem härteren Tonfall gesprochen, als es seine Absicht gewesen war. Während er aufstand, entging ihm nicht, dass Tina das Kinn heruntergefallen war. Mario sah ihn entsetzt an, Jing Jang und Schneider starrten betreten zu Boden.

Warum war ihm ihre Reaktion gleichgültig? Er hatte Eckert verbal mit dem Hackklotz bearbeitet und anschließend noch seine Mitarbeiter und Freunde ordentlich abgewatscht, und es ging ihm drei Meter am Hintern vorbei. Gereizt kam er in Svenjas und Andreas' Büro.

»Habt ihr was für mich?«, fragte er, um Fassung bemüht.

»Weniger als nichts, Boss«, gestand Andreas schulterzuckend ein. »Michaela Hases Onkel und Tante befinden sich seit einigen Wochen in den USA, wo sie ihren Sohn besuchen, der Firmengründer eines Start-up-Unternehmens im Silicon Valley ist. Von der älteren Schwester Maria fehlt jede Spur. Auch die alten Herrschaften haben keine Ahnung, was mit ihrer Nichte geschehen ist. Vor neunzehn Jahren tauchte sie zum letzten Mal mit einem Work-and-Travel-Visum in Australien auf. Danach verschwand sie spurlos. Sie buchte einen Flug von Sydney nach Tokio, den sie aber nie angetreten hat.«

»Merkwürdig, findet ihr nicht?«, kommentierte Caspari. »Entweder endete sie als Krokodilfutter, oder sie lebt mit einer neuen Identität unerkannt irgendwo weiter …«

»… und rächt sich auf grauenvolle Weise an den ehemaligen Schülern, die sie für schuldig hält«, führte Svenja seinen Gedanken zu Ende.

»Es gab damals nichts, was auf die sechs Jungs hingedeutet hätte. Wie sollte eine verschollene Schwester darauf kommen, dass sie Michaela zu Tode gefoltert haben?«

Caspari schüttelte den Kopf. »Nein, das ist allzu konstruiert. Außerdem müssten wir mit unserem Täterprofil völlig falschliegen, wenn Svenja recht hätte. Wir gehen von einem Mann als Meister des Wolfes aus. Nichtsdestotrotz – versucht noch einmal, an die Passagierlisten der Schiffs- und Fluglinien der letzten fünf Jahre zu kommen, die von Australien aus starteten. Aber beißt euch nicht allzu sehr daran fest. Ich möchte nicht, dass wir uns in eine Sackgasse manövrieren. Daneben müsst ihr die Fallakte noch einmal akribisch durcharbeiten. Zwischen den Aktendeckeln liegt die Antwort auf die Frage, wer als Rächer für Michaela Hase in Frage kommt.«

Im Flur ein Stockwerk tiefer war Eckert nicht mehr zu sehen. Missmutig betrat Caspari den Verhörraum.

Tina sprach mit Eckert, während die anderen drei aufmerksam zuhörten. Irgendjemand hatte zwischendurch einen neuen Mülleimer in den Raum gestellt und gelüftet.

»Mein Schwager sagte mir, dass ich nicht für das Verbrechen an dem Mädchen belangt werden könne.«

»Das ist richtig«, pflichtete Mario bei. »Der Staatsanwalt ist derselben Meinung. Sie waren damals in einem Alter, in dem für Sie das Jugendstrafrecht galt. Nach zwanzig Jahren ist das Verbrechen somit verjährt. Außerdem können wir Ihnen die Beteiligung an der Folterung und Ermordung nicht nachweisen.«

»Um es noch einmal klar und deutlich zu sagen«, betonte Eckert. »Ich habe mich daran weder beteiligt, noch wusste ich etwas darüber. Die anderen fünf haben mir verheimlicht, was sie getan haben. Sie hatten Angst, ich könnte in den Verhören den Mund nicht halten. Was sie dem armen Mädchen angetan haben, ist einfach nur abscheulich und durch nichts zu rechtfertigen.«

»Lassen Sie uns von vorn beginnen«, drängte Caspari, sehr um eine mildere Stimmfarbe bemüht. Bei aller schlechten Laune wollte er die Freundschaft zu Tina und Mario doch nicht aufs Spiel setzen. »Von den Angehörigen der Opfer wissen wir, dass die Abi-Gang von früher nach der Schulzeit offensichtlich keinen Kontakt mehr zueinander hatte. Keine Partnerin kannte eines der anderen Opfer. Wie kam diese Clique damals zustande?«

»Es stimmt, dass wir nicht wirklich befreundet waren. Wir kannten uns, weil wir zu derselben Tutorengruppe gehörten.«

Jing Jang sah Schneider fragend an.

»Klassenkameraden«, flüsterte der ihr zu.

»Bei der Abschlussfahrt nach Wien waren wir Zimmergenossen in der Jugendherberge«, fuhr Eckert fort. »Wir hatten viel Spaß miteinander. Also lag es nahe, dass wir uns nach den Prüfungen ein paar verrückte Tage miteinander gönnten. Bernds Opa besaß das Grundstück in Lanzingen, Joachims Mutter hatte einen kleinen Getränkevertrieb zu Hause, Thomas und Uwe fuhren schon ein eigenes Auto, und Alex hatte sich die Videokamera von seinem Vater geliehen. Die hatte schon die kleinen Kassetten und war nicht mehr so klobig wie die älteren Modelle.«

»Was war Ihr Beitrag zu der Feier im Grünen?«, hakte Caspari nach.

Eckert atmete geräuschvoll ein und sah ihn eine Weile stumm an. »LSD«, stieß er schließlich hervor.

»Wie kam das?«, fragte Mario.

»Mein Bruder studierte Chemie. Meine Eltern hatten es finanziell nicht so dicke. Mein Bruder, meine Schwester und ich mussten uns während des Studiums noch etwas hinzuverdienen. Emil vertickte selbst gemixtes LSD und Ecstasy auf Löschblättchen zum Lutschen in einem kleinen und überschaubaren Kreis. Er war sehr vorsichtig, damit die richtigen Dealer nicht auf ihn aufmerksam wurden. Da waren wir also, sechs Klassenkameraden, die ihr Abitur auf einer Wiese am Waldrand miteinander feierten. Im Schatten türmten sich die Bierkästen, wir saßen am Lagerfeuer, lachten, blödelten und soffen.«

Eckert ließ ein kleines Grinsen zu.

»Der Geruch von abgestandenem Bier war morgens in den Zelten gewaltig. Wenn wir halbwegs aus den Augen gucken konnten, sind wir nach Bieber ins Freibad gefahren. Duschen, ein bisschen Körperhygiene, verstehen Sie? Dort haben wir die Schulklasse von Michaela zum ersten Mal gesehen. Das Mädchen ist uns gleich aufgefallen. Sie war bildhübsch. Wir versuchten, sie auf uns aufmerksam zu machen. Natürlich glaubten wir, wir seien die Größten.«

Er lachte bitter.

»Am Tag darauf wanderte die Klasse an unserem kleinen Camp vorbei. Michaela kam mit ein paar anderen Mädchen zu uns und plauderte, bis die Lehrer sie wieder zurückpfiffen. Wir riefen ihr zu, sie sei jederzeit eingeladen. Es rechnete ja niemand ernsthaft damit, dass sie tatsächlich kommen würde. An diesem Abend lutschten wir zum ersten Mal die LSD-Blättchen. Das war eine unglaubliche Erfahrung. Wir waren die halbe Nacht wach. Heute blicke ich mit Angst und Entsetzen auf das zurück, was ich unter dem Einfluss dieser Droge fühlte und erlebte. Am nächsten Abend wollten wir das wiederholen. Mitten in der Nacht stand plötzlich Michaela neben unserem Lagerfeuer. Sie war in der Jugendherberge aus dem Fenster gestiegen und im Licht einer Taschenlampe den Weg zu uns gelaufen. Wir gaben ihr ein Bier und redeten völlig überdreht mit ihr. Irgendwann fragte sie uns, ob wir nicht noch etwas anderes hätten. Nur vom Bier, fand sie, wäre man doch nicht so gut drauf. Ich gab ihr ein halbes Blättchen LSD. Es dauerte nicht lange, und sie war genauso überdreht wie wir. Nach einer Weile schlug Bernd vor, zu einer alten Scheune in der Nähe zu gehen. Dort wäre es echt gruselig mitten in der Nacht. Alex rief so etwas wie: ›Super, das machen wir! Ich nehme die Kamera mit. Wir drehen unseren eigenen Horrorfilm.‹«

»Was hat er denn damit gemeint?«, fragte Tina.

»Keine Ahnung«, gestand Eckert. »Wahrscheinlich war es einfach LSD-Gebrabbel. Ich wollte zwar auch mitgehen, konnte aber kaum noch aufstehen. Zu viel Bier, wissen Sie? Ich bin auf allen vieren unter die Bäume gekrochen, um …« Er machte eine Pause.

»Um zu kotzen«, beendete Schneider den Satz. »Wer Alkohol in Verbindung mit LSD konsumiert, merkt die Wirkung des Alkohols meist erst viel zu spät.«

»Dem war wohl so«, meinte Eckert und zog seine Mundwinkel nach unten. »Als ich wieder zum Lagerfeuer zurückgekrochen kam, waren die anderen schon ohne mich losgezogen. Ich legte mich in meinen Schlafsack, war noch eine ganze Weile wach und schlief dann endlich ein. Von dem Feueralarm bekam ich gar nichts mit. Erst als ein Polizist am Morgen das Zelt aufmachte und sich darüber beschwerte, dass es bei uns wie in einem leeren alten Bierfass stinken würde, kam ich wieder zu mir. Zu diesem Zeitpunkt wusste ich rein gar nichts. Ich war auch noch viel zu betrunken, um mich nach dem Mädchen zu erkundigen. Später dann nahm mich Alex auf die Seite. ›Kein Wort über Michaelas Besuch letzte Nacht‹, flüsterte er. ›Wenn rauskommt, dass wir nicht nur LSD genommen, sondern ihr auch welches gegeben haben, hängt unser aller Arsch im Wind. Der von deinem Bruder auch.‹ Ich wollte wissen, was in der Nacht passiert war. Er sagte nur: ›Keine Ahnung. Wir waren alle ziemlich krass drauf. Es gab einen Unfall. Die Scheune brannte, und Michaela war noch drinnen. An mehr kann ich mich nicht erinnern.‹ Alex wiederholte noch einmal seine Warnung, nichts zu sagen. Mehr habe ich wirklich nicht mitbekommen. Das schwöre ich!«

»Sonst ist Ihnen nichts aufgefallen?«, fragte Tina.

»Nein, außer dass Alex von unserem Latrineneck am Waldrand mit der Videokamera zurückkam, nachdem die Polizei fort war. Als ich ihn fragte, ob er sich beim Kacken filmte, ging er nicht darauf ein, sondern packte die Kamera wortlos in seine Sporttasche. Hinter ihm kam Bernd, der ihre Klamotten aus einem Versteck geholt hatte. Ich erinnere mich, dass sie klatschnass waren. Bernd meinte, sie hätten sich im Rausch in die Bieber gelegt, anschließend die nassen Klamotten dort liegen lassen und wären nackt zurückgelaufen, während ich im Zelt lag.«

»Die Bieber?«, fragte Tina.

»Ein Bach«, erklärte Caspari. »Das erklärt, warum wir damals keine Spuren von Brandbeschleuniger im Zeltlager finden konnten. Die Kleider, an denen sich wahrscheinlich Reste davon befanden, lagen abseits am Bachufer.«

»Und Sie haben seither tatsächlich nie erfahren, was in der Scheune wirklich geschehen ist?«, fragte Jing Jang ungläubig.

»Nachdem die Polizei unsere Aussagen aufgenommen hatte, haben wir im Schatten der Bäume geschlafen, bis wir wieder einigermaßen nüchtern waren. Dann haben wir zusammengepackt und sind nach Hause gefahren. Wir liefen uns auf dem Polizeirevier zwar oft über den Weg, weil wir dauernd befragt wurden. Geredet haben wir dort allerdings nie miteinander. Bei der Abiturfeier der Schule redete ich zum ersten Mal wieder mit den anderen, danach gar nicht mehr. Von der Folterung des Mädchens durch meine Klassenkameraden habe ich erst erfahren, als sie mir den Film vorhin zeigten.«

»Kam Ihnen nie der Verdacht, dass Ihre Mitschüler etwas mit dem Tod des Mädchens zu tun haben könnten?«, fragte Caspari.

»Doch«, gestand Eckert. »Aber ich habe meinen Mund gehalten. Ich wollte nicht riskieren, dass die Polizei meinen Bruder und mich wegen des LSD drankriegt.«

Caspari ließ seinen Blick durch die Runde wandern. »Noch irgendwelche Fragen?«

Alle schüttelten den Kopf.

»Herr Eckert«, nahm Caspari den Gesprächsfaden wieder auf, »ich empfehle Ihnen dringend, sich von uns in ein Haus bringen zu lassen, das vom BKA bewacht und gesichert wird.«

»Wie lange soll ich darin bleiben?«, fragte Eckert mit belegter Stimme.

»So lange, wie wir brauchen, um dem Wolf und seinem Herrn das Handwerk zu legen.«

»Aber meine Familie«, wandte Eckert ein.

»Sie darf nicht wissen, wo wir Sie hinbringen. Besuche sind auch nicht möglich. Wir gehen davon aus, dass der Täter Ihr Haus beobachtet und Ihre Lebensumstände kennt. Für Ihre

Frau und Ihre Kinder besteht keine Gefahr. Der Mörder ist nur an den sechs Mitgliedern der damaligen Clique interessiert. Zur Sicherheit wird aber regelmäßig ein Streifenwagen bei Ihrer Familie nach dem Rechten sehen«, beruhigte ihn Caspari.

Auf Hans-Werner Eckerts Gesicht spiegelte sich das blanke Entsetzen. Nach einer Weile, in der die Stille den Raum zu erdrücken schien, nickte er endlich zustimmend.

»Die Kollegen Fang und Schneider fahren mit Ihnen nach Hause zum Packen und bringen Sie dann in das gesicherte Haus«, erklärte Caspari. »Sie werden Sie auf dem Weg in Ihr Versteck mehrmals umsteigen lassen und noch andere Methoden gebrauchen, um zu verhindern, dass der Besitzer des Wolfs Ihnen folgen kann.«

Eckert erhob sich mit gequältem Gesichtsausdruck. Wie ein geprügelter Hund folgte er Jing Jang und Gernot Schneider.

»Glaubst du ihm?«, fragte Tina Caspari, nachdem die Tür sich geschlossen hatte. »Glaubst du, dass LSD eine Gruppe harmloser Schüler in solche Bestien verwandelt?«

»Ich bin kein Experte auf diesem Gebiet«, gestand Caspari, »aber nach allem, was ich über diese Droge weiß, liegt das durchaus im Bereich des Möglichen.«

»Und seine eigene Unschuld? Ich weiß ja nicht. Kaufst du ihm das ab?«

»Ich bin geneigt, es zu tun«, gab er zu. »Der Alkoholtest, der damals am Morgen bei ihm gemacht wurde, zeigte noch zwei Promille. Er muss nachts ziemlich betrunken gewesen sein.«

»Zu betrunken, um bei der Folterung dabei zu sein?«, fragte Mario kritisch.

»Das werden wir wohl nie erfahren. Beweisen können wir es auch nicht. Verjährt ist es außerdem«, resümierte Caspari.

»Ich werde mir den Film noch einmal anschauen. Vielleicht kann ich herausfinden, wie viele Personen dabei mitgemacht haben«, versprach Mario.

»Woran willst du das erkennen?«

»An den Händen, die zu sehen, und an den Stimmen, die zu hören sind.«

»Was macht es für einen Unterschied, wenn du es weißt?«, fragte Caspari, dem das als ein sinnloses Unterfangen erschien.

»Ich helfe lieber einem Unschuldigen als einem Arschloch«, gab er gereizt zurück.

»Tut mir leid. Es war nicht so gemeint«, entschuldigte sich Caspari.

»Christoph, fahr heim«, empfahl Tina mit Sorge in der Stimme. »Schnapp dir Camillo und dreh eine große Runde durch den Wald. Und lass dich erst wieder hier blicken, wenn du beim BKA-Psychologen warst.«

»Ich tue mich schwer, euch diese Arbeit aufzubürden.«

»Ja, ja, der Herr Doktor und sein verdammtes Pflichtbewusstsein«, frotzelte Tina. »Ganz ehrlich: Wir kriegen das hin. Immerhin hatten wir einen guten Lehrmeister.« Sie boxte Caspari freundschaftlich gegen den Arm. »Ich meine dich, du Dollbohrer.«

***

Als Clara die Tür des Zimmers öffnete, war sie überrascht, Jannik durch den Raum laufen zu sehen. Leicht vorgebeugt ging er langsam auf und ab. In seinem Gesicht hatten sich die Blutergüsse großflächig ausgebreitet. Ein grünbrauner Schatten hatte sich von der Stirn über beide Jochbeine bis hin zur Nase ausgebreitet. Die Tamponagen waren aus den Nasenlöchern entfernt worden.

»Hallo, Jannik«, begrüßte sie ihn.

»Frau Frank, hallo.«

Janniks Stimme klang schon wieder so lebensfroh, wie sie es von ihm kannte. Vorsichtig schlurfte er zu seinem Bett und setzte sich darauf.

Clara setzte sich auf den Besucherstuhl und sah sich im Zimmer um. Auf dem Fensterbrett und dem Tisch waren unzählige Karten aufgestellt. Jannik folgte ihrem Blick.

»Die hat meine Mutter mitgebracht und hier aufgebaut«, erklärte er.

»Du bist sehr beliebt«, stellte Clara fest.

»Ja. Mit so vielen Genesungswünschen hätte ich gar nicht gerechnet.«

»Deine Mitschüler sind entsetzt über das, was dir zugestoßen ist.«

»War ja auch echt 'ne krasse Nummer. Dass so ein Überfall an unserer Schule möglich ist, hat keiner gedacht.«

»Das ist wohl wahr.«

»Wie geht es jetzt weiter, Frau Frank?«

»Na ja, es läuft eine Ermittlung, in deren Fokus die Gang steht, die dich schon die ganze Zeit gemobbt hat. Mehr weiß ich auch nicht.«

»Das meine ich nicht.«

Jannik betrachtete mit gesenktem Blick das Muster des Fußbodenbelags.

»Sondern?«, fragte Clara.

»Ich weiß nicht, ob und wie ich wieder zurück in die Schule gehen kann. Alles darin erinnert doch an diesen Überfall.«

»Du hast Angst. Das kann ich gut verstehen. Es wird noch eine ganze Weile dauern, bis du das Trauma von der Attacke auf dich verarbeitet hast. Nimm dir die Zeit, die du dafür brauchst«, ermutigte sie ihn.

»Ich träume nachts davon, wissen Sie«, sagte Jannik. »Von dem Angriff der Clowns auf mich, meine ich. Der Schmerz, den die Faustschläge und Fußtritte verursachen, fühlt sich dann so echt an. Und diese Horrorclownsmasken, dieses fiese leise Kichern – ich krieg das nicht aus meinem Kopf.« Jannik knetete seine Hände.

Er tat Clara leid. Niemand sollte eine solche Erfahrung machen müssen, schon gar nicht so nette Jugendliche. Sie legte ihre Hand auf seinen Arm. Mit unruhigem Blick sah er sie an.

»Wird das wieder besser?«, fragte er. »Hört das jemals wieder auf?«

Sie nickte. »Ja, das wird es. Aber nicht von einem auf den anderen Tag. Es wird Zeit brauchen, bis du dieses schreckliche Erlebnis verarbeitet hast und das Vertrauen ins Leben wiederfindest. Der Angriff hat nicht nur deinen Körper, sondern auch deine Seele verletzt. Der Körper heilt schneller. Die Seele braucht vor allem eines: Zeit.«

Jannik schien sich ganz sicher sein zu müssen. Er wiederholte seine Frage. »Aber es wird wieder?«

»Ja«, bestätigte Clara noch einmal. »Mit der Hilfe eines guten Therapeuten, deiner Familie und deiner Freunde wirst du das alles gut verarbeiten. Da bin ich mir ganz sicher.«

»Danke«, sagte Jannik leise, fast flüsternd.

***

Nachdem Caspari sich zu Hause umgezogen und Camillo gerufen hatte, ging er mit ihm im Wald spazieren, der sich um den Weiher herum erstreckte. Die Sonne schien durch das junge, frische Grün der Blätter, die Luft war erfüllt vom Summen der Bienen und dem Gezwitscher der Vögel. Die letzten Maitage zeigten sich von ihrer besten Seite.

Doch alles das konnte Caspari nicht spüren. Die Welt um ihn herum schien sich in eine schwarz-weiße Fotografie verwandelt zu haben. Grautöne tauchten den herrlichen Nachmittag in eine deprimierende Tristesse.

Während Camillo fröhlich auf dem Waldweg hin und her rannte und an den Sträuchern schnüffelte, drangen finstere Gedanken auf Caspari ein.

Was bin ich schon?, fragte er sich. Eine Enttäuschung! Ein Schauspieler, der der Welt jahrelang vorgemacht hat, wie wichtig er ist. Und jetzt ist der Lack ab. Alle können es ganz leicht sehen. Ich bin überflüssig. Noch nicht einmal eine Befragung kriege ich ohne einen Eklat hin. Ich kann nicht mehr. Mein Pulver ist verschossen. Ich will auch nicht mehr.

Ein Gefühl von Heimweh regte sich mit Macht und wühlte in Casparis Magengegend. Er sehnte sich, aber wonach? Nach einem anderen Leben? Nein, das war es nicht. Vielmehr hatte er ein unglaubliches Heimweh nach Ruhe, nach dem Ende aller Selbstvorwürfe, aller Erfahrungen von Versagen und Kränkungen.

Er fühlte sich innerlich ausgezehrt. Da war mit einem Mal ein schwarzes Loch in ihm, das alle positive Energie, alle guten und schönen Gefühle und Gedanken ansog und verschlang. Das Atmen fiel ihm schwer. Das Loch fraß ihn auf, verschlang ihn mit Haut und Haaren. Seine Glieder taten ihm weh, als es alle Energie daraus aufsaugte. Immer heftiger, mit immer mehr Macht wurde er in dieses schwarze Nichts hineingezogen, unaufhaltsam und unfähig, sich dagegen zu wehren.

Caspari ging in die Hocke. Das Stehen kostete ihn zu viel Kraft. Sein Atem kam und ging stoßweise. Wie sollte er den Sog aufhalten, der ihm alle seelische und körperliche Energie nahm? Er wusste sich keinen Rat.

Das schwarze Loch in ihm nahm an Kraft zu. Er schloss die Augen und überließ sich ganz und gar dem Gefühl. Etwas Feuchtes glitt über sein Gesicht. Erst einmal, dann immer wieder. Mühsam öffnete er die Augen.

Camillo stand vor ihm und leckte ihm mit Hingabe das Gesicht. Caspari hielt es für eine normale Reaktion, wenn er jetzt lächeln würde. Doch diese Regung war aus seinem Repertoire verschwunden. Nur ein kleiner Schatten war davon übrig geblieben. Und auch der würde vom schwarzen Loch verschlungen – früher oder später.

Gequält kraulte Caspari Camillo hinter den Ohren. Langsam erhob er sich wieder und schleppte sich den Weg zurück zum Weiherhof, der sich wie eine halbe Ewigkeit anfühlte. Keuchend stieg er die Treppe zum Schlafzimmer hinauf.

Im Bett zu liegen verschaffte ihm körperliche Erleichterung. Seelisch fühlte er sich völlig ausgemergelt. Nichts wünschte er in diesem Moment mehr, als dass es aufhörte.

Warum halte ich das eigentlich aus?, fuhr es ihm durch den Kopf. Für wen oder was ertrage ich das alles denn noch?

Der Gedanke, seine Dienstwaffe zu nehmen, sie sich in den Mund zu schieben und abzudrücken, war verführerisch. Er versprach Linderung aller Qual, die ihn auffraß.

Einen Moment lang war Caspari versucht, sich aus dem Bett zu hieven und sich zu dem kleinen Safe in seinem Arbeitszimmer zu schleppen, in dem seine Heckler & Koch eingeschlossen war. Es war nicht das Gefühl unerträglicher Erschöpfung, das ihn davon abhielt. Lukas und Clara erschienen vor seinem inneren Auge, traurig und in Tränen aufgelöst. Besonders der Anblick seines Sohnes tat Caspari so unendlich weh, dass er selbst fast geweint hätte.

Nein, ich darf nicht!, schrie alles in ihm gegen die verlockenden Verheißungen der Finsternis an.

Er bekam nicht mit, wie Clara nach Hause kam, hörte nicht, wie sie rief. Als sie ihn fand, lag er mit angezogenen Beinen da und starrte apathisch aus dem Fenster des Schlafzimmers.

***

*»Euer Vater scheint den Spaß an der Wolfsjagd verloren zu haben.«*

*Selbstgefällig saß Martin d'Enneval auf seinem Pferd und übergoss seinen Vater und sich selbst mit so viel Eigenlob, dass Antoine Chastel schon glaubte, einen schmierigen Glanz auf dem Großkotz zu sehen.*

*»Unser Vater ist ein viel beschäftigter Mann«, entgegnete er verärgert. »Ein Gasthaus führt sich nicht von allein.«*

*»Deshalb schickt er uns euch Grünschnäbel mit«, raunte d'Enneval senior gerade so laut, dass Antoine und Pierre es hören konnten.*

*Pierre setzte zu einer zornigen Erwiderung an, doch sein Bruder, der neben ihm ritt, legte die Hand auf seinen Arm.*

*»Nicht«, flüsterte er. »Du weißt, was Vater gesagt hat.«*

*»Ja, ja, wir sollen uns nicht provozieren lassen«, zischte Pierre zwischen seinen zusammengebissenen Zähnen hindurch. »Viel lieber würde ich eine ganze Herde Ziegen melken, als mit diesen Schnöseln durch die Wälder zu ziehen und für nichts und wieder nichts im Sattel zu sitzen und mir Blasen am Hintern zu holen.«*

*»Ihr investiert enorm viel Zeit und Geld in diese Jagd, Monsieur«, rief Antoine Jean-Charles d'Enneval zu. »Lohnt sich dieser Aufwand überhaupt für Euch?«*

*»Natürlich, mein Junge«, antwortete d'Enneval senior in herablassendem Ton. »Die Belohnung, die der König erneut ausgesetzt hat, ist mehr als angemessen.«*

*»Wenn Ihr die Bestie erlegt«, hielt Pierre trotzig dagegen.*

*»Wenn sich jemand in Frankreich mit der Wolfsjagd auskennt, dann sind das mein Sohn und ich!«*

*Pierre hatte genug von diesem Pfau, dessen Selbstverliebtheit auch den Geduldigsten, zu denen er sich selbst nicht zählte, die Zornesröte ins Gesicht trieb.*

*»Außerdem wandert mit der Kunde von der Bestie auch unser Name schon jetzt durch das ganze Land. Als Wolfsjäger sind wir ohnehin berühmt, unabhängig davon, ob wir sie erlegen oder nicht.«*

*»Das wirft mehr Gewinn ab als ein Gasthaus und die Anstellung als Wildhüter«, legte sein Sohn noch nach. Dann richtete er seine Aufmerksamkeit auf die Hunde, die plötzlich stehen blieben und die Ohren aufstellten.*

*»Wenn ich mir das noch länger anhöre, drehe ich diesen Lackaffen den Hals herum«, keifte Pierre halblaut. »Was glauben die eigentlich, wer wir sind? Ihre Leibeigenen oder was?«*

*»Mir gefällt es auch nicht, dass sie die Ehre unseres Vaters in den Schmutz treten«, stimmte Antoine ihm zu. »Aber was bleibt uns anderes übrig?«*

*»Wir sollten ihnen einen Denkzettel verpassen«, fauchte Pierre, »nichts Schlimmes, aber etwas, das ihnen ihr überhebliches Maul stopft.«*

*»Woran denkst du?«*

*»An das Sumpfgebiet. Das ist hier ganz in der Nähe. Wenn die Hunde eine Fährte aufnehmen, raten wir ihnen, die Pferde zurückzulassen, und führen sie dorthin, wo man schnell versinkt.«*

*»Bist du wahnsinnig?«, protestierte Antoine. »Willst du dein Gewissen etwa mit einem Mord belasten?«*

*»Nein, nein«, beruhigte ihn Pierre. »Wir werden sie schon rechtzeitig rausholen, nachdem sie ein gutes Stück eingesunken sind. Ich habe Seile dabei.«*

*»Du bist ein verrückter Hund. Aber gut, ich mache mit«, antwortete Antoine mit einem harten Lächeln.*

*Tatsächlich taten ihnen die Hunde der d'Ennevals den Gefallen und liefen direkt in die Richtung, in der das Sumpfgebiet lag. Der ältere der Wolfsjäger lenkte schon sein Pferd dorthin.*

*»Davon rate ich Euch dringend ab, Monsieur«, rief ihm Pierre zu.*

*»Aus welchem Grund?«*

*»Dort liegt ein großes Sumpfgebiet«, erklärte Antoine. »Die Pferde sind zu schwer für diese Gegend. Sie werden einsinken, und wir werden sie nicht mehr herausziehen können.«*

*Jean-Charles d'Enneval stieß einen verhaltenen Fluch aus.*

*»Na gut. Dann geht es eben zu Fuß weiter. Die Bestie hat eine Schwäche für Sumpfgebiete, heißt es. Vielleicht erwischen wir sie dort.«*

*Sie banden die Pferde an tief hängende Äste und folgten den Hunden, die Martin d'Enneval an langen Leinen führte. Antoine und Pierre liefen hinter den beiden Jägern, die Seile über die Schulter gelegt.*

*»Wir müssen gar nichts tun«, raunte Pierre. »Die Hunde führen sie direkt dorthin, wo das Moor am tückischsten ist.«*

*»Du hast recht«, pflichtete Antoine ihm bei, »wir müssen nur unsere Klappe halten und zusehen.«*

*»Wie schade, dass Euer Vater nicht mit dabei ist. Wir hätten ihm gern gezeigt, wie man jagt – richtig jagt, meine ich. Aber er scheint sich in der Nische des kleinen, unbedeutenden Wildhüters ja recht wohlzufühlen und dort nicht mehr herauskommen zu wollen«, stichelte Martin.*

*»Rede dich nur um Kopf und Kragen«, raunte Pierre flüsternd und bedachte die d'Ennevals mit einem abfälligen Grinsen.*

*Nach einer Weile blieben die Hunde stehen, reckten die Köpfe und suchten mit ihren Nasen nach der Witterung. Die d'Ennevals waren ungehalten und gaben ihnen Kommandos zum Weiterlaufen.*

*»Was haben Eure Hunde?«, fragte Antoine, der nur mit Mühe den Spott aus seiner Stimme heraushalten konnte.*

*»Die Bestie scheint uns bemerkt zu haben und versucht nun mit Tricks, uns abzuschütteln. Sie ist schlau«, erklärte d'Enneval senior.*

*»Da vorn wird der Sumpf unwegsamer«, erklärte Pierre, »wahrscheinlich ist sie mit einem ihrer gewaltigen Sätze über die gefährlichen Stellen einfach hinweggesprungen.«*

*»Blödsinn«, widersprach der ältere der beiden Jäger. »Der Wind steht ungünstig. Die Hunde brauchen einen Moment, bis sie die Fährte wieder aufnehmen können.«*

*Als hätten sie die Worte ihres Herrn verstanden, strebten die Hunde in diesem Augenblick erneut nach vorn. Antoine und Pierre wollten ihnen gerade folgen, als sie herannahende Schritte hinter sich hörten. Der alte Gabriel und sein Sohn Christian, zwei Holzfäller, kamen, ihre Äxte geschultert, auf sie zu.*

*»Ah, die jungen Herren Chastel«, grüßte der Alte.*

*Pierre und Antoine grüßten höflich zurück.*

*»Was macht ihr denn in dieser gefährlichen Gegend?«*

*»Wir müssen zwei Großmäulern dabei helfen, einen*

*Dämon zu fangen«, erklärte Antoine und zeigte zu den d'Ennevals.*

*»Dann wird eure Aufgabe bald erledigt sein«, meinte Christian. »Die beiden laufen geradewegs auf Stellen im Sumpf zu, in denen schon so mancher für immer verschwunden ist.«*

*»Das ist der Plan«, erklärte Pierre.*

*»Ihr wollt sie umbringen?«, fragte Gabriel mit missbilligendem Blick.*

*»Nein, wir wollen ihnen nur einen kleinen Denkzettel verpassen – mit ihrer eigenen Dummheit, versteht sich. Sie lassen keine Gelegenheit aus, sich über unseren Vater lustig zu machen.«*

*Die Miene des breitschultrigen alten Mannes verfinsterte sich.*

*»Wir haben sie mehrmals gewarnt«, beschwichtigte Antoine, »aber sie marschieren immer fröhlich weiter.«*

*»Ein kleiner Denkzettel ist gut«, hielt Gabriel dagegen, »aber das hier ist lebensgefährlich! Hallo, die Herren Wolfsjäger!«, rief er den d'Ennevals hinterher. »Ihr begebt Euch in Lebensgefahr, wenn Ihr auf diesem Weg bleibt.«*

*»Noch so ein Oberschlauer«, entgegnete Martin. »Kein Wunder, dass niemand in dieser Gegend die Bestie erlegt. Alles Hasenfüße und Zauderer. Und ich dachte, Chastel sei der Einzige, dem es an Mumm fehlt.«*

*»Was sind das denn für Crétins?«, entfuhr es Christian.*

*»Da habt ihr es. Dieses dämliche Geschwätz müssen wir uns schon den ganzen Tag anhören«, beschrieb Pierre.*

*»Trotzdem, das rechtfertigt keinen Mord«, widersprach Gabriel.*

*»Wir haben Seile dabei«, versuchte Antoine ihn zu beruhigen. »Sollten sie bis zur Hüfte im Schlamm stehen, ziehen wir sie wieder heraus. Nachdem wir ihnen einen winzigen Augenblick beim Versinken zugesehen haben, versteht sich.«*

*»Ich weiß nicht, Jungs, ob das so eine gute Idee ist«, mahnte der Alte.*

*In diesem Moment ertönten Schreie aus der Richtung, in die die d'Ennevals gelaufen waren.*

***

»Christoph? Was ist los?«

Clara war besorgt, als sie Caspari im Bett liegen sah.

Er drehte sich zu ihr herum. Sein Blick war leer, das Gesicht fahl und die Lippen blutleer.

»Es geht mir nicht gut«, sagte er leise.

»Hast du dir eine Sommergrippe eingefangen?«

Sein Gesichtsausdruck verriet ihr, dass es so profan nicht sein konnte.

»Nein, es ist irgendwie anders. Ich kann das schlecht erklären. Das fühlt sich an, als hätte ich keine Energie mehr. Ich bin total ausgepumpt.«

Sie setzte sich zu ihm aufs Bett, beugte sich vor und gab ihm einen Kuss.

»Erzähle es mir«, forderte sie ihn auf.

»Mein Gott, wo fange ich da bloß an?«, sagte er. Dann erzählte er ihr von der Konfrontation mit Tina und dem Gefühl beim Spaziergang, innerlich aufgesogen zu werden.

Clara lief ein kalter Schauer über den Rücken. Das kam ihr alles so vertraut vor. Nicht dass sie selbst schon einmal so tief unten gewesen war, aber sie hatte erst vor Kurzem ein Buch darüber gelesen.

»Du machst gerade mit Churchills schwarzem Hund Bekanntschaft.«

Caspari zog die Brauen zusammen und sah sie verständnislos an.

»Der ›schwarze Hund‹ ist ein Wesen aus der englischen Mythologie. Er fällt Menschen aus dem Nichts an, reißt sie nieder und setzt sich auf ihre Brust, bis sie nicht mehr atmen können. Churchill gebrauchte dieses Bild, um seine schweren Depressionen zu beschreiben, die ihn immer wieder übermannten. Er und Charlie Chaplin waren eng befreundet, wusstest du das? Trotz aller Unterschiede in der politischen Sicht der Dinge, der Herkunft, des Lebensstils und so weiter waren sie eng miteinander verbunden. Denn Charlie Chaplin litt ebenso an Depressionen wie Churchill. Sie schmiedeten nach ihrer ersten Begegnung einen Pakt gegen diesen ›schwarzen Hund‹. Wann immer der eine von seiner Finsternis heimgesucht wurde, kam der andere, um ihm beizustehen.«

»Was soll ich tun?«, fragte Caspari müde.

Sein Anblick versetzte Clara einen Stich. Nie hatte sie ihn so zerbrechlich gesehen.

»Hey, Herr Psychologe«, versuchte sie ihn aufzuheitern, »du bist doch der Fachmann von uns beiden.«

Er lächelte erschöpft. »Wenn du selbst hin bist, fällt dir nicht mehr ein, was du anderen raten würdest.«

Clara strich ihm mit der Hand über das Haar. »Wehre dich nicht dagegen. Das macht es nur noch schlimmer. Halte es aus. Wenn du nicht schlafen kannst, nimm eine Tablette. Es ist doch noch etwas von dem Schlafmittel übrig?«

Er nickte.

»Du brauchst auf jeden Fall einen guten Therapeuten«, ergänzte sie.

Sie wollte aufstehen, doch Caspari hielt ihre Hand fest.

»Clara, es tut mir leid. Ich … ich wollte das nicht«, stammelte er.

»Ich weiß, Christoph, ich weiß.«

***

*»Jean-Charles d'Enneval und sein Sohn Martin erheben schwere Vorwürfe gegen euch beide«, erklärte Sergeant Jacques Durand.*

*Jean Chastel stand hinter seinen Söhnen im Büro der Gendarmerie und hörte mit unbewegter Miene zu.*

*»Ihr sollt sie in den Sumpf gelockt haben.«*

*»Das ist nicht wahr«, protestierte Antoine. »Die Hunde hatten eine Fährte aufgenommen, die dorthin führte. Wir sagten ihnen, dass das ein gefährliches Gebiet sei.«*

*»Außerdem behaupten die d'Ennevals, ihr hättet euch Zeit gelassen, sie aus dem Sumpf herauszuziehen.«*

*»Für uns sah es so aus, als wären die Hunde in größerer Gefahr. Deshalb haben wir sie zuerst herausgezogen.«*

*Durand sah sie durchdringend an. »Die Hunde? Was hat euch da bloß geritten? Die Männer waren bis zur Brust eingesunken, als ihr ihnen die Seile zugeworfen habt.«*

*»Die d'Ennevals behandeln ihre Hunde wie Kinder. Wir dachten, wenn wir sie verlieren, müssen wir uns ständig Vorwürfe anhören.«*

*Durand grinste unter seinem Schnurrbart. »Wisst ihr, was ich denke? Ich denke, ihr wolltet den beiden Herren ordentlich eins auswischen. Als sie im Sumpf steckten, war die Gelegenheit günstig. Habe ich recht?«*

*»Sie haben keine Gelegenheit ausgelassen, unseren Herrn Vater zu beleidigen und abfällig über ihn zu reden.«*

*Durand hob interessiert den Blick. »So? Na, das sind ja interessante Neuigkeiten. Das Problem ist allerdings, dass die beiden d'Ennevals das abstreiten werden.«*

*»Gilt ihr Wort mehr als unseres?«, protestierte Pierre.*

*»Sie sind im Auftrag des königlichen Hofes hier. Damit haben sie per se mehr Glaubwürdigkeit, ja«, unterrichtete sie Durand.*

*»Gabriel und Christian«, fiel es Antoine plötzlich wieder ein.*

*»Die Holzfäller? Was ist mit ihnen?«*

*»Die haben das auch gehört. Das beleidigende Reden, meine ich.«*

*»Dann werde ich sie auf die Gendarmerie bestellen und ihre Aussage aufnehmen. Wenn sie eure Version bestätigen, kommt ihr noch mal mit einem blauen Auge davon. Aber das muss der Richter entscheiden.«*

*»Der Richter?«, fragte Antoine entsetzt, während sein Bruder Pierre trotzig die Wand hinter Durand anstarrte.*

*»Wie gesagt: Die d'Ennevals sind Abgesandte des königlichen Hofes. Mit dem königlichen Siegel unter ihrem Auftrag sind sie keine gemeinen Wichtigtuer, sondern unterstehen dem Schutz des Königs selbst. Ich darf also keine Entscheidung in dieser Sache treffen. Das muss der Richter tun.«*

*»Was passiert bis dahin mit uns?«, presste Pierre zwischen den Zähnen hervor.*

*»Euch beide muss ich leider bis dahin einsperren.«*

***

»Um ehrlich zu sein«, gab Holger Kessler, der Psychologe des BKA zu, »habe ich damit gerechnet, dass Sie früher oder später zusammenbrechen.«

Caspari, der Kessler zuvor über die vergangenen Tage berichtet hatte, hatte Schwierigkeiten, ihn anzusehen. Irgendetwas wollte ihm einreden, dass seine Probleme eine einzige Peinlichkeit waren. Er versuchte, diese Stimme zu unterdrücken.

»Was soll ich jetzt tun?«, fragte er ratlos.

»Die Antwort ist doch klar: gar nichts. Für die nächste Zeit brauchen Sie an Arbeit gar nicht erst zu denken. Nach einem schweren Einsatz bekommen Sie zeitverzögert Panikattacken und Depressionen mit Suizidgedanken. Das sind posttraumatische Belastungsstörungen. Damit können Sie nicht weiterarbeiten. Kennen Sie einen guten Psychotherapeuten, der sich mit Traumata auskennt?«

Caspari schüttelte den Kopf.

»Das BKA hat mit Professor Adam in Frankfurt eine Vereinbarung.«

»Wolfgang Adam – der Leiter der Psychiatrie des Frankfurter Universitätsklinikums?«

»Sie kennen ihn?«

»Nicht persönlich. Ich habe einige Vorträge von ihm besucht.«

»Professor Adam nimmt Angehörige des BKA im Bedarfsfall schnell und unbürokratisch als Patienten auf. Wenn es Ihnen recht ist, telefoniere ich gleich mit seinem Büro und mache für Sie einen Termin aus.«

Caspari nickte.

»Da wäre noch etwas«, sagte Kessler zögernd. »Ihre Dienstwaffe. Solange Sie psychisch nicht stabil sind, sollte sie hier aufbewahrt werden.«

Caspari spreizte die Finger. »Ich weiß«, antwortete er. »Deshalb habe ich sie vorhin beim Waffenmeister abgegeben.« Er legte Kessler den Beleg auf den Tisch.

Der war sichtlich erleichtert. »Gut«, meinte er. »Sie verstehen, dass ich dieses Thema ansprechen musste?«

»Selbstverständlich.«

Caspari war froh, die Pistole abgegeben zu haben, auch wenn es noch genug andere Wege gab, die Qual, die er am Tag zuvor gefühlt hatte, zu beenden.

***

»Christoph fällt für einige Zeit aus«, erklärte Mario den anderen. »Ihr habt in den letzten Wochen vielleicht schon bemerkt, dass es ihm nicht gut geht.«

»Verständliche Reaktion«, kommentierte Gernot Schneider.

Die anderen sahen ihn fragend an.

Er hob die Schultern. »Ihr wisst doch selbst, was der Chef bei den letzten Einsätzen alles mitmachen musste. Auch so ein großer Kerl wie er schüttelt das nicht einfach aus den Klamotten.«

Mario hatte noch etwas zu sagen. Es lag nun an ihm, die Ermittlungen zu leiten.

»Bis unser Boss wieder fit ist, bin ich euer Ansprechpartner, Tina ist meine Stellvertreterin.«

Jing Jang, Gernot Schneider, Svenja und Andreas nickten zustimmend.

»Lasst uns den Stand der Ermittlungen zusammentragen«, bestimmte Mario.

Die Rolle des Leitwolfs hätte er viel lieber Tina überlassen, die mit ihrer forschen Art ein Naturtalent darin war. Caspari hatte ihm jedoch vor einer Viertelstunde am Telefon diese Aufgabe übertragen. Er meinte, er könne mit seiner analytischen Vorgehensweise die Fäden am besten zusammenhalten. Mario hatte Caspari seine Bedenken vorgetragen, aber der hatte darauf bestanden, dass er die Führung übernahm.

»Du hast das Zeug dazu. Was dir noch fehlt, lernst du im Vollzug«, hatte ihm Caspari gesagt.

Das Problem war, dass Mario auf den ersten Blick nur die Dinge sah, die ihm zum Ausfüllen der neuen Rolle noch fehlten. Aber was half es, jetzt musste er sich durchbeißen.

»Bezüglich der Suche nach Maria Hase, der Schwester des gefolterten Mädchens, haben wir nichts Neues. Der gleiche Stand wie zuvor. Die Passagierlisten der Flug- und Schiffslinien sind sehr umfangreich, wie ihr euch vorstellen könnt. Wir sind mit der Sichtung noch nicht fertig«, erklärte Andreas.

»Ich hatte vorhin ein Telefonat mit unseren beiden Zurückgebliebenen«, versuchte sich Mario an einem kleinen Witz. Doch die anderen, inklusive Tina, sahen ihn fragend an.

»Wolfgang und Erich, ihr Schnarchnasen«, stöhnte er. »Das sollte ein kleiner Spaß sein.«

»Ach so«, raunten die Kollegen und grinsten.

»Sie sind jedenfalls im Fall des Totschlags an dem Kindsmörder Günther Waller ein Stück weitergekommen«, klärte Mario sie auf. »Der Typ schien selbst seinem Rechtsanwalt nicht hundertprozentig vertraut zu haben. Der kannte nämlich auch nur Teile des Puzzles. Waller erzählte ihm bei seinen Besuchen, dass Angelika Nauther von einem Pädophilen entführt worden sei. Der hätte eine Reihe von Kinderpornos mit ihr gemacht und diese im Internet meistbietend verkauft. Schließlich habe er das Kind an einen Menschenhändlerring weitergereicht, der sie als Prostituierte angeboten hat. Jung und Fuchs gehen derzeit drei Fragestellungen nach. Erstens: Von wem hatte Waller diese Informationen? Zweitens: Wer war der Entführer des Mädchens? Drittens: Was ist aus diesem Kind geworden? Die beiden sind sich sicher, die erste Frage beantworten zu können. Wenn sie wissen, wer Waller die Geschichte erzählt hat, ist der Weg zum Auftraggeber des Totschlags nicht mehr weit.«

»Mittlerweile müssten wir eigentlich an solche Schicksale wie das dieses Mädchens gewöhnt sein«, durchbrach Tina das Schweigen, das sich im Gruppenraum breitgemacht hatte, »aber dennoch erschüttert jede dieser Geschichten aufs Neue.«

»Das ist auch gut so«, gab Jing Jang zu bedenken. »Wäre das nicht so, wären wir völlig abgestumpft und gefühllos wie Roboter.«

»Unsere beiden alten Hasen meinten, sie brauchten keine Unterstützung. Wir sollten uns ganz auf den Wolf konzentrieren. Das werden wir auch tun. Gernot und Jing Jang, ihr fahrt bitte zu Eckert in seinem Versteck. Befragt ihn, wie das Video von der Folterung des Mädchens ins Internet gelangen konnte. Andreas und Svenja, ihr bleibt bei eurer Spurensuche nach Maria Hase. Tina und ich …«

Ein Klopfen unterbrach Mario. Jürgen Jungmann steckte seinen Kopf durch den offenen Türspalt.

»Entschuldigt, wenn ich störe«, sagte er. »Ist der große Kerl heute nicht da?«

»Christoph?«, fragte Mario zurück. »Nein, derzeit nicht. Kann ich dir weiterhelfen?«

»Wir wollen in einer halben Stunde mit der Abteilung Internetkriminalität vom BKA Hausdurchsuchungen vornehmen. Es geht um eine Schülergang, die zu einem Darknet-Ring gehört, der Snuff-Videos vertreibt. Aus dem Pool dieses Rings stammt auch das Folter-Video von Michaela Hase. Wir haben auf dem Revier gerade eine sehr dünne Personaldecke. Wenn zwei von euch mitmachen könnten, wäre das sehr hilfreich. Und es hat ja auch etwas mit euren Ermittlungen zu tun.«

»Eigentlich hatte ich andere Pläne, aber dann wissen Tina und ich jetzt, was wir stattdessen in den nächsten Stunden machen werden«, meinte Mario.

***

Eine Hausdurchsuchung begann oft mit dem entsetzten Gesicht dessen, der die Tür öffnete. So auch im Fall von Manuel Naumann.

Mario und Tina standen mit Jürgen Jungmann vor Manuels Elternhaus. Manuels Mutter hatte ihnen geöffnet und starrte sie mit vor Schreck geweiteten Augen und offenem Mund an.

Jungmann stellte sich, Tina und Mario gerade vor, als Manuels Vater im Hausflur erschien.

»Was geht hier vor?«, fragte er erregt.

»Wir sind auf richterliche Anordnung hier, um eine Hausdurchsuchung durchzuführen«, klärte ihn Jungmann auf. Er klang dabei sachlich und bestimmend, aber höflich, wie Mario fand. Jungmann reichte Frau Naumann das Dokument, das sie und ihr Mann hastig lasen.

Bestürzung und Ungläubigkeit standen den beiden ins Gesicht geschrieben, während ihrer beider Augen über die Zeilen glitten.

»Ich werde sofort meinen Anwalt anrufen«, sagte Herr Naumann, sichtlich bemüht, seine Fassung zu bewahren.

»Unter den gegebenen Umständen ist das eine kluge Entscheidung«, erwiderte Jungmann. »Das ändert aber nichts an der Tatsache, dass wir jetzt Ihr Haus durchsuchen werden. Wenn Sie uns bitte Platz machen würden.«

Damit schob er sich an den Eltern vorbei. Mario und Tina folgten ihm.

»Wo ist das Zimmer Ihres Sohnes?«, fragte Mario die Mutter, um sie zu beschäftigen. Sie wirkte, als würde sie jeden Moment zusammenbrechen.

Die Frau führte ihn ins obere Stockwerk und zeigte auf eine Tür. »Das ist Manuels Zimmer.«

Mario bedankte sich und betrat, Tina im Gefolge, den Raum. Sie stellten ihre Taschen ab und zogen sich die Handschuhe über.

Es war ein großes Zimmer mit viel Platz. Frau Naumann steckte ihren Kopf durch die Tür. Mario folgte ihrem Blick und sah auf das ungemachte Bett.

»Ist schon gut, Frau Naumann«, beruhigte er sie. »Das muss Ihnen nicht peinlich sein. Das Zimmer Ihres Sohnes ist im Vergleich zu vielen anderen, die ich bisher durchsucht habe, recht aufgeräumt.«

Frau Naumann ließ die Schultern sinken und ging.

»Na, hast du ein Herz für *la mamma*?«, flüsterte Tina ihm zu.

»Klar. Das ist ja auch eine beschissene Situation für eine Mutter.«

Sie nahmen sich die in hellem Holz gehaltene Einrichtung vor. Tina räumte alle Bücher aus den Regalen, Mario durchsuchte die Schubladen in der Kommode und in dem Rollcontainer unter dem Schreibtisch. Dann kletterte er auf einen Stuhl und betrachtete die Oberseite des Kleiderschranks. Darauf lag eine Schuhschachtel. Er zog sie zu sich und öffnete sie. Darin lag eine dieser grässlichen Horrorclownsmasken und ein Paar schwarzer Lederhandschuhe.

Mario stieg vom Stuhl und zeigte Tina seine Entdeckung.

»Das ist fast ein bisschen zu einfach«, maulte sie und rief nach Jürgen Jungmann.

Als er ins Zimmer kam, hielt Mario ihm die Schachtel entgegen. »Das lag auf dem Schrank.«

»Volltreffer«, stellte Jungmann zufrieden fest. »Viel Arbeit hat sich der Junge mit dem Verstecken nun wirklich nicht gemacht.«

»Ich baue noch den Computer ab, dann sind wir hier durch.«

»Gut. Könnt ihr euch danach die Garage vornehmen?«, bat Jungmann.

***

Caspari saß auf einem Bürosessel in Professor Adams Sprechzimmer. Das schwarze Loch in seinem Inneren hatte ihn mehr wie eine Schildkröte in dieses Zimmer kriechen lassen denn in seinem gewohnten aufrechten Gang. Das Gefühl, dass ständig etwas an ihm riss, ihn leer saugte, erschöpfte ihn und ließ ihn doch nicht ruhen. Mit allen Reserven, die ihm an seelischer Kraft noch geblieben waren, stemmte er sich dagegen, von dem schwarzen Nichts verschluckt zu werden.

Professor Adam setzte sich ihm gegenüber, klemmte ein paar unbeschriftete Blätter an einem Brett fest und nahm sich einen Kuli zur Hand.

»Nun, Herr Caspari, warum sind Sie hier?«, fragte er ganz direkt.

»Ich bin zu Ihnen gekommen, weil ich seit einigen Wochen Panikattacken bekomme und nun auch mit Depressionen zu kämpfen habe. Herr Kessler, unser Psychologe, hält das für posttraumatische Belastungsstörungen.«

Professor Adam machte sich einige Notizen. »Haben Sie eine Vermutung, was diese Störungen ausgelöst haben könnte?«

Caspari zog geräuschvoll die Luft ein. Er hatte mit dieser Frage gerechnet. Doch wo sollte er anfangen? Schließlich gab es viele Situationen in seinem Leben, die ihn in dieses Therapiegespräch geführt hatten. Unzählige Male hatte er kämpfen müssen, sei es ums Überleben, sei es um seinen Platz in dieser Welt. Der Kampf auf Leben und Tod in einer verlassenen Holzhalle im Vogelsberg vor ein paar Monaten war letztlich nur eine, wenn auch sehr bedrohliche, Begebenheit in seinem Leben gewesen, die seinen derzeitigen Zustand ausgelöst hatte. Der Anblick des zusammengeschlagenen toten Kindsmörders war am Ende nur noch wie das Aufplatzen einer Eiterbeule gewesen.

»Das lässt sich mit der Beschreibung von einem Ereignis nicht erklären«, konstatierte er schließlich.

Professor Adam sah ihn ruhig und mit einem freundlichen Gesichtsausdruck an.

»Dann wollen wir die Geschichte mal von hinten aufrollen. Fangen Sie bei den jüngsten Ereignissen an.«

Es war, als bräche ein Damm. Caspari erzählte chronologisch rückwärts, bis er in seiner Kindheit gelandet war und zum Verschwinden seiner älteren Schwester kam.

»Sie sind sehr dicht am Thema Tod dran«, stellte Professor Adam fest. »Das lässt sich bis zu dieser tragischen Geschichte zurückverfolgen. Ihre Eltern hielten Ihre Schwester für tot. Über drei Jahrzehnte haben Sie Johannas vermeintlichen Tod getragen. Kinder geben sich in solchen Situationen häufig selbst die Schuld an derartigen Tragödien. Unbewusst haben Sie sich schuldig gefühlt. Ihre jüngere Schwester, die erst danach geboren wurde, trägt diese Last nicht. Können Sie sich vorstellen, dass Ihr Beruf, Serienmörder zu fassen, ein Ausdruck von einer Art Wiedergutmachung ist?«

»Darüber habe ich mir nie Gedanken gemacht«, gestand Caspari.

»Sehen Sie, viele Menschen an Ihrer Stelle hätten spätestens nach dem lebensbedrohlichen Ereignis im Januar die Reißleine gezogen. Aber Sie haben weitergemacht, als wäre das nichts als Tagesgeschäft. Wie geht es Ihnen mit meiner Hypothese, dass es Ihnen schwerfällt, nicht an der Aufklärung schlimmer und grausamer Verbrechen zu arbeiten, weil Sie von dem Versuch nicht lassen können, Ihren Eltern den Schmerz zu nehmen und wieder alles heil zu machen?«

Caspari durchlief es heiß und kalt. »Es hört sich noch sehr

fremd an. Und doch ist dieser Gedanke irgendwie recht vertraut.«

***

*Schon wieder eine Wolfsjagd. Die wievielte war es, seitdem die Bestie vor über einem Jahr mit dem Morden begonnen hatte? Chastel hatte es aufgegeben, sie zu zählen.*

*Obwohl er das Abschlachten der Wölfe im Gévaudan nicht guthieß, war er dieses Mal mit deutlich weniger Widerwillen dabei. Das lag zum einen daran, dass seine Söhne kurz zuvor aus dem Gefängnis entlassen worden waren, und zum anderen daran, dass Vater und Sohn d'Enneval die Gegend verlassen hatten.*

*Pierre und Antoine liefen voran und führten Chastels Hunde an langen Leinen.*

*»Euren Söhnen scheint der kleine Aufenthalt im Kerker den Wert der Freiheit nahegebracht zu haben«, stellte Durand fest, der neben ihm im Sattel saß. »Sie springen wie die Rehe durch die Landschaft.«*

*»Ich bin Euch sehr dankbar, mon camarade, dass Ihr Euch beim Richter so sehr für die Bengel eingesetzt habt.«*

*Durand winkte ab. »Ah, das war nichts. Die Zeugenaussagen der beiden Holzfäller gaben den Ausschlag – und nicht zuletzt die Fürsprache des Marquis. Der Richter war am Schluss sogar richtig zornig auf die Wolfsjäger. Er hielt ihnen einen Vortrag wegen ihrer Überheblichkeit und schalt sie Narren, die Ehre eines Mannes im Beisein seiner Söhne zu beleidigen. Da nutzte auch das Schreiben nichts mehr, das die Herren Wolfsjäger vom Hofe des Königs hatten.«*

*»Ich hoffe, die zwei Wochen im Kerker haben meinen beiden Hitzköpfen ein bisschen mehr Verstand ins Hirn geblasen.«*

*»Wasser, Brot und Milchsuppe verhelfen oft selbst großen Narren zu Weisheit«, entgegnete der Sergeant.*

*»Jedenfalls ist eine Wolfsjagd ohne die Herren aus der Normandie so harmonisch«, scherzte Chastel.*

*»Oh ja, das ist sie.«*

*Vom Waldrand vor ihnen schallten Rufe. Chastels Hunde bellten und zogen an den Leinen, die Pierre und Antoine hielten.*

*Nach wenigen Sekunden waren Chastel und Durand an der Stelle, von der der Lärm herübergekommen war. Die Dragoner waren auf ein kleines Rudel gestoßen. Wild knurrend stellte sich der Leitwolf vor die anderen und starrte die Jagdgesellschaft mit zornigen Augen an.*

*Der Soldat, der ihm am nächsten war, hob sein Gewehr. Doch bevor er einen Schuss abgeben konnte, hatte der Wolf ihn angesprungen und verbiss sich in seinen Unterarm. Er riss daran, als wäre er ein Feldhase, den es totzuschütteln galt.*

*Der Dragoner schrie vor Schmerzen. Der Ärmel seiner Uniform färbte sich schnell rot vom Blut des Mannes.*

*Niemand traute sich zu schießen. Die Gefahr, den Soldaten zu treffen, war zu groß.*

*Behände sprang Chastel aus dem Sattel und rannte auf die Szene zu. Er lief an dem Wolf und seinem Opfer vorbei, drehte dann plötzlich um hundertachtzig Grad, zog dabei sein langes Indianermesser und näherte sich dem Wolf von hinten. Dann packte er ihn am Nackenfell und stieß das Messer unter der Schädeldecke ins Hirn des Tieres.*

*Der Wolf krampfte am ganzen Körper, dann erschlaffte er.*

*Chastel benutzte sein Messer als Hebel, um den Kiefer zu öffnen und den Soldaten zu befreien. Dann sah er sich um. Das Rudel hatte das Chaos zur Flucht genutzt.*

*Kluge Tiere, dachte Chastel.*

*»Ihr habt nichts von dem verlernt, was uns die Irokesen beigebracht haben«, stellte Durand fest.*

*Chastel wischte mit einem Farnbüschel das Blut von seinem Messer. »Mag sein. Ich hoffe, es war noch rechtzeitig genug, um den Arm des Mannes zu retten. Eine Amputation ist eine schlimme Sache.«*

*»Wohl wahr.«*

***

Rektor Neuhaus hatte Clara gebeten, in sein Büro zu kommen. Als sie eintrat, sah sie Jungmann und zwei weitere Kollegen, die auf Stühlen Platz genommen hatten, die um einen Besprechungstisch herumstanden.

»Wir brauchen Sie zur Krisenintervention«, erklärte Neuhaus. »Manuel Naumann, Martin Bartel und Sandro Kaiser werden von ihren Lehrern hierhergebracht. Gegen alle drei liegt dringender Tatverdacht vor, weshalb die Herren von der Polizei gleich Festnahmen durchführen werden. Es ist gut möglich, dass einer der Jungs mit Panik oder gar mit einem Schock reagiert.«

Clara nickte. Sie hätte lieber früher von der Festnahme gewusst, um sich auf die geballte Ladung Emotionen vorzubereiten, die eine solche Situation mit sich bringen konnte. Schockstarre, Weinen, aggressiver Trotz – sie musste mit allem rechnen.

Es klopfte an der Tür. Der Rektor öffnete sie einen Spalt und schielte hindurch. Dann machte er sie ganz auf und trat beiseite.

Die Lehrer, bei denen Manuel, Martin und Sandro gerade Unterricht hatten, geleiteten die drei herein. Die Polizisten erhoben sich von ihren Stühlen. Als die Schüler sie sahen, weiteten sich ihre Augen, und die Farbe wich aus ihren Gesichtern.

Rektor Neuhaus bedankte sich bei den Lehrern und wandte sich Jungmann und seinem Kollegen zu.

»Meine Herren, Sie können sich denken, warum wir hier sind«, begann Jungmann mit deutlich autoritärer Stimme.

»Sie wollen uns wieder wegen der Sache mit Jannik befragen«, mutmaßte Sandro.

»Wir wissen bereits, dass Sie und vier weitere Schüler aus dem Beruflichen Gymnasium an dem Überfall beteiligt waren«, machte Jungmann deutlich. »Die Zeit der Befragungen ist vorbei. Manuel Naumann, Martin Bartel und Sandro Kaiser, ich nehme Sie wegen des Verdachts der schweren Körperverletzung, des Besitzes rechtswidrigen Filmmaterials und der Mitgliedschaft in einer kriminellen Vereinigung fest.«

Den Schülern stand der Mund offen. Sandros Hände begannen zu zittern, Martin schluckte geräuschvoll. Nur Manuel schien sich einigermaßen unter Kontrolle zu haben. Er starrte mit wütenden Augen auf die Polizisten.

»Sie haben nichts in der Hand«, zischte er.

»Oh doch«, widersprach Jungmann völlig ungerührt. »Wir haben in allen Elternhäusern Ihrer Truppe Hausdurchsuchungen durchgeführt. Dabei fanden wir mehr als genug belastendes Material.«

Manuels Miene blieb die eines Pokerspielers. Clara war erstaunt über seine Abgebrühtheit. Entweder war er ein eiskalter Kerl, oder er konnte seine Angst gut verbergen. Was von beidem zutraf, mussten Jungmann und seine Kollegen herausfinden.

»Was passiert jetzt?«, fragte Sandro mit zitternder Stimme.

»Wir nehmen Sie zum Verhör mit auf das Revier. Ihre Eltern sind verständigt. Sie werden auch dorthin kommen«, erklärte Jungmann. »Wir bieten Ihnen zwei Möglichkeiten an: Entweder gehen Sie ohne große Faxen mit uns. Dann werden wir auf Handschellen verzichten. Oder Sie zucken auch nur einmal mit der Schulter. Dann werden alle Ihre Mitschüler sehen können, wie wir Sie mit den Händen auf dem Rücken abführen. Das ist ein bleibender Eindruck, nicht nur für Sie. Das kann ich Ihnen versprechen.«

Clara war von Jungmanns strenger, autoritärer Art überrascht. Sie hatte ihn sonst eher als einen jovialen Typen kennengelernt.

Martin nickte, während er zu Boden sah. »Okay, wir benehmen uns.« Er sah die beiden anderen an. »Ist doch so, oder?«

Sandro und Manuel antworteten ebenfalls mit einem stummen Nicken.

Jungmann trat auf die drei zu. »Vorher muss ich Ihnen Ihre Handys abnehmen«, kündigte er mit einer Stimme an, die keinen Widerstand duldete.

Manuel schnaubte und gab ihm trotzig sein Mobiltelefon. »Damit können Sie ohne den Sperrcode gar nichts anfangen«, fauchte er und zog seine Mundwinkel nach unten.

»Wenn Sie wüssten …«, entgegnete Jungmann mit einem überlegenen Grinsen, das für einen Augenblick die Fassade des Schülers durchbrach und das Entsetzen offenbarte, das sich dahinter verbarg.

Mit einem Mal ging alles sehr schnell. Die Polizisten fassten jeden der Schüler am Oberarm und dirigierten sie auf den Flur. Rektor Neuhaus schloss hinter ihnen die Tür und atmete geräuschvoll aus.

»Mein Gott«, keuchte er. »Was für eine schlimme Geschichte. Ich hätte nicht gedacht, dass ich als Schulleiter jemals so etwas erleben würde.«

»Die Jungen sind stabil geblieben«, konstatierte Clara.

»Was für ein Glück«, stimmte Neuhaus ihr zu. »Das hätte auch ganz anders laufen können. Deshalb ist es gut, dass Sie anwesend waren. So schlimm das auf der einen Seite ist, so bin ich auf der anderen Seite doch froh, dass nun das Mobbing an unserer Schule beendet ist.«

»Fürs Erste«, meinte Clara nachdenklich. »Es gibt immer Menschen, die das Gefühl brauchen, andere kleinmachen zu können.«

Als sie sich später im Lehrerzimmer einen Kaffee eingoss, rief einer der Kollegen nach ihr. Ein Schüler stand vor der Tür und wollte mit ihr sprechen. Es war Maurice, der sich vor Nervosität die spröden Lippen leckte.

»Martin, Sandro und Manuel sind vorhin verhaftet worden«, sagte er mit leiser Stimme, als sie in Claras Zimmer waren.

»Festgenommen«, verbesserte ihn Clara. »Ja, ich war dabei.«

»Was ist, wenn die erfahren, wer sie verpfiffen hat?«

»Das werden sie nicht«, beruhigte ihn Clara. »Du wirst als anonymer Informant geführt. Denk an die Absprache mit dem Bundeskriminalamt.«

»Ich habe Schiss, dass ich doch noch verhaftet werde, weil ich mich habe mitziehen lassen.«

»Hör mal«, widersprach Clara, »du hast der Polizei wertvolle Hilfe geleistet. Denk daran, dass ein Beamter vom BKA über deinen Computer in dieses Netzwerk im Darknet eindringen und dort einen Trojaner platzieren konnte. Ohne dich hätte das viel länger gedauert und wäre vielleicht sogar von den Mitgliedern des Rings entdeckt worden. Stattdessen sind mittlerweile die Computer von ihnen allen mit diesem Virus infiziert, mit dem die Polizei die Leute identifizieren kann. Du hast dafür gesorgt, dass der Ring, der schlimme Dinge verbrochen hat, überall auf der Welt zerschlagen wird.«

Maurice knetete seine Hände.

»Ich verstehe, dass du Angst hast. Mir würde es genauso gehen, wenn ich in deiner Haut steckte.«

»Ich kann an gar nichts anderes denken«, gestand der Junge.

Clara nahm ein Blatt Papier und knickte es längsseits. Dann schob sie es Maurice über den Tisch zu.

»Schreib deine Befürchtungen in die linke Spalte. Wenn Dinge ausgesprochen oder aufgeschrieben sind, verlieren sie oft ihre Macht. In der rechten Spalte schreibst du daneben, was dafür und dagegen spricht, dass sich die einzelnen Befürchtungen tatsächlich erfüllen.«

***

Manuel Naumann saß Jürgen Jungmann wie ein Häufchen Elend gegenüber. Neben ihm saß Carsten Schenk, sein Anwalt. Die Mittagssonne schien durch das Fenster und tauchte Jungmanns Büro in helles Licht.

»Finden Sie die Hausdurchsuchung und die Beschlagnahme der Computer bei meinem Mandanten und seinen Freunden nicht ein wenig übereifrig?«, bemängelte der Advokat. »Ich kann nicht erkennen, was die Computer mit der Körperverletzung zu tun haben.«

»Wir werfen Ihrem Mandanten und seinen Freunden nicht nur Körperverletzung vor, sondern auch den Besitz von Filmmaterial, in dem Gewalt zulasten Dritter gezeigt wird«, erwiderte Bertram, der neben seinem Schwiegersohn saß.

Jungmann sah, wie Manuel Naumanns Gesicht um die Nase herum blass wurde. Ein Gefühl von Befriedigung konnte er nicht leugnen. Dieser Bengel hatte lange genug mit seinen Spießgesellen andere Jugendliche tyrannisiert. Jetzt ging es ihm selbst an den Kragen. An Tagen wie diesen liebte Jungmann seinen Beruf.

Carsten Schenk wollte nachhaken, doch Jungmann hob die Hand.

»Lassen Sie uns bitte eines nach dem anderen abhandeln«, bat er.

»Also gut«, stimmte Schenk zu.

»So, Herr Naumann, dann mal Klartext«, begann er, »Ihre Aussage, Sie hätten mit Herrn Bartel bei ihm zu Hause gelernt, während Jannik Kiesling auf dem Gelände des Grimmelshausen-Gymnasiums zusammengeschlagen wurde, entspricht nicht der Wahrheit. Das können wir einwandfrei beweisen.«

Jungmann machte eine Kunstpause, in der er zusah, wie die Arroganz und die Selbstzufriedenheit des Schülers immer weiter in sich zusammenbrach. Die Blässe hatte mittlerweile sein Gesicht vollständig eingenommen.

»Das Bundeskriminalamt hat dank eines richterlichen Beschlusses Zugriff auf Ihre Handydaten und Ihre Computer.

Kurzum: Die Handys aller Festgenommenen waren zum fraglichen Zeitpunkt über die Mobilfunksendeanlage nahe der Berliner Straße eingeloggt. Das ist der Sendemast, der dem Gymnasium am nächsten ist. Dieser Sachverhalt und die Tatsache, dass auf allen Handys der Gruppe das Video zu finden war, das die Attacke auf Jannik Kiesling zeigt, führte zu der Hausdurchsuchung, die wir gemeinsam mit dem BKA vorgenommen haben. Dabei fanden wir die Clownsmasken und die Handschuhe, auf denen Blutspuren des Geschädigten nachgewiesen werden konnten. Erklären Sie uns diesen Sachverhalt, Herr Naumann.«

»Mein Mandant wird zu diesem Zeitpunkt keine Angaben machen«, entgegnete Schenk. »Zuerst muss ich Zugang zu den Akten der Staatsanwaltschaft bekommen. Ohne dass ich mir ein Bild davon gemacht habe, werden wir uns in der Befragung nicht äußern.«

Bertram übernahm wieder das Wort. »Das ist Ihr gutes Recht. Für Ihren Mandanten liegt ein Haftbefehl vor. Er wird daher im Laufe des Tages zur Untersuchungshaft in die Jugendstrafvollzugsanstalt überführt.«

Manuel Naumann schien allmählich die Fassung zu verlieren. Jungmann sah das Zittern, das seine Hände ergriffen hatte. Eigentlich hätte er etwas Mitleid für dieses Häufchen Elend empfinden sollen. Doch im Grunde wollte er das gar nicht.

***

Clara fühlte sich völlig erledigt, als sie nach diesem langen Schultag auf dem Weiherhof ankam. Es dauerte eine Weile, bis sie Caspari und Lukas fand. Beide saßen auf der Terrasse und versuchten sich daran, Zutaten für einen bunten Salat mit Küchenmessern klein zu schneiden. Als sie eine Flasche Rotwein und dazu ein halb volles Glas vor Caspari auf dem Tisch stehen sah, stutzte sie. Ihre Armbanduhr zeigte vier Uhr am Nachmittag.

»Ist es für Wein nicht ein bisschen früh am helllichten Werktag«, tadelte sie ihn, nachdem sie beiden zur Begrüßung einen Kuss gegeben hatte.

Caspari wischte ihre Bedenken beiseite. »Das ist mir egal. Ich hatte das Bedürfnis, mir eine Flasche aufzumachen.«

»Aha. Und woher rührt dieses Bedürfnis?«

»Zum ersten Mal in den letzten zwei Tagen hat der Sog des schwarzen Lochs nachgelassen.«

»Was ist das für ein Loch, Papa?«, fragte Lukas.

Caspari lächelte. »Wenn man sich schlecht fühlt, wenn man müde ist, aber nicht schlafen kann, wenn man sich ganz schwach fühlt, obwohl man doch eigentlich stark ist, dann fühlt sich das an, als hätte man ein schwarzes Loch innen drin, das alle Freude und Kraft wegsaugt wie ein Staubsauger.«

Lukas schien mit dieser Erklärung zufrieden zu sein. Er nickte nachdenklich und widmete sich wieder dem Paprikastück, das er klein schnitt.

Caspari riss sich in Gegenwart seines Sohnes zusammen. Der Kleine erlebte seinen Vater fast so wie immer. Clara fragte sich, ob er nicht unterbewusst spürte, dass etwas nicht stimmte. Im Moment schien der Junge allerdings nichts zu bemerken.

»Papa, ich habe keine Lust mehr. Darf ich mit dem Schneiden aufhören?«, fragte er.

Caspari lächelte ihn an. »Natürlich. Das hast du prima gemacht. Vielen Dank.«

Lukas sprang auf und lief in den Garten, um mit Camillo zu toben.

Clara hatte sich neben Caspari gesetzt und trank einen Schluck aus seinem Weinglas.

»Wie war das? Wasser predigen und Wein trinken?«, witzelte er.

»Nach diesem Schultag kann ich tatsächlich auch einen Absacker gebrauchen«, rechtfertigte sich Clara und lenkte das Gespräch wieder auf das vorherige Thema.

»Dein Therapiegespräch war also ein Erfolg?«

»Na ja, so schnell geht es auch nicht. Aber es war ein guter Anfang. Um die Wahrheit zu sagen – ich habe Psychopharmaka bekommen«, erklärte er. »Professor Adam hat mir ein Neuroleptika-Präparat gespritzt. Das hilft bei Depressionen sofort, wenn auch nur vorübergehend. Diese Spritzen bekomme ich einmal wöchentlich, bis die Antidepressiva dann ihre Wirkung entfaltet haben.«

»Wie fühlst du dich im Augenblick?«

»Nicht gut, aber auf jeden Fall besser. Die Medikamente dämpfen das miese Empfinden auf ein erträgliches Maß. Es fühlt sich aber immer noch so an, als wäre ich mental und emotional völlig leer.«

»Was sagt der Psychiater dazu?«

»Er meint, das sei eine ganz normale seelische Reaktion bei Depressionen. So etwas wie ein Schutzmechanismus, der ein Überbleibsel aus der Steinzeit ist.«

»Wie muss ich mir das vorstellen?«, fragte Clara.

»Stell dir vor, eine Jagdgemeinschaft wird von einem Säbelzahntiger angegriffen. Der tötet einen der Steinzeitjäger. Wenn die anderen jetzt in Trauer und Verzweiflung ausbrechen, sind sie unfähig zu handeln. Der Tiger würde sie dann alle töten. Deshalb werden alle seelischen Empfindungen der Männer augenblicklich auf null heruntergefahren. Sie müssen fliehen oder kämpfen, woran die Emotionen sie hindern würden. In einer bedrohlichen Situation wie dieser hilft der Mechanismus zu überleben. Der seelische Kollaps ist für die Psyche gleichbedeutend mit einer Lebensbedrohung. Deshalb startet sie diesen Schutzmechanismus.«

»Wow«, kommentierte Clara, »das ist starker Tobak. Wie geht es jetzt weiter?«

»Die Panikattacken und den Sog des schwarzen Lochs muss ich aushalten. Auf keinen Fall darf ich dagegen ankämpfen. Ich muss es annehmen.«

»Das ist nicht leicht.«

»Einen anderen Weg gibt es wohl nicht«, erwiderte Caspari und nahm einen großen Schluck Rotwein.

***

»Das gibt es doch nicht!«

Mario war aufgebracht. Caspari war seit fast drei Wochen im Krankenstand, und sie hatten bisher keine neuen Erkenntnisse.

Jung und Fuchs waren aus Wiesbaden zur Besprechung der Abteilung angereist und saßen in der großen Runde zwischen Gernot Schneider und Andreas Sommer.

»Es muss doch einen Grund dafür geben, dass wir auf der Stelle treten. Wir sind dem Besitzer des Wolfs, oder was auch immer das für ein Biest ist, keinen Schritt näher gekommen. Was übersehen wir?«

»Nichts«, erwiderte Jing Jang. »Der Wolf kommt nicht an sein letztes potenzielles Opfer heran, weil wir Hans-Werner Eckert verstecken. Sein Besitzer ist schlau genug, solange nicht aus der Deckung zu gehen. Wir können nur darauf warten, dass er einen Fehler macht.«

»Das ist unbefriedigend«, nörgelte Mario.

»Wenigstens sind wir beide ein Stück weitergekommen«, warf Fuchs ein. »Günther Waller saß zur selben Zeit in U-Haft wie ein Enrico Schellbaum. Der Typ war damals eine große Nummer im Frankfurter Rotlichtmilieu. Die Kollegen hatten bereits den Eindruck, dass er sich ein zweites Standbein in der Kinderpornoszene aufgebaut hatte.«

»Das klingt sehr zynisch«, beschwerte sich Tina.

Fuchs hob entschuldigend die Hände.

»Das ist so grausam, wie es real ist«, erwiderte er. »Die ermittelnden Beamten gingen davon aus, dass Schellbaum die Pädophilenszene mit reichlich perversem Filmmaterial belieferte und sich dabei eine goldene Nase verdiente. Das Geld ließ er in seinen Saunaclubs waschen. Dabei war er so geschickt, dass ihm die Ermittler zwar Steuerbetrug in einer anderen Sache nachweisen konnten, aber nicht seine Aktivitäten in der Kinderpornoszene. Waller und er waren in der U-Haft dicke Kumpel, wenn man den Aussagen der Justizvollzugsbeamten Glauben schenkt. Wir gehen davon aus, dass Schellbaum Waller in dieser Zeit mit großer Wahrscheinlichkeit von dem Schicksal von Angelika Nauther erzählt hat. Waller wollte jetzt wohl sein Wissen an uns weitergeben, was ihn das Leben gekostet hat.«

»Haben wir eine nachweisbare Verbindung zwischen der Prügelattacke und Enrico Schellbaum?«, fragte Mario.

Jung nickte. »Der Serbe, der Waller vermöbelt hat, ist einer von Schellbaums Jungs. Der regelt einige Dinge für ihn im Knast, solange er einsitzt.«

»Können wir dem Zuhälter einen Strick daraus drehen?«, hakte Mario nach.

»Leider nicht«, gab Jung zu. »Der Serbe macht den Mund nicht auf.«

»Santa Maria«, fluchte Mario.

»Man vermutete damals, dass Schellbaum nicht nur Kontakte zu verschiedenen Pädophilenkreisen unterhielt. Ein Informant hatte ihn auch in Verbindung mit Personen gebracht, die auf Snuff-Videos standen. In einer internationalen Aktion hoben Polizisten in verschiedenen Ländern vor vier Jahren einen Ring aus, dessen Mitglieder untereinander Snuff-Videos und Kinderpornos teilten«, erläuterte Fuchs.

»Merkwürdige Kombination«, kommentierte Gernot Schneider.

»Es gibt nichts, was es nicht gibt«, erklärte Svenja Bauer.

»Die Koordination zwischen den Polizeibehörden der verschiedenen Länder hatten die Kollegen aus Kanada inne«, fuhr Fuchs fort. »Wir haben uns auf der Suche nach einer Spur von Angelika Nauther das sichergestellte Filmmaterial angesehen. Und dabei sind wir auf etwas Erstaunliches gestoßen.«

Er machte eine Kunstpause.

»Jetzt mach es nicht so spannend«, forderte Schneider ihn auf.

»Wir fanden unter den Filmen das Folter-Video von Michaela Hase.«

»Nee!«, rief Tina überrascht. »Das ist nicht dein Ernst!«

»Doch«, konterte Fuchs.

»Dann nehmen wir umgehend mit den kanadischen Kollegen Kontakt auf. Vielleicht wissen die, wie der Film an diese Gruppe von Perversen gelangt ist. Das könnte uns vielleicht auch zu dem unbekannten Rächer mit der Bestie führen«, bestimmte Mario.

»Einen Versuch ist es auf jeden Fall wert«, meinte Jing Jang.

***

*Drei Jahre lag der Fluch der Bestie nun schon über dem Gévaudan. In der letzten Zeit hatte Chastel sich selbst oft einen Narren gescholten, dass er nach seiner Zeit in der Armee Seiner Majestät, des Königs von Frankreich, den Entschluss gefasst hatte, den heruntergekommenen Gasthof eines verstorbenen Onkels zu übernehmen. Wie viel Zeit und Arbeit hatten er und seine Frau nicht dort hineingesteckt.*

*Seit die Bestie wütete, war aus dieser schönen Gegend ein Ort des Grauens geworden. Die Menschen trauten sich abends kaum noch vor die Tür. Die Angst, im Dunkeln von ihr angegriffen und zerfetzt zu werden, lag wie ein undurchdringlicher Nebel auf den Städten, Dörfern und den Herzen der Menschen.*

*In der letzten Zeit hatten sich nur einige wenige Mutige getraut, in seinem Wirtshaus einen Humpen des süffigen Bieres oder ein Glas des vollmundigen Rotweins zu trinken und in der Dunkelheit wieder nach Hause zu gehen. Die Geschäfte liefen derzeit schlecht. Das war natürlich weitaus weniger schlimm, als eines seiner Kinder an diese Geißel der Gegend zu verlieren. Aber es bereitete Chastel Sorgen und Kopfzerbrechen, wie die Zukunft wohl aussehen mochte, wenn das Ungeheuer nicht bald erlegt werden würde.*

*In diesen Gedanken gefangen, ritt er in den Schlosshof des Marquis d'Apcher. Der Adelige hatte ihn zu sich bestellt, wahrscheinlich um unter seiner Führung eine weitere Wolfsjagd zu veranstalten.*

*Ein Haschen nach dem Wind, dachte Chastel.*

*Sie hatten doch schon jeden Winkel des Gévaudan durchkämmt, einige sogar mehrmals. Die Bestie war dabei entweder nicht auffindbar gewesen, oder sie war ihnen auf teuflisch geniale Weise entwischt.*

*Geistesabwesend stieg Chastel von seinem Pferd und übergab dem Stallburschen die Zügel, als ihn ein Bellen aufschreckte, das so tief und so gewaltig war wie ein Donnergrollen. Es kam immer näher, kam auf ihn zu.*

*Chastel sah den Stallburschen fragend an, den dieses Gebell nicht aus der Fassung zu bringen schien. Der Junge war, wie Chastel wusste, geistig zurückgeblieben. Von ihm würde er weder eine Erklärung noch Hilfe erwarten können. Er führte Chastels Pferd in aller Seelenruhe zu den Stallungen.*

*Wehmütig sah Chastel seinem Gewehr nach, das im Sattelholster steckte. Bis er sein Pferd eingeholt und die Waffe schussbereit hätte, wäre es zu spät. Es blieb ihm nichts anderes übrig, als mit seinem großen Jagdmesser vorliebzunehmen.*

*Als er es aus der Scheide zog, hörte er die entnervte Stimme des Marquis.*

*»Claude! Herrgott noch mal! Du dämliches Mondkalb, komm sofort hierher!«*

*Was auch immer Claude war, es schien sich um das wütende Rufen des Schlossherrn nicht zu scheren.*

*»Claude!«, schrie d'Apcher noch einmal.*

*Chastels Eingeweide zogen sich zusammen, als er sah, wer*

*oder vielmehr was dieser Claude war, nach dem der Marquis rief. Um die Ecke kam der gewaltigste Hund gerannt, den Chastel jemals in seinem Leben gesehen hatte. Unter seinem kurzen braunen Fell zeichneten sich wuchtige Muskeln ab. Der Kopf des Tieres war keilförmig. Trotzdem war die Schnauze breit. Die langen Lefzen wippten mit jedem Satz, den der Hund machte, auf und nieder.*

*Dieser Riese würde ihn zu Kleinholz verarbeiten, bevor Chastel dazu kommen würde, sein Messer an der richtigen Stelle durch die Muskeln zu treiben. Er hob schützend die Hände vor den Körper, das Messer so in der Hand, dass die Klinge nach unten zeigte. Diese Technik hatte er bei den Irokesen gelernt. Sie war hervorragend für den Nahkampf geeignet, in dem kein Raum für einen Stoß mit dem Messer mit ausgestrecktem Arm war.*

*Doch das Tier machte keine Anstalten, ihm seine Fänge ins Fleisch zu treiben. Stattdessen schnüffelte es eifrig an seinem Jagdrock. Dann sprang es an ihm hoch, legte seine Vorderpfoten auf Chastels Schultern und begann, ihm großflächig das Gesicht abzulecken.*

*»Claude, verdammt!« Der Marquis kam keuchend und mit rotem Kopf zu ihnen auf den Hof gerannt.*

*Claude schenkte dem Rufen seines Herrn keine Beachtung. Er ließ die Vorderpfoten wieder auf den Boden fallen und rieb seinen mächtigen Kopf an Chastels Rock, wobei er jede Menge Speichel, der von seinen Lefzen troff, auf dem Stoff verteilte.*

*D'Apcher versuchte, ihn am Halsband von Chastel wegzuziehen. Dieser Versuch glich dem Bemühen, einen mannshohen Felsbrocken einen steilen Bergpfad hinaufzuschieben. Claude beeindruckte das nicht im Geringsten. Gierig sog er den Geruch von Chastels Jagdhunden ein, der an dem Rock hing.*

*Chastel schob das Messer wieder in die Scheide, grinste erleichtert und kraulte Claude den Kopf.*

*»Bitte verzeiht, Maître Chastel«, entschuldigte sich d'Apcher. »Dieses Kamel von einem Hund war die letzte Anschaffung meines tiervernarrten Herrn Vater vor seinem Tod.«*

*»So einen riesigen Hund habe ich in meinem ganzen Leben noch nicht gesehen«, gestand Chastel.*

*»Ja, nicht wahr?«, gab ihm d'Apcher recht. »Das ist ein Mastino Napoletano. Diese Hunde sind die direkten Nachfahren der Kriegshunde der Römer.«*

*»Nach Krieg sieht der aber nicht aus«, stellte Chastel fest.*

*»Ein wahres Wort. Claude hat nur drei Dinge im Sinn: Streicheleinheiten und Leckereien aus der Schlossküche. Er ist ein furchtbarer Sturkopf mit dem Gemüt eines Schafs.«*

*»Was ist seine dritte Leidenschaft?«, wollte Chastel wissen.*

*»Ah, das hatte ich unterschlagen. Das sind die Hundedamen. Mein Vater erwarb Claude vor sechs Jahren als Welpe. Matthieu, unser Tierpfleger und Jäger, hat versucht, ihn zu erziehen und aus ihm einen Wachhund zu machen. Vergeblich. Dafür ist er entweder zu stur oder einfach zu blöd. Wie das mit den Hündinnen funktioniert, hatte Claude allerdings schnell heraus, kaum dass er ein Jahr alt war. Er büxte ständig aus. Die Hündin des Metzgers freute sich sehr über seine Besuche. Mein Vater ließ ihn in einen der Zwinger in seinem Bestiarium sperren. Doch Claude heulte so laut und ohne Unterbrechung, dass er ihn auf unser Anwesen nach Paris mitnahm. Dort gab es weniger Gelegenheit für ihn, abzuhauen. Nachdem mein Vater seit gut drei Jahren tot ist, hielten es die Diener in Paris mit Claude nicht länger aus. Er stellte einfach zu viel an. Deshalb habe ich ihn wieder hierherbringen lassen.«*

*Als d'Apcher von den Ausflügen des hünenhaften Hundes erzählte, horchte Chastel auf. Der Schlossherr schien das nicht zu bemerken. Sein Blick verfing sich an Chastels vollgesabbertem Jagdrock.*

*»Mon Dieu! Mein Personal wird sich darum kümmern, solange wir die nächste Jagd planen.«*

*»Das muss nicht sein«, wehrte Chastel ab. »Meine Frau kann das auch machen, wenn ich wieder zu Hause bin.«*

*Er hatte eine klare Vorstellung, wozu er diesen Jagdrock verwenden konnte.*

***

»Hallo, Christoph«, grüßte Tina. »Wir wollten mal nach dir sehen. Wie geht es dir?«

Mario und Tina hatten Caspari in Ruhe gelassen, so wie sie es nach seinem ersten Besuch bei Professor Adam abgesprochen hatten. Er sollte nicht die Gelegenheit haben, sie nach dem Stand der Ermittlungen zu fragen, und sie sollten nicht in Versuchung geraten, mit ihm darüber zu sprechen. So waren sie sich in den vergangenen drei Wochen aus dem Weg gegangen, hatten sich lediglich auf dem Hof gegrüßt, aber ansonsten jeden Kontakt vermieden.

Doch allmählich ging Caspari diese Psycho-Quarantäne auf die Nerven. Nach einem Gespräch mit Clara hatte er Mario eine SMS gesandt, in der er die beiden zum Abendessen auf der Terrasse eingeladen hatte.

»Schlimmer geht immer«, gab Caspari Tina zur Antwort.

Caspari spürte Tinas prüfenden Blick auf sich. Er merkte, dass sie mit seiner Antwort im Regen stand. »Nun ja, im Vergleich zu dem Tag, als wir Eckert verhörten, und den Tagen danach geht es mir besser«, fügte er hinzu. »›Gut‹ ist aber etwas anderes. Ich lebe zurzeit von einem Tag zum nächsten. Es gibt kein Ziel, außer zur Ruhe zu kommen.«

Sein Gesichtsausdruck musste ihn verraten haben.

»Das fällt dir natürlich besonders schwer«, resümierte Tina.

Caspari hob abwehrend die Hände. »Ja, du hast ja recht. So bin ich halt. Dabei ist mein Tag schon sehr ausgefüllt. Ich trainiere täglich, kümmere mich um Haus und Garten und jage mit Camillo durch den Wald. Auf der einen Seite merke ich, wie gut mir das tut, auf der anderen Seite empfinde ich es doch als unbefriedigend, so zu leben – ohne Ziel und Aufgabe. Mein Lebensentwurf ist im Grunde ein anderer.«

»Ich kann dich gut verstehen. Mir ginge es nicht anders«, meinte Mario, der ein Glas Rotwein in der Hand hielt. »Wenn du dir aber jetzt nicht die Zeit nimmst, dich wieder vollständig zu erholen, wirst du deinen Lebensentwurf beerdigen müssen.«

»Ich weiß«, brummte Caspari.

Während des gesamten Abends war Caspari sich sicher, dass Tina spürte, dass er mit sich kämpfte, sie beide nicht nach dem Stand der Ermittlungen zu fragen. Als sie sich später voneinander verabschiedeten, nahm sie ihn in den Arm.

»Kopf hoch, das wird schon wieder. Sei ein bisschen geduldiger.«

»Geduld gehört nicht gerade zu den Stärken des Herrn Doktor«, kommentierte Clara.

***

Diese Nacht war eine von der miserablen Sorte. Caspari konnte keinen Schlaf finden. Nicht dass ihn irgendein Gedanke vom Schlafen abgehalten hätte. Doch sein Unterbewusstsein schien mit etwas beschäftigt zu sein, ohne dass er es mit seinem Denken fassen konnte.

Clara schnarchte leise neben ihm. Er lächelte in sich hinein. Es amüsierte ihn, wenn sie das tat. Er gab sich ganz dem Gefühl von Heimat und Geborgenheit hin, das er mit dieser kleinen Nachtmusik Claras verband. Doch auch das half ihm nicht in den Schlaf. Ohne Schlafmittel würde er die ganze Nacht wach liegen und sich dann am kommenden Tag vollkommen zerschlagen fühlen.

Er stand leise auf und ging die Treppe ins Erdgeschoss hinunter. Die Tablette spülte er mit einem großen Schluck Wasser herunter. Als er durch den Flur ging, blieb er vor seinem Arbeitszimmer stehen.

Er wusste, dass es keine kluge Entscheidung war, sich jetzt an den Computer zu setzen und sich über das Intranet des BKA in den Bereich einzuklicken, in dem alle Mitglieder seiner Abteilung ihren Ermittlungsstand täglich aktualisierten. Er selbst hatte diese Dokumentation eingeführt, weil er der Meinung gewesen war, dass es die Ermittlungsarbeit effizienter machte, wenn bei Ermittlungen jeder auf die Informationen der anderen zurückgreifen konnte.

Caspari rang mit sich. Die Versuchung, einen Blick auf die Arbeit seiner Abteilung zu werfen, war ebenso riesig wie unvernünftig. Doch letzten Endes siegte seine Neugierde. Er rechtfertigte sich damit, dass es ohnehin eine halbe Stunde dauern würde, bis das Medikament ihn endlich schläfrig machte. Warum sollte er die Zeit nicht nutzen?

Ehe er sich's versah, saß er auf seinem Bürostuhl und fuhr den Rechner hoch. Ungeduldig trommelte er mit den Fingern auf der Platte des Schreibtisches, bis er nach der Eingabe aller Codes und Passwörter endlich im BKA-Intranet und wenige Klicks später im Bereich seiner Abteilung gelandet war.

Konzentriert las er die Dokumentationen jeder Arbeitsgruppe. Fuchs und Jung hatten eine wichtige Entdeckung gemacht, so viel stand fest. Svenja und Andreas wühlten sich auf der Suche nach Maria Hase noch immer ohne Erfolg durch Passagierakten. Jing Jang und Gernot Schneider hatten die Eltern, Familien, Freunde und Arbeitskollegen der insgesamt fünf getöteten Männer befragt, um einen Hinweis zu bekommen, wer von ihnen wann an wen das Folter-Video verkauft hatte. Schließlich waren es die Eltern von Alexander Steffens, die erzählten, dass ihr Sohn oft noch lange nach der Arbeit in Frankfurt geblieben war, um sich dort mit Freunden zu treffen. Sie selbst hätten die Freunde allerdings nie kennengelernt.

Der Verdacht lag nahe, dass der Abiturient von damals, der das Grauen mit der Videokamera seines Vaters eingefangen hatte, den Film später an Schellbaum weitergegeben hatte.

Was für ein krankes Schwein, dachte Caspari. Das zeugte

von der vollkommenen Abwesenheit von Reue. Ob es so einem brutalen und skrupellosen Mistkerl nicht recht geschah, wenn er viele Jahre später selbst auf bestialische Weise ums Leben kam?

Tina berichtete von ihrem Telefonat mit einem Chief Martin Brinkman von der Royal Canadian Mounted Police. Seine Abteilung hatte vor vier Jahren die Zerschlagung des internationalen Pädophilen- und Sadistenrings koordiniert, in dessen Filmpool das Video aus der Scheune zum ersten Mal aufgetaucht war.

So weit, so gut, dachte Caspari, aber wie bekommen wir jetzt die Verbindung zu unseren Wolfsmorden hin?

Er las noch einmal Tinas Bericht. Dabei hatte er das Gefühl, dass der Name des Chiefs ihm etwas sagen müsste. Wenn er doch nur fitter wäre und nicht lahmgelegt von seiner eigenen Psyche, die in einem völlig unpassenden Moment zusammengeklappt war. Dann wüsste er wahrscheinlich auch, was er mit dem Namen ›Martin Brinkman‹ anfangen sollte.

***

Jürgen Jungmann und Heinz Bertram saßen Manuel Naumann und dessen Anwalt im Verhörraum gegenüber. Nach zwei Tagen in der Jugendstrafvollzugsanstalt in Gelnhausen war der Trotz in der Mimik des Schülers einem Gesichtsausdruck gewichen, den Jungmann als den Mut der Verzweiflung deutete.

»Herr Naumann ist bereit, Ihnen den Namen eines weiteren, bisher nicht verhafteten Mitglieds des Snuff-Video-Rings zu nennen, wenn die Staatsanwaltschaft sich auf einen Deal einlässt.«

»Was soll am Ende bei diesem Deal herausspringen?«, fragte Bertram skeptisch.

»Eine mildere Strafe natürlich«, antwortete Schenk.

»Eine mildere Strafe? Soso«, kommentierte Bertram.

»Es muss Ihnen doch daran gelegen sein, dass auch wirklich

alle Mitglieder des Darknet-Rings in Haft kommen. Wenn auch nur einer von ihnen durch die Netze schlüpft, kann er mit dem Filmmaterial, das er sich heruntergeladen hat, ein anderes Netzwerk bedienen oder ein neues aufbauen.«

»Wir sind gerührt von der Gesetzestreue Ihres Mandanten«, entgegnete Jungmann, der sich seinen Sarkasmus nicht verkneifen konnte. »Ich frage mich nur, wo die in Ihrer aktiven Zeit als Mobbing-Leitwolf und Snuff-Video-Konsument war, Herr Naumann.«

»Lass gut sein, Jürgen«, sagte Bertram. »Ich werde mit dem Staatsanwalt telefonieren. Solange unterbrechen wir das Verhör.« Gemeinsam gingen er und sein Schwiegersohn in Bertrams Büro.

Nach einer Viertelstunde beendete Bertram die Telefonkonferenz.

»Wir können die Vernehmung fortsetzen, Jürgen. Der Staatsanwalt hat uns grünes Licht gegeben. Wenn der Junge uns ein bisher unbekanntes Mitglied der Gruppe nennt, wird sich das strafmildernd auswirken.«

»Das geht doch nicht«, protestierte Jungmann. »Der Typ ist eine Charaktersau. Er ist der Anführer der Gang. Das heißt, er hat die Hauptverantwortung für das, was die ganze Gruppe anstellt. Aus der will er sich jetzt ganz geschmeidig herauswinden.«

»Ein jeder schaut am Ende, wo erst einmal er selbst bleibt. So ist das bei vielen Menschen«, meinte Bertram. »Komm, es hilft ja nichts. Wir müssen uns seine Ohrenbeichte anhören.«

Jungmann folgte seinem Schwiegervater in den Raum, in dem Manuel Naumann und sein Rechtsanwalt Schenk auf sie warteten.

»Die Staatsanwaltschaft kommt Ihnen bei dem zu beantragenden Strafmaß entgegen, wenn Sie kooperieren«, erklärte Bertram. »Voraussetzung ist, dass Sie uns eine Person nennen, von der wir noch keine Kenntnis haben.«

Unsicher sah Manuel seinen Anwalt an.

»Sagen Sie es. Sie haben ohnehin nichts mehr zu verlieren.«

»Maurice Goldschmidt, ein Mitschüler«, presste Manuel hervor.

Bertram sah zu Jungmann hinüber und hob beide Augenbrauen.

»Was für ein Akt der Verzweiflung«, kanzelte Jungmann Manuel schroff ab und verzog dabei angewidert das Gesicht. »Haben Sie geglaubt, Sie könnten damit einen Blumentopf gewinnen?«

Manuel sah ihn entgeistert an. »Ich verstehe nicht …«

»Sie haben Maurice Goldschmidt über WhatsApp, Instagram und was weiß ich noch was mit Fotos und Filmchen zugeschüttet. Wissen Sie, das BKA hat nicht nur Ihr Handy gründlich überprüft, sondern auch seines. Er hat das Zeug immer sofort gelöscht, was er von Ihnen bekam. Es waren doch auch Sie, der ihn in diese Perversen-Plattform eingeführt hat. Auf seinem Rechner war kein Filmmaterial. Laut seinen Mobilfunkdaten war er zu dem Zeitpunkt, als Sie Jannik Kiesling zusammengeschlagen haben, in Hanau unterwegs. Der Junge hat ein Alibi. Es fand sich außerdem keine Horrorclownsmaske bei ihm zu Hause. Wissen Sie, was ich glaube? Maurice Goldschmidt hatte einfach Angst davor, eines Ihrer Mobbingopfer zu werden. Deshalb hat er so getan, als fände er Ihr Treiben so toll. Und jetzt kommen Sie daher und wollen den armen Kerl hinhängen. Das ist nicht gerade Ausdruck charakterlicher Stärke. Schlagen Sie sich die Strafmilderung aus dem Kopf. Stehen Sie doch zu Ihren Taten und nehmen Sie die kommende Strafe mit dem Rest Rückgrat an, das Ihnen noch geblieben ist.«

»Ich muss doch sehr bitten«, protestierte Schenk.

»Irgendeiner muss dem jungen Mann ja mal sagen, wie niederträchtig sein Verhalten ist«, konterte Jungmann.

***

Caspari war an diesem Morgen spät wach geworden. Im Haus war es gespenstisch still. Clara hatte ihn wohl schlafen lassen und gemeinsam mit Lukas das Haus verlassen.

Camillo saß vor dem Bett und starrte Caspari mit durchdringendem Blick an. Der tat sich schwer, aus dem Bett zu kommen. Zu den negativen Begleiterscheinungen des Schlafmittels gehörte es, dass er lange brauchte, um richtig munter zu werden.

Träge schleppte er sich ins Bad und ging dann vor dem Frühstück mit Camillo in den Wald. Tief sog er die milde Frühsommerluft ein und versuchte so, die Trägheit aus seinen Gliedern zu vertreiben.

Beim Frühstück, das nach einem Blick auf die Uhr eher ein spätes Mittagessen war, schalt er sich selbst einen Narren, dass er in der Nacht den Ermittlungsstand seiner Abteilung studiert hatte. Damit sollte nun ein für alle Mal Schluss sein. Wenn er sein aktives Leben wieder zurückhaben wollte, musste er sich jetzt die Zeit nehmen, die seine Seele brauchte, um die Traumata der zurückliegenden Jahre zu verarbeiten.

Er wollte nicht so enden wie manche Soldaten und Polizeikollegen mit posttraumatischen Belastungsstörungen, die den schwarzen Hund nicht mehr ertragen konnten, der an ihrer Seele riss. Sie flohen vor dem bohrenden, abgrundtiefen Schmerz, den dieses Wesen aus der Mythologie ihnen zufügte, in den Tod.

Auch wenn er immer wieder den Drang verspürt hatte, wenn dieser Alptraum in ihm wütete, so hatte er doch nie nachgegeben. Lukas und Clara vor seinem inneren Auge hatten ihn davon abgehalten.

Caspari räumte die Reste seiner Brotzeit weg und ging in sein Arbeitszimmer. Er hatte den Entschluss gefasst, nichts mehr darin zurückzulassen, das ihn verleiten könnte, doch wieder in die Ermittlungen hineinzuschnuppern. Er würde Tina alles in die Hand drücken, was er noch auf dem Schreibtisch und in seiner Tasche liegen hatte. Außerdem würde er

Mario bitten, ein neues Passwort für ihren Abteilungsbereich im BKA-Intranet einzurichten. Selbst wenn er der Versuchung nachgeben wollte, dort zu stöbern, würde er so nicht mehr hineinkommen.

Entschlossen setzte er sich auf seinen Bürostuhl und sah alle Unterlagen durch, die auf dem Schreibtisch lagen. Nichts davon hatte mit den Wolfsmorden zu tun.

Caspari bückte sich, hob seine Aktentasche hoch, die an einem Tischbein lehnte, und legte sie sich auf den Schoß. Mit einem Griff beförderte er eine Akte heraus, die er im Trubel der vergangenen Wochen vollkommen vergessen hatte: den Bericht der Kynologin. Den würde er an diesem Abend Tina und Mario geben. Außer ihm hatte ihn niemand gelesen. Die beiden wussten, was sie damit anfangen konnten.

Gedankenverloren blätterte Caspari die Seiten durch und zwang sich, nicht mit dem Lesen anzufangen. Und doch blieben seine Augen an den letzten drei Worten des Berichts hängen. Es war die Unterschrift. Dr. Eva Brinkmann.

Wie hieß der Chief der kanadischen Polizei?, fragte sich Caspari.

Tina hatte den Namen »Martin Brinkman« notiert. Vermutlich war sie davon ausgegangen, dass ein in Kanada lebender Polizist einen Namen hatte, den man englisch schrieb und aussprach.

Und wenn er doch deutsch war? Die Namensähnlichkeit mit der Kynologin konnte kein Zufall sein.

In Casparis Kopf formte sich ein entsetzlicher Verdacht. Er überlegte kurz, ob er Mario anrufen sollte. Dann verwarf er den Gedanken. Es half nichts. Dieses Rätsel musste er aufklären, vorher war an eine Auszeit nicht zu denken.

Er wählte die Nummer von Simone Köhler, der Sekretärin seiner verwaisten Abteilung in Wiesbaden.

»Chef«, begrüßte sie ihn am Telefon, »wie geht es Ihnen?«

»Ein bisschen besser«, antwortete Caspari, »aber es wird

noch eine Weile dauern, bis ich wieder vollkommen hergestellt bin.«

»Wie lange werden Sie noch arbeitsunfähig sein?«

»Um ehrlich zu sein – ich weiß es nicht. Das wird wohl noch etwas Zeit in Anspruch nehmen.«

»Dann drücke ich Ihnen ganz fest die Daumen.«

»Danke. Das ist wirklich sehr nett. Sie können aber auch noch etwas anderes für mich tun.«

»Immer gern.«

»Ich brauche die Telefonnummer von Chief Martin Brinkman von der Royal Canadian Mounted Police in Montreal.«

»Kanada? Ich mache mich gleich an die Arbeit. Seitdem hier alle außer den Herren Fuchs und Jung ausgeflogen sind, ertrinke ich nicht gerade in Aufgaben. Sobald ich einen Kontakt habe, rufe ich Sie an.«

Die Zeit bis zu Simone Köhlers Rückruf zog sich wie Kaugummi. Caspari fragte sich immer wieder, was zum Teufel er da gerade machte. Das war alles andere, als sich an die Weisungen seines Therapeuten zu halten. »Aber so recht kommt doch niemand aus seiner Haut, oder?«, sagte er halblaut zu sich.

Nach einer Viertelstunde rief seine Sekretärin zurück.

»Ich habe nicht nur die Telefonnummer ausfindig gemacht, sondern auch gleich vorgefühlt, ob der kanadische Kollege zu sprechen ist. Er erwartet Ihren Anruf.«

»Vielen Dank, Frau Köhler. Sie sind mit Gold nicht zu bezahlen«, lobte Caspari die gute Seele seiner Abteilung.

»Erzählen Sie das mal meinem Sohn«, erwiderte Simone Köhler und diktierte ihm die Rufnummer.

Im Anschluss rief er direkt in Kanada an. Dort musste es jetzt Vormittag sein.

»Brinkmann«, meldete sich eine tiefe Bassstimme am anderen Ende der Leitung.

*»Hello, Chief Brinkman, my name is Caspari ...«*

»Lassen Sie uns Deutsch sprechen«, unterbrach ihn der kanadische Kollege.

»Sehr gern«, stimmte Caspari zu. »Ihr Deutsch ist ausgezeichnet.«

»Ich bin der Sohn deutscher Einwanderer«, erklärte Brinkmann. »Bei uns zu Hause wird fast nur Deutsch gesprochen.«

»Dann wird Ihr Name wohl auch mit zwei ›n‹ am Ende geschrieben?«

»Ja, darauf legt meine Familie Wert«, bestätigte der kanadische Kollege.

Jetzt war Caspari sich absolut sicher, auf der richtigen Fährte zu sein.

»Ich rufe aus demselben Grund an wie meine Kollegin neulich.«

»Ja, Ihre Kollegin hat mit einem Mann aus meinem Team gesprochen. Es ging um die Razzia gegen die Nutzer einer Darknet-Plattform, auf der Kinderpornos und Snuff-Videos getauscht wurden. Wir hatten sie zuerst entdeckt, weshalb wir die Koordination übernommen hatten.«

»Ich interessiere mich speziell für ein Video. Es ist älteren Datums und zeigt die Folterung eines Mädchens im Teenageralter in einer Scheune.«

»Ich erinnere mich. Ein sehr schlimmer Film! Das Mädchen tat mir so leid, dass ich es mir tatsächlich zur Aufgabe gemacht hatte, herauszubekommen, wer sie war und wann und wo diese Aufnahmen gemacht wurden. Meine Frau hat sich schon darüber beschwert, dass ich solche Filme mit nach Hause bringe und mir in meinem Arbeitszimmer ansehe.«

»Haben Sie einen Hinweis finden können?«

»Das Mädchen trug ein T-Shirt vom Rapper Coolio. ›Gangsta's Paradise‹, stand darauf. Das war das Titellied zu einem Film, der 1995 in die Kinos kam. Ich bin deshalb davon ausgegangen, dass das Snuff-Video ein, maximal zwei Jahre später entstanden sein muss.«

»Sie haben recht«, bestätigte Caspari, »das Folter-Video stammt aus dem Frühsommer 1996.«

»Sie haben herausgefunden, wer das bedauerliche Mädchen war?«, fragte Brinkmann aufgeregt.

»Ja. Wir konnten das Mädchen in dem Video einwandfrei einem bisher ungeklärten Todesfall zuordnen.«

»Es beruhigt mich, das zu hören«, antwortete Brinkmann mit aufrichtiger Stimme. »Wie kann ich Ihnen nun helfen?«

»Ich muss Sie etwas Persönliches fragen«, tastete Caspari sich vor. »Kennen Sie eine Wolfsexpertin namens Eva Brinkmann?«

»Das ist meine Frau«, antwortete der Chief mit belegter Stimme. »Allerdings weiß ich nicht, ob sie das noch genauso sieht.«

»Sie unterstützt uns bei den Ermittlungen. Wir untersuchen Tötungen durch einen Wolf.«

»Nur *einen* Wolf, nicht ein ganzes Rudel? Das ist sehr ungewöhnlich«, meinte Brinkmann.

»Das ist es wohl«, stimmte Caspari zu. »Ich muss Sie noch etwas Persönlicheres fragen: Kann es sein, dass Ihre Frau dieses Folter-Video damals durch einen dummen Zufall gesehen hat?«

»Sie kam ins Zimmer, als ich es mir angesehen habe, das stimmt. Ich bemerkte sie erst gar nicht. Sie war so still. Als ich dann ihre Gegenwart spürte und mich umdrehte, sah ich das Entsetzen in ihrem Gesicht.«

»Haben Sie darüber gesprochen?«

»Nein, niemals.«

»Darf ich fragen, wann und wo Sie sich kennengelernt haben?«

»Das war 1997 in der Universität. Ich studierte Psychologie, sie Biologie. Wir begegneten uns bei einem Campusfest. Nach dem Studium heirateten wir. Sie wurde Expertin für Wölfe und Hunde, ich begann meine Karriere bei der Polizei. Wir bekamen zwei Kinder, um die sich derzeit meine Eltern kümmern. Vor vier Jahren erzählte Eva mir, dass sie eine Forschungsstelle in Deutschland angeboten bekommen habe und sie diese Stelle antreten würde. Sie können sich vorstellen, dass ich völlig überrumpelt war. Eine Woche später war sie weg. Frieda hatte sie auch mitgenommen.«

»Frieda?«, fragte Caspari.

»Unsere Wölfin. Eva hat sie als Welpe von einer ihrer Exkursionen mitgebracht. Sie war von ihrer Mutter verstoßen worden.«

»Herr Brinkmann, haben Sie noch Kontakt zu Ihrer Frau?«

»Kaum noch. Unsere Kinder leiden auch sehr darunter. Aber warum um Himmels willen wollen Sie das alles wissen?«

Caspari holte tief Luft. Was er jetzt zu sagen hatte, war starker Tobak.

»Weil ich vermute, dass Ihre Frau die Schwester des zu Tode gefolterten Mädchens im Video ist.«

»Mein Gott«, stöhnte Brinkmann am anderen Ende der Leitung.

»Sagt Ihnen der Name Maria Hase etwas?«, fragte Caspari.

»Nein. Sollte er das?«

»Das ist der Mädchenname Ihrer Frau.«

»Ich kenne sie nur als Eva Kramer«, stellte Brinkmann fest.

»Wir wissen, dass Ihre Frau nach dem Tod ihrer Schwester beziehungsweise nach dem Tod ihrer Eltern ein Jahr später mit einem Work-and-Travel-Visum in Australien war. Dort verliert sich ihre Spur vollständig. Die Vermutung liegt nahe, dass sie sich eine neue Identität beschafft hat, um ein völlig neues Leben zu beginnen. So ist sie unter falschem Namen und mit gefälschten Dokumenten nach Kanada gekommen.«

»Als könnte man vor den Geistern seiner Vergangenheit davonlaufen«, warf Brinkmann ein. »Haben Sie Indizien für Ihre Vermutungen?«

»Wir haben eine Wolfsbestie, die alle an dem Tod des gefolterten Mädchens Beteiligten in Fetzen reißt. Das ist eindeutig ein Akt der Rache. Andere Personen kommen nämlich nicht zu Schaden. Als Rächer kommt nur die verschollene Schwester in Frage. Nennen Sie mir einen triftigen Grund, warum ich bei allem, was ich schon vorher wusste, und dem, was Sie mir gesagt haben, nicht Ihre Frau in den Fokus nehmen soll?«

Brinkmann schwieg lange. Caspari konnte ihn nur allzu gut verstehen. Für den Chief brach in diesem Moment eine Welt zusammen, weil er seit Jahren eine Frau liebte, von der er jetzt erfuhr, dass sie eine Fremde war.

»Sie haben recht«, stimmte Brinkmann mit einer rauen Stimme zu, »das sind ein paar Zufälle zu viel.«

Nach dem Telefonat saß Caspari eine Weile regungslos auf seinem Bürostuhl und überlegte. Wann war der Zeitpunkt, von diesem fahrenden Zug abzuspringen? Wenn er ehrlich zu sich selbst war, dann wäre er letzte Nacht gewesen, als er wider alle Vernunft den Computer angeschaltet hatte.

Zwei Persönlichkeiten rangen in ihm. Die eine schrie förmlich nach Ruhe und Erholung, die andere erinnerte ihn wie ein Mantra an seine Pflicht.

Was war der richtige Weg? War es nicht an ihm, das Morden zu beenden, wenn er es konnte?

Nimm dich nicht so wichtig! Mario und Tina können das genauso gut, mahnte ihn die Stimme der Vernunft, die sich in den Reigen der streitenden Persönlichkeitsanteile einmischte.

Er nahm sein Telefon und wählte Marios Nummer. Aber es war nur die Mailboxansage, die er hörte. Er versuchte es über die Mobilnummern der anderen. Ebenfalls Fehlanzeige. Zwei Stunden rang er mit sich. Schließlich rief er wieder seine Sekretärin an.

»Ich erreiche niemanden aus meiner Abteilung«, beschwerte er sich.

»Die ganze Truppe nimmt gerade mit einem SEK Schellbaum und sein gesamtes Umfeld hoch.«

»Eine groß angelegte Razzia?«, fragte Caspari.

»Soweit ich das verstanden habe, ja«, antwortete Simone Köhler.

»Ich gebe Ihnen jetzt eine Aufgabe, die Sie unbedingt erledigen müssen, und wenn Sie deswegen erst um Mitternacht aus dem Büro kommen.«

»Sie machen mir Angst, Chef«, entgegnete Köhler mit einem ironischen Unterton.

»Sie rufen so lange auf allen Leitungen an, bis Sie einen von ihnen an der Strippe haben. Sagen Sie, ich habe die Meisterin der Wolfsbestie gefunden. Es ist die Kynologin Dr. Brinkmann. Sie ist auch die verschollene Schwester von Michaela Hase. Notieren Sie sich das und wiederholen Sie es bitte.«

Caspari hörte das Kratzen des Bleistifts auf Papier. Dann wiederholte Simone Köhler seine Worte.

»Was machen Sie jetzt? Legen Sie endlich mal die Beine hoch und halten Ruhe?«, fragte sie.

»Solange der Fall nicht abgeschlossen ist, finde ich sowieso keine Ruhe«, erwiderte Caspari. »Ich versuche, Eva Brinkmann davon abzuhalten, ihr Ungeheuer auf Leute zu hetzen.« Damit beendete er das Telefongespräch.

Hastig schlug er die Kladde auf, in der Dr. Brinkmanns Untersuchungsbericht lag. In ihrem Briefkopf stand die Telefonnummer der Zoologischen Gesellschaft.

Caspari rief dort an und ließ sich ihre Mobilfunknummer geben. Wenig später hatte er Eva Brinkmann selbst am Apparat.

»Herr Caspari, was kann ich für Sie tun?«, fragte sie ausnehmend höflich.

»Ich habe noch ein paar wichtige Fragen zum Verhalten unseres Wolfes, die Sie mir sicher beantworten können.«

»Gern. Ich bin noch im Vogelsberg unterwegs. Am Abend kann ich ins Revier kommen.«

»So lange kann es leider nicht warten«, antwortete Caspari und versuchte, so neutral wie möglich zu klingen. »Es ist sehr dringlich. Wenn es möglich ist, komme ich zu Ihnen.«

»Also gut«, lenkte Dr. Brinkmann ein, »dann treffen wir

uns auf dem Parkplatz am Teich vor Birstein. Wissen Sie, wo das ist?«

»Natürlich. Ich bin in einer halben Stunde bei Ihnen.«

Caspari beeilte sich, die Kombination des Schlosses seines Waffentresors einzugeben. Als die Tür aufsprang, fand er darin nur mehrere Packungen mit Patronen. Die Erinnerung daran, dass er seine Dienstwaffe im BKA abgegeben hatte, überlief ihn wie eine kalte Dusche.

Er griff nach dem Einhandmesser, das er im Tresor neben den Patronenschachteln entdeckte, und steckte es sich in die Hosentasche. Auch die Halogentaschenlampe, die gerade so groß war, dass sie in seine Hand passte, nahm er mit. Er hatte lange genug geübt, sie wie einen Meißel zu verwenden, mit dem man einen Angreifer niederstrecken konnte.

Schnell zog er sich seine Schuhe an und streifte seine Sommerjacke über, bevor er das Haus verließ. Müsste er Clara nicht eine Nachricht hinterlassen? Nein, dazu war jetzt keine Zeit und keine Möglichkeit, entschied er.

Eine halbe Stunde später war Caspari am Treffpunkt angelangt. Neben einem grünen Geländewagen stand Eva Brinkmann. Wie bei ihrer letzten Begegnung trug sie Outdoorkleidung.

Caspari stieg aus und schüttelte ihr zur Begrüßung die Hand. »Vielen Dank, dass Sie sich so kurzfristig Zeit genommen haben.«

»Kein Problem«, antwortete Dr. Brinkmann lächelnd. Hätte Caspari nicht gewusst, dass er der Frau gegenüberstand, die eine Killermaschine auf vier Beinen auf andere Menschen hetzte, hätte er sie sehr sympathisch gefunden.

»Womit kann ich Ihnen helfen?«, fragte sie.

»Ich muss wissen, wie Wölfe jagen und ob sie so etwas wie eine Taktik entwickeln, die der jeweiligen Situation angepasst ist.«

»Lassen Sie uns ein Stück spazieren gehen. Dabei erkläre ich es Ihnen gern«, schlug Dr. Brinkmann vor.

Sie nahmen den Wanderweg in das Waldstück, das an den Parkplatz grenzte.

»Wölfe jagen selten allein, sondern in der Regel in einem Rudel«, erklärte Dr. Brinkmann, als sie unter dem Blätterdach waren. »Wenn sie zum Beispiel eine Herde Bisons ausgemacht haben, umkreisen sie die großen Tiere zunächst langsam. Sie versuchen mit Ausfällen, Unruhe in die Herde zu bringen. Das ist reine Provokation. Die ausgewachsenen Bisons greifen an und verscheuchen den jeweiligen Wolf. Dann umkreist das Rudel die Herde immer schneller. Die großen Tiere nehmen ihre Jungen und die kranken Artgenossen in ihre Mitte und schirmen sie ab. Die Wölfe erhöhen den Druck durch weitere Einzelangriffe während des Umkreisens, bis die jungen und schwachen Tiere doch die Nerven verlieren. Die Herde fällt auseinander, und die Wölfe beginnen, das junge, alte oder kranke Tier zu attackieren, das am meisten zurückfällt. Bis der Bison tot zusammenbricht, vergehen bis zu zwei Stunden.«

»Sehr eindrucksvoll«, meinte Caspari. »Wölfe sind also regelrechte Taktiker.«

»Davon können Sie ausgehen.«

»Wie verhält sich ein einzelner Wolf auf der Jagd?«

»Nun ja, er nimmt sich auf jeden Fall keine ganze Bisonherde vor. Hirsche, Rehe, Hasen und so weiter, das ist die Beute eines Einzelgängers. Fische, Füchse und Waschbären ebenfalls. Er beobachtet, lauert und schlägt in dem Moment zu, in dem ihn das Beutetier nicht erwartet. Dabei passt er auch seine Taktik der jeweiligen Situation an.«

»Haben Sie das Frieda beigebracht«, fragte Caspari.

Dr. Brinkmann blieb wie angewurzelt stehen. Er hatte sie mit seiner Frage überrumpelt, so wie er es beabsichtigt hatte. Mit weit aufgerissenen Augen starrte sie Caspari an. Wut, Trauer und Verzweiflung mischten sich in ihrem Blick.

»Ich habe mit Ihrem Mann telefoniert«, sagte Caspari mit ruhiger Stimme. »Sie sind Maria, die Schwester von Michaela Hase.«

»Eva-Maria, um ganz genau zu sein«, erwiderte Dr. Brinkmann. »Der Standesbeamte hatte wohl einen schlechten Tag, als mein Vater meine Geburt meldete. Er hat vergessen, den ersten Vornamen ins Stammbuch einzutragen. So wurde aus mir eine Maria. Ein Urkunden- und Passfälscher in Australien gab mir später die Möglichkeit, dann doch Eva zu werden.«

Für Casparis Geschmack gewann sie zu schnell ihre Fassung zurück. Die Alarmglocken läuteten in seinem Kopf.

»Sie hetzen die Wölfin, die Sie aus Kanada mitgebracht haben, auf die Mörder Ihrer Schwester«, konstatierte er und sah Dr. Brinkmann fest an.

Die lachte freudlos auf. »Mörder? Doch eher Schlächter und Folterknechte«, zischte sie.

»Sie haben in dem Videofilm, den Ihr Mann untersucht hat, Ihre Schwester wiedererkannt. Danach haben Sie all die Menschen verlassen, die Sie lieben, um so grausam Rache zu nehmen. Warum? Sie hatten doch ein neues Leben. Die Vergangenheit lag hinter Ihnen. Sie hätten Ihrem Mann nur den Namen des Opfers und den Tatort nennen brauchen, und der Fall wäre hier wieder neu aufgerollt worden.«

»Sie wissen ja gar nicht, wie das ist. Von meiner Schwester waren über Nacht nur noch ein paar Knochen übrig. Sie war unser aller Augenstern. Ich habe sie sehr geliebt. Meine Eltern sind an ihrem Tod zerbrochen. Sie hatten noch nicht einmal mehr die Kraft, wenigstens für mich weiterzuleben. Deshalb starben sie im Auto. Ja, ich dachte, ich hätte das alles hinter mir gelassen. Ich war glücklich in meinem neuen Leben. Ein toller Mann, zwei wunderbare Kinder, ein Beruf, den ich liebte. Die Tragödie meiner Familie hatte ich verdrängt, bis ich Michaelas gequältes und geschundenes Gesicht in diesem furchtbaren Film wiedersah. Das ist mehr, als ein Mensch ertragen kann.«

»Ich weiß«, stimmte Caspari zu. »Wie sind Sie so schnell nach Deutschland gekommen, nachdem Sie diese Entdeckung gemacht hatten?«

»Ich stand bereits seit einigen Wochen mit der Zoologischen Gesellschaft in Kontakt. Sie hatten schon längere Zeit versucht, mich als Expertin für ein Forschungsprojekt anzuwerben, das sich mit der Rückkehr der Wölfe nach Deutschland befasste. Nachdem ich den Film zu Teilen gesehen hatte, ging dann alles sehr schnell. Meine Familie stand unter Schock. Ich habe sie damit vollkommen überrumpelt. Innerhalb weniger Tage war ich weg.«

»Aber Sie haben doch Kinder«, erinnerte Caspari sie.

»Ich weiß«, blaffte sie ihn an. »Nachdem ich meine Schwester in dem Folteropfer erkannt hatte, konnte ich plötzlich nichts mehr empfinden. Es war, als hätte jemand alle meine Gefühle verbrannt außer dem unbändigen Hass und dem Drang, meine Schwester, meine Eltern und auch mich zu rächen. Das meiste Geld vom Erbe meiner Familie hatte ich bei einer Bank angelegt, bevor ich nach Australien gegangen war. Niemand in Kanada wusste davon. In Gründau-Breitenborn kaufte ich eine alte Hofreite, die ein wenig abseits vom Dorf liegt. Dort fing ich dann an, meine Rache systematisch zu planen.«

»Woher hatten Sie die Namen der Männer?«

»Mein Vater hat in seiner Verzweiflung und Trauer selbst versucht, zu ermitteln. Die Namen der Abiturienten hat er im Polizeirevier in einer offen liegenden Akte gesehen und abgeschrieben, als der Beamte aus seinem Büro gerufen wurde. Nach dem Tod meiner Eltern fand ich natürlich auch diese Aufzeichnungen. Dank Internet, Facebook und Seiten wie ›Finde deine Klassenkameraden von damals‹ habe ich gründlich über diese Monster recherchiert. Alle führten ein völlig normales Leben, als hätten sie nie einen Menschen abgeschlachtet. Das stachelte meinen Hass nur noch mehr an. Fast hätte ich meine Aufgabe zu Ende gebracht. Aber dann haben Sie mir dazwischengefunkt.«

»Und was wäre gewesen, wenn Sie alle getötet hätten?«

»Ich wäre zurück nach Kanada gegangen und hätte mich

meinem zweiten Leben wieder mit aller Hingabe zugewandt.«

»Daraus wird nun leider nichts mehr. Das tut mir besonders für Ihre Kinder und Ihren Mann leid«, erklärte Caspari aufrichtig. »Ich muss Sie wegen des Verdachts des mehrfachen Mordes festnehmen, Frau Br…«

Bevor er seinen Satz beenden konnte, hatte die Kynologin ihre rechte Hand aus der Westentasche gezogen. Blitzschnell rammte sie ihm etwas in die Brust, das sie mit ihrer Faust umklammerte.

Caspari sah bestürzt auf einen bunt gefiederten Narkosepfeil, der in seiner linken Brust steckte.

»Angenehme Träume«, flüsterte Dr. Brinkmann, während ihm die Sinne schwanden.

***

Clara kam nach einer langen Schulkonferenz erst am Abend nach Hause. Sie war überrascht, Caspari dort nicht anzutreffen. Lukas war bei Casparis Eltern in deren Flügel des Weiherhofs und spielte mit einem Freund.

»Wo ist Christoph?«, fragte sie Pia Caspari.

»Er hat sich vor ein paar Stunden ins Auto gesetzt und ist weggefahren. Wir haben keine Ahnung, wohin er so eilig wollte.«

Camillo bedrängte Clara, indem er mit der Schnauze an ihr Bein stieß.

»Merkwürdig«, dachte sie laut, »mit Camillo ist er auch nicht unterwegs gewesen.«

»Nur einmal in der Mittagszeit«, erklärte Casparis Mutter.

»Dann gehe ich eine Runde mit ihm. Vielleicht kommt Christoph inzwischen wieder zurück«, sagte Clara, obwohl sie selbst nicht so recht daran glaubte.

Sie steckte ihr Mobiltelefon ein, nahm die Leine, rief Camillo und marschierte los. Sie wollte Casparis Eltern nicht beunruhigen. Deshalb holte sie das Handy erst aus der Hosentasche, als sie außer Sichtweite war.

Mehrmals versuchte sie, ihn zu erreichen, doch immer meldete sich nur seine Mailbox. Beim dritten Anlauf nahm sie sich ein Herz und sprach eine Nachricht darauf.

»Christoph, wo treibst du dich denn rum? Mensch, melde dich, ich mache mir Sorgen!«

Während sie die Runde mit Camillo fortsetzte, sah sie immer wieder auf ihr Mobiltelefon. Keine Nachricht von ihm. Kurz bevor sie auf dem Hof ankam, blieb sie stehen und wählte Tinas Nummer.

»Weißt du, wo Christoph ist?«, fragte sie sofort nach.

»Nein«, antwortete Tina. »Wir hatten heute eine Großrazzia. Während des Zugriffs waren unsere Handys lautlos gestellt. Er hat in dieser Zeit versucht, uns zu erreichen. Von unserer Sekretärin haben wir vorhin erfahren, dass er herausgefunden hat, wer hinter den Wolfsmorden steckt.«

»Was?«, rief Clara entsetzt. »Er soll doch gerade mal gar nichts arbeiten in seinem Zustand.«

»Deshalb wollte er es uns ja wohl sagen, damit wir uns darum kümmern. Das sagt jedenfalls Frau Köhler. Als er uns nicht erreichen konnte, ist er anscheinend selbst losgezogen.«

»Was machen wir jetzt?«, fragte Clara besorgt.

»Ich veranlasse eine sofortige Ortung seines Handys. Sobald wir etwas haben, rufe ich zurück«, versicherte ihr Tina und legte schnell auf.

Unruhig saß Clara später in der Abenddämmerung auf der Terrasse und wartete auf Tinas Rückruf. Warum konnte Caspari nicht einfach die Arbeit den anderen überlassen? Warum musste er sich schon wieder in Gefahr begeben? Clara sah ihn vor sich, blutend im Wald liegend, zerfleischt von der Wolfsbestie.

Nach einer gefühlten Ewigkeit rief Tina endlich zurück.

»Christophs Handy ist wohl ausgeschaltet, was sehr ungewöhnlich ist. Auch das Handy der Verdächtigen können wir nicht orten. Mach dir keine Sorgen, Clara. Wir finden ihn. Unsere gesamte Abteilung und die Kollegen vom Revier sind dran.«

»Doch, ich mache mir Sorgen«, widersprach Clara.

»Ich muss auflegen. Sobald ich etwas weiß, rufe ich zurück«, antwortete Tina mit nervöser Stimme.

***

Es fiel ihm schwer, die Augen zu öffnen. Caspari lag auf dem Rücken und versuchte keuchend, wieder zu sich zu kommen. Der Mond über ihm zog seltsame Kreise vor seinen Augen.

Er atmete einige Male tief durch, bis sich der Schwindel gelegt hatte. Dann drehte er sich auf den Bauch und stemmte sich mühsam hoch. An einen Baum gestützt, stand er eine Weile da, bis er sich sicher war, wieder alle Sinne beieinanderzuhaben. Die Narkose, die Eva Brinkmann ihm injiziert hatte, musste für einen Elefanten bestimmt gewesen sein. Anders konnte er sich nicht erklären, dass er so lange bewusstlos im Wald gelegen hatte.

In seiner Jacke suchte er tastend nach seinem Mobiltelefon. Es war verschwunden. Er zog die Taschenlampe hervor und suchte in deren Licht den Boden danach ab. Vielleicht war es bei seinem Sturz aus der Jackentasche gefallen.

Tatsächlich konnte er es schnell entdecken oder vielmehr das, was davon noch übrig geblieben war. Eva Brinkmann musste seine Taschen durchsucht haben, während er bewusstlos gewesen war. Sie hatte das Handy wahrscheinlich auf den Boden geworfen und mit dem Absatz ihres Wanderschuhs zertrümmert. Das konnte bedeuten, dass sie sich Zeit für ihre Flucht verschaffen wollte.

Caspari befürchtete allerdings, dass sie sich auch an Eckert rächen und jeden aus dem Weg räumen würde, der sie daran zu hindern versuchte. Er brauchte keine Sekunde, um zu wissen, was das für ihn bedeutete. Dr. Eva Brinkmann war unterwegs, um ihre Mordwaffe, den Wolf, aus seinem Versteck zu holen. Sie konnte mit dem Tier jeden Augenblick da sein, um Caspari zu töten.

Diese Erkenntnis verlieh Casparis schweren Beinen mit einem Mal eine unglaubliche Leichtigkeit. Flucht oder Kampf sind die beiden Urmuster des Menschen in einer Bedrohung. Kampf kam gegen diese Bestie nicht in Frage. Ohne seine Pistole brauchte er gar nicht daran zu denken. Also rannte er los, befeuert von dem Adrenalin, das in seinem Körper reichlich ausgeschüttet wurde, wenn er nur an die Fotos von den Tatorten dachte.

Keuchend lief er aus dem Wald heraus und schlug den Weg zu einem Dorf ein, das er im Licht des Vollmondes vor sich sah.

Wölfe waren, anders als er, schnelle und ausdauernde Läufer. Caspari war vor Ewigkeiten das letzte Mal gejoggt. Seit sein rechter Unterschenkel durch eine Schussverletzung beschädigt worden war, kam Joggen als sportliche Aktivität nicht mehr für ihn in Frage.

Völlig erschöpft erreichte er einen Bauernhof am Ortsrand. Er überlegte, dort zu klingeln und um Hilfe zu bitten. Doch als er über die Schulter sah, erstarrte er. Im Mondschein sah er zwei Gestalten auf dem Feldweg auf sich zurennen: ein massiges, großes Tier, gefolgt von einer Frau. Die Idee, hier Schutz zu finden, konnte er gleich vergessen. Bis ihm jemand aufgemacht hatte, waren die beiden schon bei ihm. Er musste weiterrennen und nach einer anderen Möglichkeit suchen, wie er sein Leben retten konnte.

Sein Poloshirt klebte unter seiner Jacke an seiner Haut, als er die Ortsmitte erreichte. Hektisch sah er sich um. Wohin sollte er fliehen? Im Vergleich zu seinem Verfolgerduo hatte er das Tempo einer Schildkröte.

Er hörte das Läuten einer Kirchturmuhr. Sie schlug Mitternacht. Das Dorf wirkte wie ausgestorben. Kein Mensch war zu dieser Zeit mehr unterwegs.

Vor ihm ragte die Dorfkirche auf. Der Kirchturm war eingerüstet. Das konnte seine Rettung sein. Auf ein Baugerüst kam der Wolf keinesfalls hinauf.

Mit letzter Kraft schaffte er es zum Kirchturm. Keuchend und verschwitzt zog er sich auf das Gerüst hinauf. Als er die kleine Leiter zwischen der zweiten und der dritten Ebene erreichte, hörte er das wütende, tiefe Knurren des Wolfes, der mit mächtigen Sprüngen versuchte, in seine Nähe zu gelangen.

Als sich Caspari auf die dritte Ebene hievte, surrte etwas an seinem Ohr vorbei, begleitet von einem Fluch der Kynologin. Sie hatte einen Betäubungspfeil aus einer Pistole auf ihn abgefeuert und belud sie gerade mit dem nächsten.

So schnell es ihm möglich war, rannte Caspari auf den Planken des Gerüsts auf die andere Seite des Turmes, wo er die nächste Leiter nahm.

Ziipppp. Der nächste Pfeil hatte ihn verfehlt, diesmal knapper als der letzte. Eva Brinkmann musste sich schon ziemlich dämlich anstellen, wenn sie auf so kurze Distanz an ihm vorbeischoss.

Er versuchte, sich beim Rennen und Klettern klein zu machen. Tatsächlich schaffte er es bis zu den Schallöffnungen des Glockenturmes. Die Gitter, die die Tauben fernhielten, waren während der Renovierungsarbeiten wohl entfernt und durch einfache Netze ersetzt worden.

Caspari hörte leichtfüßige Schritte unter sich auf dem Gerüst. Wenn es Eva Brinkmann gelang, ihn zu betäuben, würde sie ihn das Gerüst herunterstoßen. Er hatte nur eine Chance: Er musste sie stören, indem er die Dorfbewohner auf sich aufmerksam machte.

Schnell holte er sein Einhandmesser aus der Hosentasche, klappte es auf und zerschnitt das Netz. Mühsam zwängte er sich durch die schmale Öffnung in den Glockenstuhl, holte tief Luft, packte die größte der Glocken und schwang sie mit Wucht nach vorn. Als der Klöppel im Inneren der Glocke gegen das Metall schlug, donnerte es in Casparis Ohren.

Weiter!, feuerte er sich selbst in Gedanken an. Er atmete durch den Mund und riss ihn weit auf, um einen Gegendruck in den Ohren zu erzeugen. Mächtig hämmerte der Klöppel gegen die Glocke. Mach weiter!, trieb sich Caspari an.

Inzwischen mussten alle Bewohner des Ortes senkrecht im Bett stehen. Er schwang die Glocke, bis sein Körper ihm schließlich den Dienst versagte. Keuchend lehnte er sich gegen die Wand des Glockenstuhles und wartete, bis das tonnenschwere Instrument ausgependelt hatte. Dann lauschte er in die Nacht. Doch er konnte nichts hören. Nichts außer einem hohen Pfeifen.

Schnell zuckte er mit dem Kopf nach vorn durch die Schallöffnung und zog ihn sofort wieder zurück. Eva Brinkmann war nirgends zu sehen. Er sah noch mehrere Male nach draußen, bis er sich sicher war, dass sie nicht hinter der Ecke des Turms auf ihn lauerte. Dann zwängte er sich ins Freie.

An die Mauer gepresst, kroch Caspari das Gerüst entlang auf die andere Seite des Turms. Keine Spur von Eva Brinkmann und ihrer Waffe auf vier Beinen. Sie waren verschwunden.

Erschöpft stieg Caspari die Leitern herunter, bis seine Füße wieder festen Boden berührten. Mehrere Männer kamen auf ihn zugelaufen. Wut stand in ihren Gesichtern. Sie riefen etwas, doch er konnte sie nicht verstehen. Außer dem hohen Pfeifton hörte er immer noch nichts.

»Polizei!«, schrie er den Männern entgegen. Er musste sehr laut gewesen sein, denn sie hielten in ihrem Schimpfen inne.

»Ich bin Polizist. Mein Name ist Christoph Caspari. Das ist ein Einsatz. Rufen Sie sofort die Polizei in Gelnhausen an!«

Einer der Männer holte sein Mobiltelefon aus der Jackentasche und hielt es ihm hin.

»Ich kann nichts hören!«, rief Caspari ihm entgegen. »Bitte rufen Sie an.« Dann sank er vor Erschöpfung in sich zusammen.

Als er aus seiner Ohnmacht erwachte, kniete Mario neben ihm.

»Scheiße, Christoph, was machst du denn?«, hörte er den Tadel des Freundes wie aus weiter Ferne.

»Sie hat mich reingelegt. Aber ich habe ihr die Tour vermasselt«, entgegnete Caspari schwach. Dann sah er auch Gernot Schneiders Gesicht.

Er und Mario fassten Caspari unter den Achseln und setzten ihn auf. Schneider hielt ihm eine kleine Flasche Mineralwasser hin. Gierig trank er daraus.

»Wo ist sie hin?«, fragte Caspari schließlich.

Mario gab eine Antwort, doch sie war zu leise, als dass Casparis gequälte Ohren etwas aufnehmen konnten.

»Du musst lauter reden, ich bin so gut wie taub«, unterbrach er ihn.

»Die Brinkmann hat sich mit ihrem Monsterwolf im Haus von Eckert hier im Ort verschanzt und die Familie als Geiseln genommen.«

»Nein!«

»Doch!«

»Sind wir hier in Unterreichenbach?«, fragte Caspari, der jede Orientierung verloren hatte.

»Natürlich!«, schrie Mario.

Caspari starrte ins Leere. Sich selbst hatte er gerettet, aber die Familie von Hans-Werner Eckert hatte er dafür der Bestie ausgeliefert.

»So ein Scheiß«, brummte er.

»Kannst du laut sagen«, brüllte Mario, den Caspari jetzt deutlicher wahrnahm.

»Habt ihr schon Verhandlungen mit ihr aufgenommen?«, fragte er.

»Na klar. Wir sind ja schließlich keine blutigen Anfänger, auch wenn du so tust, als hätten wir nichts drauf.«

»War nicht meine Absicht«, versuchte Caspari sich zu rechtfertigen.

»Kommt aber so rüber«, widersprach Mario wütend.

»Ihr wart nicht zu erreichen«, setzte Caspari noch einmal an.

»Na und? Die Tussi wäre uns nicht weggelaufen. Die hätten wir auch ohne dieses ganze Buhei in aller Ruhe festnehmen können.«

»Bis dahin wäre vielleicht jemandem von Eckerts Familie etwas passiert. Was meinst du, warum sie in der Gegend war? Doch nur, weil sie eine Taktik ausgebrütet hat.«

»Na, da hast du aber ordentlich die Kohlen aus dem Feuer geholt«, höhnte Mario. »Das Ergebnis ist nach deiner Glöckner-Nummer nämlich dasselbe.«

Caspari wusste, dass Mario recht hatte. Es war an der Zeit, sich sein übereiltes Handeln einzugestehen.

»In Ordnung. Das war dumm von mir. Es tut mir leid«, entschuldigte er sich.

»Jaja, ist ja gut«, lenkte Mario ein.

»Was will sie jetzt? Sollen wir ihr Hans-Werner Eckert zur Hinrichtung durch ihren Wolf vor die Haustür schicken?«, fragte Caspari.

»Sie hat verlangt, dass du kommst.«

»Na toll!« Caspari erhob sich mühsam und klopfte sich die Erde von der Kleidung. »Wie spät ist es eigentlich?«, fragte er.

»Halb eins«, antwortete Schneider.

»Hmm«, machte Caspari. »Dann werde ich mal am Ende der Geisterstunde in das Haus gehen.«

»Nicht, bevor das SEK da ist«, stoppte ihn Mario. »Die Jungs müssten jeden Moment hier eintreffen.«

Wenig später hatten die Männer des Sondereinsatzkommandos Caspari mit einer Schussweste sowie Arm- und Beinprotektoren versorgt, ihm ein Mikrofon unter den Jackenkragen geschoben und einen Mini-Empfänger ins Ohr gesteckt. Sein Herz schlug ihm bis zum Hals, als er an der Haustür der Familie Eckert klopfte.

»Dr. Brinkmann, hier ist Caspari. Sie wollten mich sprechen.«

Die Haustür wurde einen Spaltbreit geöffnet, gerade so weit, dass Dr. Brinkmann hinausspähen konnte.

»Kommen Sie rein! Allein!«

Sie ging ein Stück zur Seite, um Caspari eintreten zu lassen, und hielt ihm die Betäubungspistole geradewegs vor das Gesicht, während sie hinter ihm die Tür wieder schloss.

»Auf diese Entfernung verfehle ich Sie garantiert nicht«, zischte sie und dirigierte ihn mit der Waffe durch den Flur in das Wohn- und Esszimmer.

Caspari war erschüttert von dem Anblick, der sich ihm bot. Eine Frau und ihre beiden Töchter kauerten auf der Eckbank am Kachelofen. Die Teenager schluchzten, die Mutter umarmte sie beide. Vor ihnen stand ein riesenhafter Wolf und fixierte sie regungslos.

Caspari verschlug es bei dem Anblick des Tieres die Sprache. Es sah aus wie ein gewaltiger Wolf und doch auch ganz anders. Sein Körperbau war wuchtiger, massiger. Der Kopf war insgesamt breiter als der eines gewöhnlichen Wolfes. Ansonsten sah alles andere so aus, als handele es sich um einen Wolf.

Das Tier knurrte und fletschte die Zähne, als es Caspari bemerkte. Er blieb wie angewurzelt stehen.

»Ruhig, Claude«, redete Eva Brinkmann auf das Tier ein. »Setzen Sie sich in den Sessel dort«, befahl sie Caspari und wies mit der Pistole auf das Möbelstück.

Er setzte sich und versuchte, seine Angst unter Kontrolle zu bekommen.

»Das ist nicht Frieda«, stellte er fest, nur um sich selbst von dem Gefühl abzulenken, vollkommen ausgeliefert zu sein.

»Claude ist Friedas Sohn«, antwortete Dr. Brinkmann herablassend.

»Aha.«

»Um genau zu sein, ist er ein Hybride.«

»Was heißt das?«, fragte Caspari.

»Er ist eine Kreuzung aus Wolf und Hund. Ich habe die Eizelle meiner Wölfin mit dem Spermium eines Mastino Napoletano befruchtet und später Frieda eingepflanzt.«

»Mastino Napoletano?«

»Direkte Nachfahren der Molosser, römischer Kriegshunde. Wolfshybriden sind bekannt für ihre Aggressivität gegenüber Menschen. Kennen Sie die Geschichte der Bestie vom Gévaudan?« Dr. Brinkmann sah Caspari herausfordernd an.

Als er schweigend ihren Blick erwiderte, winkte sie ab. »Schon gut, das führt auch zu weit. Frieda starb leider bei der Geburt. Nur Claude und Monet überlebten.«

»Monet? Claude Monet – wie der große Maler des Impressionismus?«

»Genau wie der«, bestätigte Dr. Brinkmann. »Monet ist auch das Ergebnis einer künstlichen Befruchtung. Allerdings ist er ein reinrassiger Wolf. Er und Claude sind zusammen in meiner Frieda herangewachsen.«

»Monet ist der Wolf, mit dem Sie die Gelnhäuser Polizei an der Nase herumgeführt haben«, riet Caspari.

»Eine gute Taktik, nicht wahr? Verwirre die Herde bei der Jagd, dann wirst du Erfolg haben.«

»Sie haben die Gipsabdrücke vom Tatort mit denen vertauscht, die Sie selbst von Monet angefertigt hatten. Das Gleiche haben Sie auch mit den Haaren gemacht.«

»Kombinieren können Sie, dass muss man Ihnen lassen«, höhnte Eva Brinkmann. »In Mecklenburg-Vorpommern und in Bayern habe ich einfach mit einem kleinen Akku-Staubsauger Claudes Haare so weit wie möglich entfernt und etliche von Monet hingeworfen.«

»So grausam, so genial«, kommentierte Caspari. »War es das wert?«

»Was meinen Sie, wie lange ich unter dem tiefen Schmerz gelitten habe, den diese Schweine über meine Familie brachten. Die haben unser Leben zerstört.«

»Und Sie ruinieren das Leben Ihrer Familie, seit Sie Kanada verlassen haben«, hielt Caspari dagegen.

»Was ich tue, ist eine Folge des Handelns der sechs ehemaligen Abiturienten. Sie säten damals den Wind. Ich bringe nun den Sturm über sie.«

»Es muss Ihnen doch klar sein, dass Sie ihr eigenes Leben mit Ihrer Rache aufgeben«, hielt Caspari ihr vor. »Wenn Sie hier lebend rauskommen, dann gehen Sie für den Rest Ihres Lebens ins Gefängnis. Das ist ein sehr hoher Preis für Ihre Rache, bedenkt man, dass Sie alles verpassen, was zum Leben Ihrer eigenen Kinder gehört.«

»Diese Möglichkeit hatte ich von vornherein einkalkuliert«, erklärte Eva Brinkmann. »Ich habe schon längst meinen Frieden damit gemacht. Das ist mir die gerechte Bestrafung dieser Schlächter wert.«

»Was soll ich nun hier?«, fragte Caspari.

»Da Sie es waren, der mir die Möglichkeit genommen hat, Hans-Werner Eckert seiner gerechten Strafe zuzuführen, sind Sie es jetzt, der entscheiden muss, welches Mitglied seiner entzückenden kleinen Familie an seiner statt vor den Augen der anderen zerfleischt wird.«

»Sie sind krank«, wehrte sich Caspari kopfschüttelnd.

»Die Zeit zum Reden ist um. Ich werde jetzt meine Rache beenden.«

»Nein!«, forderte Caspari.

»Wenn Sie sich weigern, wird Claude erst Sie töten, dann die Familie«, erwiderte Eva Brinkmann kalt. »Claude«, raunte sie und deutete auf Caspari.

***

*Chastel hatte die Sabberflecken auf seinem Jagdrock mit klarem Wasser ausgewaschen. Er sah nun wieder sauber aus, trug aber noch den Geruch des Mastino Napoletano. Während der Messe am vergangenen Sonntag hatte er inbrünstig zum heiligen Hubertus gebetet und auch die Hilfe vom Erzengel Michael und von Gott selbst erfleht. Eigentlich war er kein wirklich frommer Mann, aber ohne himmlische Unterstützung, so fürchtete er, würde dieses Höllenvieh wohl nicht erlegt werden können.*

*Erneut war er an diesem Dienstag mit der Jagdgesellschaft des Marquis d'Apcher unterwegs. Seine Söhne gingen wieder mit den Hunden voran. Plötzlich blieb Roger, sein bester Vorstehhund, wie angewurzelt stehen, stellte das Fell auf und legte die Ohren an.*

*Chastel stieg aus dem Sattel und lief, das Gewehr in der Hand, zu seinem Hund.*

*»Was hast du, mein Junge?« Den Boden absuchend, ging er in die Richtung, in die der Jagdhund seinen Kopf gereckt hatte. Nach wenigen Metern entdeckte er, wonach er Ausschau gehalten hatte.*

*»Wie gut, dass es letzte Nacht geregnet hat«, flüsterte er Pierre und Antoine zu. »Hier sind riesige Pfotenabdrücke auf dem feuchten Waldboden.«*

*»Lasst uns den anderen Bescheid sagen, Herr Vater«, schlug Pierre vor.*

*»Nein, diesmal nicht, Sohn«, widersprach er. »Das Biest sucht das Weite, wenn es die vielen Pferde und Reiter bemerkt. Ich mache das allein.«*

*»Aber Herr Vater«, rief Antoine, »das ist doch viel zu gefährlich. Ihr könntet getötet werden.«*

*»Ich weiß das ebenso, wie ich weiß, dass ich hier und jetzt diesen Spuk ein für alle Mal beenden muss.«*

*Damit ließ er sie zurück und schritt langsam voran. Er spannte den Abzugshahn seines Gewehres und spähte angestrengt in das Dunkel des Waldes. Doch er konnte nichts erkennen, obwohl er spürte, dass er beobachtet wurde.*

*Immer wieder sah er sich nach allen Seiten um. Er durfte der Bestie keine Möglichkeit zum Hinterhalt lassen.*

*Dann stand sie plötzlich nur wenige Meter vor ihm. Ihr*

*Körperbau war wuchtig, massig. Der Kopf war insgesamt breiter als der eines gewöhnlichen Wolfes. Alles andere an der Bestie sah tatsächlich so aus, als handele es sich um einen Wolf. Da war nun also Claudes Sohn in seiner ganzen gewaltigen Größe.*

*Der Wolfshund hob leicht den Kopf und schnüffelte. Der vertraute Geruch seines Vaters lenkte ihn für einen kurzen Augenblick ab. Diese Ablenkung nutzte Chastel, hob sein Gewehr, zielte und schoss dem Wolf-Hund-Mischling mitten in die Brust. Das Tier fiel augenblicklich wie vom Blitz getroffen um und regte sich nicht mehr. Die Kugel musste genau sein Herz erwischt haben.*

*Antoine und Pierre kamen mit den Hunden angerannt und starrten auf die tote Geißel des Gévaudan. Niemand von ihnen redete. Selbst die Hunde blieben ruhig.*

*In der Ferne hörten die Männer Gebell und den Knall eines Gewehrschusses. Was auch immer die Jagdgesellschaft erlegt haben mochte, mit Chastels Schuss war der Fluch von der Gegend genommen.*

*Der alte Matthieu kam auf sie zugeritten.*

*»Der Marquis hat soeben eine enorm große Wölfin erlegt«, rief er ihnen zu. »Ihr sollt Euch das Tier genauer ansehen, Jean.«*

*»Wenn ich richtigliege, dürfte das die Mutter der Bestie sein. Hier liegt das Ungeheuer selbst«, rief Chastel.*

*Matthieu stellte sich in die Steigbügel, um über ihre Köpfe hinwegzusehen. »Mon Dieu, Chastel, Ihr seid ein Teufelskerl!«*

*Chastel fühlte sich wie nach einem tagelangen Ritt, als die Jagd vorbei war. Das Wüten der Bestie hatte ihn viel Kraft gekostet. Jetzt, da endlich alles ein Ende gefunden hatte, machten sich die Anstrengungen und Belastungen der vergangenen drei Jahre bemerkbar.*

*Sie ritten in den Schlosshof des Marquis ein. Hinter ihnen polterten die Räder des Kutschwagens über das Kopfstein-*

*pflaster. Ein lautes, tiefes Gebell begrüßte sie, als sie abstiegen.*

*Wie bei seinem letzten Besuch sah Chastel Claude um die Ecke rennen. Hinter sich zog er einen Diener her, der wie eine Puppe am anderen Ende der Leine baumelte, die er nicht losließ.*

*Claude begrüßte zuerst stürmisch seinen Herrn, dann Chastel. Schließlich hob er witternd die Nase und lief auf den Kutschwagen zu. Mit einem Satz sprang er hoch und legte die Vorderpfoten auf den Rand der Pritsche. Er roch an der Wölfin, die der Marquis erlegt, und an der Bestie, die Chastel erschossen hatte. Dann hob er den Kopf und begann fürchterlich zu heulen.*

*Der Marquis setzte gerade dazu an, den Hund seines Vaters zu maßregeln, doch Chastel hielt ihn davon ab.*

*»Monseigneur, auf ein Wort!«*

*Widerwillig ließ d'Apcher von dem Mastino Napoletano ab und ging mit Chastel einige Schritte beiseite.*

*»Monseigneur, lasst ihm seine Trauer«, empfahl Chastel.*

*»Seine Trauer? Wieso? Was meint Ihr damit?«, fragte d'Apcher völlig ahnungslos.*

*»In der Zeit, in der er vormals hier bei Ihrem Herrn Vater lebte, beglückte er nicht nur die Hündin des Metzgers im Nachbardorf.«*

*»Ihr meint, er hat ...«, stotterte d'Apcher.*

*»Er betrauert gerade seine Gefährtin und ihren gemeinsamen Sohn«, sprach Chastel aus, was d'Apcher nicht in Worte fassen konnte.*

*»Seit wann wusstet Ihr davon?«*

*»Seit meiner ersten Begegnung mit ihm, hier im Hof.«*

*Das Entsetzen stand dem Marquis ins Gesicht geschrieben.*

*»Man nennt Euch die Maske«, raunte er im Flüsterton, nachdem er seine Fassung wiedergewonnen hatte. »Kann ich mich darauf verlassen, dass Ihr auch in dieser Angelegenheit Eurem Beinamen gerecht werdet?«*

*Chastel verbeugte sich tief. »Stets zu Diensten, Monseigneur le Marquis.«*

***

Das Ende hatte sich Caspari anders vorgestellt. Friedlich und frei von Schmerzen in einem weichen Bett liegend, umgeben von geliebten Menschen, so hatte er sich immer seine letzten Augenblicke ausgemalt, bevor er die Augen auf ewig schließen würde.

Doch daraus würde nichts werden.

Der Tod zeigte sich ihm in seiner hässlichsten Fratze, als Ungeheuer mit einem riesigen, keilförmigen Kopf, aus dem ihn zwei kalte Augen ansahen. Gleichgültige Erbarmungslosigkeit lag in den pechschwarzen Pupillen, mit denen die Bestie ihn taxierte. Die hochgezogenen Lefzen gaben ein monströses Gebiss preis, das alles zerfetzen und brechen konnte, in das sich die gewaltigen Zähne gruben.

Caspari fühlte sich an die Horrorfilme erinnert, die er sich mit Benny angeschaut hatte, als sie Jugendliche gewesen waren. Doch dieser fleischgewordene Alptraum war real. Er saß in der Falle.

Regungslos verharrte er auf seinem Platz. Eine falsche Bewegung, und der Tod würde über ihn kommen. Aus dieser Nummer kam er nicht wieder raus. Diesmal nicht! Dabei hätte er sich nur raushalten müssen, nur dieses eine Mal.

Caspari versuchte zu schlucken. Der Frosch in seinem Hals machte das unmöglich. Leise räusperte er sich. Zu viel Geräusch in diesem Raum, in dem die Stille alles zu ersticken schien wie Erde auf einem Grab.

Ein unheilvolles, tiefes Knurren grollte aus dem Rachen der Bestie, die ihre Lefzen noch weiter hochzog. Geschmeidig richtete sie sich zu ihrer vollen Größe auf. In ihren Augen sah Caspari das kalte, leere Nichts.

Dann setzte das Ungeheuer zum Sprung an.

In diesem Augenblick zerbarsten zwei der Wohnzimmerfenster, und zwei Geschosse, die wie unförmige Getränkedosen aussahen, flogen hinein.

Claude bremste ab.

Zwei aufeinanderfolgende ohrenbetäubende Knallgeräusche bombardierten Casparis Trommelfelle erneut, und ein gleißendes Licht wurde freigesetzt. Der Wolfshybride heulte laut und hoch auf. Caspari hörte gedämpft Schüsse aus einer halbautomatischen Waffe und sah das hünenhafte Tier zuckend zusammenbrechen. Die Beamten des SEK warfen die Kynologin zu Boden und fixierten sie mit Kabelbindern.

Es ist vorbei, dachte Caspari.

In diesem Augenblick öffnete sich tief in seinem Innern eine Tür, durch die sein Bewusstsein trat. Als er sie hinter sich schloss, befand er sich unter einer Glocke, die dieses Mal nicht aus Glas war, sondern schimmerte, als sei sie aus Bronze.

Caspari war jetzt ganz und gar von der Außenwelt abgeschirmt. Seine Seele hatte sich tief in sein Unterbewusstsein zurückgezogen. Als er sich noch einmal in die Ermittlungen eingemischt hatte, hatte er mit hohem Einsatz gepokert. Und schließlich hatte alles seinen Preis.

Er bemerkte Mario nicht, der vor ihm kniete und mit ihm sprach. Eigentlich war er gar nicht mehr hier, sondern an einem anderen Ort, gut verborgen unter der Bronzehaube einer riesigen Kirchenglocke.

## Epilog

Borkum war im Herbst ausnehmend schön. Das Meer hatte sich über den Sommer hinweg erwärmt und gab jetzt die warmen Temperaturen in die Luft ab. Eine milde Meeresbrise wehte durch ihr Haar, doch Clara hatte für diese Schönheit derzeit weder Blick noch Sinn. Was sie vor sich hatte, war das Schwerste, das sie sich vorstellen konnte.

Sie atmete tief ein, dann warf sie einen letzten Blick auf ihre Armbanduhr. Es half nichts, der Gesprächstermin mit Dr. Becker, dem Chefarzt der psychosomatischen Abteilung der Nordseeklinik, war in fünf Minuten. Mit klopfendem Herzen bahnte sie sich einen Weg durch die Flure der Einrichtung, bis sie vor seiner Zimmertür stand.

Am Tag zuvor war Clara schon einmal hier gewesen und hatte ein langes Gespräch mit dem Psychiater geführt. Nun musste sie den Schritt gehen, der für sie unausweichlich geworden war.

Sie klopfte an und hörte ein lautes »Herein«. Sie atmete noch einmal tief durch, bevor sie öffnete. Dann trat sie ein.

Im Zimmer saßen Dr. Becker und ihm gegenüber Caspari.

»Clara!«, rief er erfreut. »Das ist ja eine schöne Überraschung, dich hier zu sehen.«

Clara zwang sich zu einem Lächeln. »Ja, nicht wahr?«

Caspari runzelte die Stirn. »Was ist los? Stimmt etwas nicht?«

Bevor sie antworten konnte, ergriff der Psychiater das Wort.

»Dr. Caspari. Sie waren lange Zeit in der psychiatrischen Abteilung des Frankfurter Universitätsklinikums, bevor Sie zur Rehabilitation hierher gekommen sind. Wie fühlen Sie sich derzeit?«

»Ich würde sagen, es geht jede Woche einen kleinen Schritt besser. Aus der Bronzeglocke ist mittlerweile eine aus Glas geworden. Ich kann zumindest wieder das Leben um mich herum wahrnehmen, wenn auch noch nicht wirklich daran teilnehmen. Wenn ich Clara oder Lukas sehe, wird die Glocke sogar durchlässig. Dann spüre ich meine Emotionen.«

»Da Sie gegenüber mir und den anderen Kollegen den Eindruck vermitteln, dass Sie relativ stabil sind, halte ich es für vertretbar, dass Ihre Partnerin ein schwieriges Thema mit Ihnen bespricht.«

Caspari sah sie überrascht und gleichzeitig besorgt an. »Clara?«

Sie hatte einen mächtigen Kloß in ihrem Hals, der sie fast ersticken ließ. Das Atmen tat ihr weh.

»Ja, also, ich musste nach deiner Einzelkämpfergeschichte in Untersotzbach unsere Hochzeit absagen. Deine Eltern haben mir dabei geholfen, aber das war wirklich unglaublich hart für mich. Ich weiß nicht, wann ich mich das letzte Mal so oft in den Schlaf geheult habe wie in dieser Zeit. Du warst nicht da, um mich wenigstens zu trösten oder um mir zu helfen, meine Wut darüber zu ertragen. Christoph, ich kann nicht mehr.«

Clara spürte, wie ihr Tränen über das Gesicht liefen. Sie versuchte, sie zu unterdrücken. Dr. Becker reichte ihr ein Papiertaschentuch.

»Du bist immer so nah am Tod dran, immer wieder. Wie oft hast du dich schon in lebensbedrohlichen Situationen befunden, seit wir uns kennen? Ich habe aufgehört, sie zu zählen.«

»In einige hast du dich selbst gebracht«, wandte Caspari ein.

»Ja, ich weiß«, gestand Clara, »aber es gab jede Menge andere Augenblicke, in denen ich dachte, der Tod sieht dir über die Schulter. So kann und so will ich nicht leben. So kann ich dich auch nicht heiraten. Jetzt nicht und später auch nicht. Ich liebe dich. Aber dieses Leben mit dir kostet mich viel zu viel Kraft.«

»Dann suche ich mir halt einen anderen Beruf. Ich gehe ganz und gar an die Fachhochschule als Dozent«, bot er an.

»Nein, das will ich nicht. Das bist dann nicht mehr du. Diese Aufgabe im BKA, das ist dein Leben, deine Berufung. Ich könnte mir im Spiegel nicht mehr ins Gesicht sehen, wenn du um meinetwillen damit aufhörtest. Aber ich habe auch nicht mehr die Kraft zu einem Leben an deiner Seite. Deine Eltern helfen mir im Moment, den Gästebereich auf dem Weiherhof als vorübergehende Wohnung einzurichten. Sobald du wieder nach Hause kommst, werde ich dort einziehen. Ich brauche einfach Abstand von dir. Das möchte ich aber nicht auf Lukas' Kosten tun. Wenn du dein Leben wieder im Griff hast, werde ich mich vom Weiherhof verabschieden und fortziehen. Irgendwo in unserer Landeskirche wird es in der nächsten Zeit sicher eine andere freie Schulpfarrstelle geben.«

Clara zwang sich, Caspari anzusehen. Entsetzen, Panik und Trauer spiegelten sich in seinen Augen. Es zerriss ihr das Herz, ihn so zu sehen. War ihre Entscheidung auch wirklich die richtige? Wann hatte sie sich jemals bei einem Mann so glücklich gefühlt wie bei ihm? Mehr als tausend Mal hatte sie sich dem Widerstreit ihrer Gefühle ausgesetzt, und jedes Mal obsiegte die Angst davor, auf immer die Nähe des Todes so deutlich zu spüren wie an seiner Seite.

Caspari erwiderte schweigend ihren Blick. Tränen schimmerten in seinen Augen. Ihr »Großer« war kurz vor dem Zerbrechen, das konnte sie deutlich spüren. Es tat ihr so unendlich weh, ihm das antun zu müssen. Aber sie musste sich selbst schützen. Es war für sie beide das Beste.

»Dr. Caspari?«, sprach Dr. Becker ihn an.

Auf Casparis Gesicht zeigten sich Fassungslosigkeit und Trauer. »Was soll ich denn dazu noch sagen? Ich werde vor vollendete Tatsachen gestellt. Wir haben darüber nie gesprochen, und wir haben schon einiges gemeinsam durchgestanden.«

Clara spürte, dass sie rote Ohren bekam. Er hatte recht. Bis zum Kampf auf Leben und Tod in der alten Holzhalle im Januar hatte sie dieses Leben mit dem Hauch von Gefahr auch immer gemocht. Es war ein bisschen so wie Abenteuerurlaub gewesen. Doch in der Nacht, in der sie hatte zusehen müssen, wie er fast getötet worden wäre, hatte sich alles geändert.

Dass er schließlich nicht nur ihre Hochzeit, sondern auch sein eigenes Leben aufs Spiel gesetzt hatte, als er die Kynologin allein gestellt hatte, war dann wirklich zu viel für sie gewesen. Die Schwelle vom Abenteuer zum tödlichen Wahnsinn war überschritten worden. Das hatte ihr alle positiven Kräfte geraubt, vor denen sie sonst nur so strotzte.

Darüber hatte sie mit ihm nicht sprechen können, als er wie eine unbehauste Hülle schweigend in der Frankfurter Psychiatrie gelegen und die Wände angestarrt hatte. Sie hatte damals geschwiegen, zum einen, weil sie nicht wusste, wie sie es ihm hätte sagen sollen, zum anderen, weil sie sich dafür schämte, dass sie ihm nicht die Chance gegeben hatte, mit ihr darüber zu reden, und zu guter Letzt, weil sie gänzlich in Tränen ausgebrochen wäre, wenn sie geredet hätte.

»Dass du eine unglaubliche Wut auf mich wegen meines Egotrips hast, der uns die Hochzeit gekostet hat, kann ich sehr gut verstehen. Und weißt du was – du hast auch wahrlich ein Recht darauf. Aber dass du hinter meinem Rücken schon die Koffer packst, finde ich ... extrem fies. Das bist so gar nicht du.«

Clara kämpfte mit sich, etwas darauf zu erwidern. Doch sie brachte es nicht fertig.

Caspari selbst war kreidebleich. Mit einer ruckartigen Bewegung stand er auf.

»Na, dann gibt es ja wohl nichts mehr zu reden. Tschüss dann. Ich wünsche dir noch ein tolles Leben.«

Als er die schallgedämpfte Tür hinter sich zuwarf, vibrierte die Wand, in der sie hing.

Endlich konnte Clara ihren Tränen freien Lauf lassen. Nachdem sie sich wieder gefangen hatte, sah Dr. Becker sie interessiert an.

»Ich kannte Ihre Beweggründe nicht, als Sie mir erzählten, dass Sie vorhaben, Ihrem Lebensgefährten mitzuteilen, dass Sie sich von ihm trennen wollen. Was ich eben gehört habe, klingt für mich eher nach einer Supervision oder sogar einer Psychotherapie für Sie als nach Trennung.«

»Ich verstehe nicht«, antwortete Clara, nachdem sie sich die Nase geputzt hatte.

»Sie beide lieben sich, und das sogar sehr. Das ist unschwer zu erkennen. Es scheint mir so zu sein, dass die Bedrohungen von außen Sie noch mehr zusammenschweißen. Natürlich kann das auch zu einer Reizüberflutung, zu einer Überhitzung, führen, wenn Sie so wollen. Aber das kann in Gesprächen aufgearbeitet werden. Ich gehe davon aus, dass die in der letzten Zeit zu diesem Thema nicht stattgefunden haben, habe ich recht?«

Clara nickte. »Was wollen Sie mir damit sagen?«, fragte sie mit belegter Stimme.

»Wenn ein Auto überhitzt ist, fülle ich Kühlwasser nach und überlege, wie ich es in der Zukunft fahren muss, damit so etwas nicht wieder passiert, statt es gleich auf den Schrottplatz zu fahren. Können Sie mit diesem Bild etwas anfangen?«

***

Caspari schwänzte die nächste Therapiestunde. Tanztherapie gehörte ohnehin nicht zu seinen Favoriten. Stattdessen ging er von der Promenade aus auf den Strand und bog nach rechts ab. Er lief über den Sand, ohne sich um die anderen Patienten der Klinik zu scheren, die ihn freundlich grüßten.

Mühsam kämpfte er sich voran, immer noch völlig unter Schock stehend.

Plötzlich war er wieder da. Er sprang ihn von hinten an und drückte sich in seinen Körper, legte sich auf seine Seele. Clara hatte den Riegel an der Tür von dem Zwinger, in dem Churchills schwarzer Hund eingesperrt gewesen war, unbeabsichtigt geöffnet. Nun hatte er Caspari wieder in seiner Gewalt.

Der herrliche Sonnenschein, das graue Meer, der gelbe Sandstrand, alles war in eine entsetzliche Farblosigkeit getaucht. Das Kreischen der Möwen und die Rufe der anderen Seevögel waren nicht mehr als eine widerliche Kakophonie in Casparis Ohren. Der schwarze Hund zehrte alle seelische Energie auf, die er in den zurückliegenden Wochen mühsam regeneriert hatte.

Dieser Schmerz, der selbst körperlich spürbar war, ließ ihn innehalten. Er atmete hastig und fühlte sich gleichzeitig, als käme die Luft in seinen Lungen gar nicht an. Er taumelte mehr, als dass er ging.

Mit dem schwarzen Hund war die große, finstere Leere in ihm eingezogen. Sie war nichts weiter als die große Lücke, die alle positiven Emotionen zurückließen, wenn sie vom Hund gefressen wurden.

Caspari lief immer weiter, ohne darauf zu achten, wohin ihn sein Weg führte.

Wie lange er gegangen war, wusste er nicht. Er hatte das Gefühl für die Zeit verloren. Irgendwann saß er in einer Düne an einem verlassenen Strand, der im Sommer der FKK-Bereich der Insel war. Niemand sprach ihn an. Das war ihm ganz recht so. Die Auseinandersetzung mit dem schwarzen Hund forderte alle Kraft. Für Small Talk hatte er keine Reserven übrig.

Wieder und wieder gingen ihm Claras Worte durch den Sinn. Es dämmerte schon, als er sich eingestand, dass sie ihn nicht brauchte. Eigentlich brauchte ihn niemand. Und er brauchte dieses Leben auch nicht mehr, das nur noch eine einzige Quälerei war. Er war entbehrlich, auch für Lukas.

Seine Eltern hatten ihre tot geglaubte große Tochter Johanna seit letztem Jahr dank seiner Hilfe wiedergefunden und holten jetzt die verlorenen Jahre nach. Daneben war seine kleine Schwester Iris, die mit Benny, ihrem Mann, auch auf dem Weiherhof lebte. Caspari konnte gehen – und er wollte auch endlich gehen. Was hatte es für einen Sinn, die Schmerzen zu ertragen, die der schwarze Hund in ihm verursachte?

Er hatte unglaubliches Heimweh nach einem Dasein in Abwesenheit von Leid und seelischen Schmerzen. Schlafen, ruhen und nicht mehr kämpfen müssen, das war alles, wonach er sich sehnte. Sich dem schwarzen Hund ganz und gar zu ergeben und vollständig in das schwarze Loch aufgesaugt zu werden, bis in dieser Welt nur noch seine Hülle übrig blieb. Hineingesogen werden in eine andere Welt, in warmes, bergendes Heil.

Ja, das war es, das wollte er. Das war der einzige Weg, den er noch sah.

Er betrachtete die See. Die Flut hatte ihren höchsten Stand erreicht. Es war so einfach. Er musste nur losgehen.

Caspari stand auf, klopfte sich den Sand von der Hose und sah sich um. Soweit er sehen konnte, war er allein am Strand. Die anderen Strandspaziergänger waren nur noch kleine Punkte am Horizont.

Sorgfältig zog er sich seine Schuhe aus. Dann legte er seinen Zimmerschlüssel und sein Mobiltelefon in sie hinein. Es war Zeit.

Gemächlich lief er zum Wasser, immer geradeaus, in die Wellen hinein. Es fröstelte ihn, als der auffrischende Abendwind in seine nasse Kleidung fuhr, aber das störte ihn nicht. Sie saugte sich voll Wasser und zog schwer an ihm. Er ging immer weiter hinein, bis die Wellen ihm Salzwasser in den Mund spülten.

Dann ließ er sich nach vorn in das graue dunkle Grab fallen, das ihn in sich aufnahm.

Die Schreie, die vom Strand her nur noch schwach zu ihm herüberdrangen, hörte er nicht.

# Danke!

Mein Dank gilt den Menschen, ohne deren Unterstützung ich dieses Buch nicht hätte schreiben können:

- meiner Lektorin Susann Säuberlich für ihre Ideen beim Feinschliff,
- meiner Literaturagentin Conny Heindl sowie dem Team vom Emons Verlag für die phantastische Betreuung,
- der Kriminaloberrätin Jenny Breede, die mir wie immer half, mich im Dschungel der Strukturen von Polizei und Justiz zurechtzufinden,
- dem Psychotherapeuten Dirk Wehrsig, der mich ermutigte, das Thema »Depressionen« in diesem Buch zu behandeln, und mir half, posttraumatische Belastungsstörungen zu verstehen,
- dem Psychiater Andreas Koch, der mich ebenfalls mit seinem fachlichen Rat unterstützte,
- meinem Hund Ole, der mich zu Camillo inspirierte,
- Andrea Euler für ihre Kommentare beim Entstehen dieses Krimis,
- Anett Mezei, die mir half, Clara wiederzufinden, nachdem sie in meiner Phantasie zu verblassen begonnen hatte.

Vielen Dank Euch und Ihnen allen für diese wunderbare Unterstützung!

Casparis erste vier Fälle als eBook:

Matthias Fischer
**DIE FARBEN DES ZORNS**
ISBN 978-3-96041-040-9

Matthias Fischer
**TÖDLICHE VERWANDLUNG**
ISBN 978-3-96041-041-6

Matthias Fischer
**SCHLAFENDER DRACHE**
ISBN 978-3-96041-038-6

Matthias Fischer
**DAS GIFT DER PROPHETEN**
ISBN 978-3-96041-039-3

www.emons-verlag.de

Matthias Fischer
**DIE TOTEN VOM KINZIGTAL**
Broschur, 240 Seiten
ISBN 978-3-95451-481-6

*»Liebhaber von Krimis mit Heimatbezug kommen bei Fischer auf ihre Kosten.«* Gelnhäuser Tageblatt